老秋

毕永玉 著

河南文艺出版社
·郑州·

谨以此书，献给可敬的宛东父老！

自　序

老秋是一个人，也是一个符号。

老秋喜欢看戏，学会了很多唱词，最常吼的几句是："天有道下的是清风细雨；地有道长的是五谷根苗；国有道文武臣忠心耿耿；家有道辈辈人和睦欢笑。"

老秋喜欢说媒，他能把城里姑娘说到乡下，也能把乡下姑娘说到城里。他说媒不学牛经纪，学诸葛亮；他说媒不图钱财，只为积德。他说这辈子灾难太多，生前多做点善事，死了到阎王爷那儿好理论。

老秋喜欢帮忙，哪家起梁盖屋，哪家红白喜事，哪家牲畜难产，哪家有了火烧眉毛的急事，总是少不了他的身影。

老秋爱管闲事，哪里打架斗殴，哪家夫妻不睦，哪家儿女不孝，哪家麦苗被羊啃了或是鸭子钻错了笼子，只要产生矛盾，他定在场。

老秋爱说笑话、骚话、俏皮话。有的直白，有的幽默，不论男女老少，不论场合，只要能嬉，张口就来。特别是嫂子分儿的，让她们吃了亏还笑得弯腰——当然是有分寸的。

老秋生命里有太多不幸。他出生在一个长年没吃没穿的人家，父亲只能把他包了送人。他先后流浪了三家，有着仨爹仨妈，"哪家都没有把我养活成。解放军来了，这一个爹妈把我彻底救活了"。从此他不信鬼，不信神，不信命。"命是人编的，神是人捏的，鬼是人说的，解放军才是真的，是真爹真妈真菩萨。"

从九死一生中活过来的老秋，常常感叹世上好人多。他坚持以德报怨，说死了到阎王爷那儿好交代。在城里拾粪时，救人又输血；大雪天把一个将死之人背回家，又是灌汤又是抱着暖，直到救活；他看到一只嫩黄嘴角的燕子在墙脚挣扎，把它捧到怀里精心护理，直到小东西又飞回蓝天；他踩死一只老鼠后很是内疚，连说"罪过，罪过"。

老秋的婚姻一波三折。他有过初恋，可是因为穷，买不起"三转一响"的聘礼，被"小卖部王贵趁火打劫"了。他在困难时期领了一个同命运的四川女人，日子好了以后，他忍痛割爱，亲自把她送上返家的汽车。再后来，希望与他"同床共枕"的女人不少，可不是老就是丑，烦得他干脆"锁上房门躲到城里看戏了"，直到最后还是村里的老光棍。村主任心疼他一辈子坎坷，又古道热肠，就给他安排了个通信员的活儿，人称老家院，戏称马弁。有了身份，常常越俎代庖，好事"坏事"能干就干，决不放过。为此，有人称他是恩人，有人戏谑他是"二支书"；有的领导骂他是"奸臣"，有的领导夸他"是个人物"。随着改革开放的深入，他辅佐新人，挖掘贤才，"指点江山"，广开财路，没日没夜，披肝沥胆，硬是帮助一班人在宛东平原上树起了一面新农村建设的旗帜。然而，当他灯油耗尽之时，却用一根绳索结束了自己的生命。

有人敬重他的死法，有人不屑他的死法。村里人就这样，大事小事只要提溜出来，权当斗嘴，不容争论。

但是，在那座新落成的石坊浮雕上，经常有人指认："那个像老秋！这个也像。"

2018年2月

目　　录

上　部

人是铁，饭是钢，

一顿不吃就心慌。

——民谣

一

　　清明节这天早饭后，老秋麻利地洗涮了碗筷，拉上灶房的单扇门。那"门"其实是个废弃的包装箱盖子，长度不够，就摞了几根树枝，绝对能挡住馋嘴的家猫野狗。按照惯例，老秋又顺手在地上捡了一节干树枝折了，插在门环和门鼻儿上，算是上了锁。老秋喜欢省事，他说锁锁开开就像脱了裤子放屁，谁还能把锅背跑了？上屋平房的屋檐下放着一辆新买的26型自行车，老秋看见它就想笑——年轻时没有赶上好时候，老了老了撵起时尚了。两只关节已经变形的大手刚刚摸着车把，村部的电话就响了。老秋闪身墙边，隔着窗子就把电话机提溜了出来，很专业地拿起话筒问："哪位？"电话那头传来一串娇滴滴的声音："我说领导呀，早上好呀，打扰了呀，不好意思呀。"老秋有事要办，忙拦住对方道："别光顾着'请安'，请问啥事？"

电话那头说："领导呀，你们村里要是死了人，不管是吊孝的、出殡的，还是过'七'的、周年的，需要陪哭的话你帮忙介绍一下，我们给你百分之二十的提成。眼下不就清明了嘛，生意不会差的，我的电话号码是……"老秋没听明白，忙打断说："你没喝醉吧，只听说陪吃陪玩陪睡，可没有听说还陪哭啊。"电话那头的女人说："哎哟，啥年代了呀！咱们这里可是要男有男要女有女，要啥腔有啥腔，哭起来能把吹响器的比下去……还有，你们家要是需要，我们公司免费服务。"老秋听到这里怒火中烧，回道："你家死人了我亲自去吊孝！"啪的一声老秋就撂下了话筒，任凭铃声拼命响，再不接电话。老秋想，大清早的，晦气，晦气。于是他闪身车旁自语道："现在这事弄的，连死人都'公司'了。不会说话的东西。"

老秋转身正要出门，"喳喳喳喳……"一连串的鸟叫声从墙脚处传来，一瞅，一只羽毛未丰的乳燕正扇着翅膀呼喊他，不由得心中一紧："有娘生没娘养的小可怜，是你妈狠心把你赶出窝了，还是你自己调皮走丢了？"老秋遂赶忙趋前，双手捧起乳燕，旋即闪入屋内，轻轻地放在自己的枕边，说："你这是饿了，饿了才心急火燎，才这般叫。"

老秋调教"虫艺儿"是内行，不管是天上飞的地上爬的，还是河里游的，从小就练下了真功夫。他从罐里抓出一把米，掰着鸟嘴喂了，又嘴对嘴让它吮了自己的唾液，把枕巾摆成个窝儿，美滋滋地对它戏道："您老先在这儿歇着，等我上坟回来，给你编个花笼子，水米伺候着，让你吃胖长大，啊——"

老秋跨上"坐骑"，村道上不断有人跟他打招呼，都是仨俩字一句的应酬话。"吃了？""吃了。"

"上哪儿？""东头。"

都是一脸冰霜的样子。

可啥事都有个例外，有的人就是管不住嘴巴，腋下夹着烧纸，嘴里却不荤不素地对他开玩笑："老家伙，慌着抢孝帽啊！""慌的，昨儿钻人家热被窝啦！"

都带有挑逗性。

老秋今天无心恋战。老秋今天也要去上坟，在上坟前他要去村东头小卖部买些祭品，不想让那些不识火色的家伙坏了自己的孝子心情，便"吃了个哑巴亏"和他们擦边绕过。

算了，他想，等我回来再收拾你们！

昨儿下了场小雨，真应验了那句"清明时节雨纷纷"的诗，原本坑洼不平的村道，人踩畜踏后变得面目狰狞。老秋虽然拾路绕行，但那车轱辘还是越来越不听使唤。转眼来到小卖部门前，弯下身子就抠车轮上的泥巴。这时候，一良儿子的蛮子女人叽叽喳喳地冲他走了过来。这女人说起话来像兜头浇雨点子，呼啦一声就砸到脚面上，不像当地人说话一个字一个字地往外迸，不费点劲还真听不明白。

老秋抬眼一瞟，独独瞅准了女人头上那顶有棱有角的帽子。老秋看见戴这样帽子的女人就反胃（这是早年落下的病根），可眼下咋办呢，人家脸上挂着一层笑，从口型上判断像是说的吉利话、问候话。于是忙调动脸上所有讨好的表情，准备礼尚往来。可嘴巴还没有全部张开，就听那女人用异化的川腔咋呼道："司令，你这是何苦哦，心痛了扛着走嘛。"言毕扭身而去。

司令是"光杆司令"的简称，是对光棍男人的讥讽，很少有人当面呼之。四川女人融俗不深，直面损人说啥也有点欺人太甚了。老秋一听女人这话，好像二十年前那点晦事又"闪"了一下，觉得自己是热脸蹭上个冷屁股，半张着的嘴赶紧来个急转弯，冲着女人的后背说："惹你蛮子笑话啦，这辈子不说了，下辈子咱一大一小弄她俩！"说罢甩手向小卖部走去。老秋心想今儿是咋啦，遇到的都是些丧门星，真是躲过初一躲不过十五啊！

毛庄是宛东平原上一个很大的自然村，七八个生产队，两千来口人。早先大集体的时候，村里只有一家乡供销社的分店，营业员是一位长得很标致的女人，买卖公平，说话和气，喜欢戴一顶八角帽，见谁都是先笑后说话。那个时候老秋年轻，买不买东西总喜欢去店里和女人说两句话，以此来丰富一个光棍男人的精神生活。谁料祸由此生，一天夜里盗贼把商店的后墙挖开一个洞，偷走了一袋五十斤的白砂糖外加一些零钱。排查嫌疑人的时候，那个说话和气头戴八角帽的标致女人把老秋也算了进去。老秋其貌不扬却心高气傲，放回来的那天，他挎着腰对着那家店连哭带骂了一天一夜，水米未进，从此落下怪癖——看见戴帽子的女人就瘆得慌，尤其是有棱角的帽子，他诅咒她们是扫帚星、狐狸精、丧门星。今天，蛮子女人怎么也没想到，自己的帽子和两句玩笑话会让杨家老弟勾起多少年前的伤心事儿。转眼到了二十世纪八九十年代，经过大调整、大洗牌，村里人手中钱多了，连小卖部都发展到好几家，这让老秋他们省去了不少赶集上店的时间。只是时不我待，一眨眼几十年过去了，虽说赶上了好日子，谈婚论嫁的事却与他无缘了，"司令"的帽子就这样一直戴着。

老秋进得一家店来，就觉得一股汗臭加酸臊味儿直往鼻孔里钻，这给他的复杂心情又撒了一把灰。

乡下的小店多是和住室挤在一处：把迎着村道的一面墙扒开一个口子，再架上一个活动窗子，上班支起，下班放下，农忙时就干脆闭窗关张。仔细的店家还在活动窗外贴张纸条，上书"停止营业"或"张灯再来"的字样。此举一为告白，二为防止那些好事的愣头青胡拍乱敲。这些店家其实是农户的一项"多种经营"，所卖商品除了油盐酱醋，就是针头线脑、挖耳勺这些在大商店买不到的急需之物。他们一毛一毛地赚，应了那句"不怕生意闲，就怕货不全"的老话，生意好了，一年下来的所得跟养头猪差不多。小店聚集人气，农闲之时人们买不买东西都喜欢到

上部

此一游，有的是就某个话题集思广益，有的是找个对手就地"掐方"（类似棋局），竟也能招来一圈人争个脸红，这一晌便于嬉笑怒骂中打发过去了。

老秋进的这家店还算讲点章法。由于地处三岔路口，过往人头较密，店主就仿着镇上商店的模样，扩宽门面，添置货架，还煞有介事地砌了一个五尺长的柜台，这就把顾客老秋挡在了柜台之外。老秋抬眼扫了一遍屋子，弄不准这酸腴之气是出自墙根那堆化肥，还是出自那仍然站在床前的尿桶。他憋着气喊了一声："掌柜的！"店主王贵就晃晃悠悠地从里面走了出来。王贵年长老秋一轮，可论起辈分他该叫老秋姑父。当地有向旁系长辈开玩笑的习俗，又爱说俏皮话，王贵就笑骂道："谁家的老叫驴没拴牢，大清早跑出来撒欢呢！"算是对那句同样带有酸味的挖苦称呼的一个回敬，王贵说完便抽出一支"白河桥"烟递过来。

老秋说："娃子，老子今天也要上坟，没心思跟你闲磨牙。"

王贵知道老秋是个孝子，转身就从货架上拿过来一大卷草纸和一串鞭炮。

老秋说："再拿，再拿，再给我拿一瓶光肚玉液，俺爹有老寒腿，喝了止疼；一袋鸡蛋糕，俺妈牙口不好，叫俺妈吃。"

王贵没想到今天头一宗生意就如此顺当，慌乱中一头撞到了货架的外框上，疼得他吸溜吸溜的，直挤眼。

老秋再也忍不住了，笑着说："怪不得今早起来我那蛋疼，在这儿应验了。"说罢拿上祭品咧着嘴绕道而去。

王贵也咧着嘴说："老龟孙你悠着点，小心坟里的人把你拽进去。"

老秋是村委会的通信员，大号杨秋，属羊的，奔六十的人了。此人身高不过五尺，长得铁丁一样结实，人们说他走路跟风筝一样轻飘，快得枪子儿都撵不上；还夸村主任有伯乐之才，挑个不错的马弁也是村里人的福气。鉴于他半官半民的地位，好事者就想起了戏台上的《杨家将》，连着姓氏依着杨府比着杨洪的身份，可着身子给他封了个"老家院"的雅号。老秋听了摸着头半晌没吭声，末了笑笑说："还行，没乱宗。"

老秋的家原本和村部隔道墙，他嫌上下班碍事，就让村主任派人拆了。老秋说："这一回我可是带着嫁妆'出门'啦。"

老秋礼数周到，以勤快出名。村里哪家老人过世了，他总是第一个跑去吊孝。要是长辈，行三叩九拜大礼，看得年轻人目瞪口呆，感动得孝子们悲声大放。谁家办喜事了，他的份子钱最多，主家要是推辞，他就说你看我没儿没女，侄子（当然有时是侄女）大喜，我总该出点血吧，算是积点阴德，下辈子不能让我再当"司令"了。这上不挨天下不着地又近乎求人的口气，你不接受都难。谁家起架盖房了，他总要过去打个下手，又是拉沙又是递砖，吉利话、俏皮话、调侃话甚至骚话说个不停，拨弄得整个现场笑声连连，热闹非凡，但又决不蹭饭。

老秋喜欢说笑话，在村里，没人不爱跟他说笑，说不上三句，笑话、俏皮话都出来了。比如他碰上村里小学的学生："娃子有出息，好好学，将来也弄个四个兜穿穿。"要是饭后遇上同龄人，他打招呼不说"吃罢啦？"而是说"喂饱啦？"或"下槽啦？"见了长辈他不问安，反说"老家伙还没死呢！"说罢又是掏烟又是拽胡子，对着笑骂一会儿各走各的。若是撞见喜欢嬉闹的嫂辈女人，他就板着脸说："我哥咋样？不中了你今晚上到我那儿去，我打扮你。"有趣的是，女人们吃了亏也不怪他，还死兄弟活兄弟地伴嗔不停，惹得一圈人跟着乐呵。

人们常说："嘴上没毛，办事不牢。"这是指未成年的娃娃们。老秋的胡子都快挨着墩了，他的做派纯属生存需要。老秋生命里有太多不幸，这一点村里人都知道，要不他早苦死了、愁死了、闷死了。人不可貌相，老秋虽然口无遮拦，人品却是极其好，从来没有突破道德底线。他要是外出走亲访友几天，村里人吃饭都觉得缺油少盐般寡淡。他成了村里人一日三餐的作料面儿，单调日子里的开心果儿，成事活事的稀泥糊子。

老秋还是个戏迷。看得多了，记得多了，曲子、越调、二黄、鼓词儿都能哼上一段。他屋里有一台"红灯牌"收音机，一天到晚把音量拧到极致，解闷之余，竟还跟着它学会了哼京戏："我本是卧龙岗散淡的人，凭阴阳如反掌保定乾坤……"这让村里人刮目相看。时至阳春，料峭之中桃花吐红，梨树泛白，野花烂漫，麦苗像浇了油一样疯长着。老秋单骑在这图画中，要在平时，一定会放开喉咙喊上一段曲子腔。他久唱不厌的几句词是：

> 天有道下的是清风细雨；
> 地有道长的是五谷根苗；
> 国有道文武臣忠心耿耿；
> 家有道辈辈人和睦欢笑。

可是今天他怎么也兴奋不起来，往事历历，乱糟糟的，搅得他心口疼。

五十多年前，老秋出生在一个长年没吃没穿的人家。他的父亲是一个长工加脚夫，靠力气和双肩挑起艰难的日子。流落当地后，和一个同样苦寒人家的女子成了婚，有一点上门入赘的成分。一连生下三男一女，门户也就热热闹闹地立了起来。在兄弟三人中，杨秋排行老三。那是一个民不聊生的年代，生他的时候正是秋天。他爹说："秋，饿不死的季节。"赶着前边俩儿子"春""夏"的乳名，这老三一落地便有了自己的名字。只是没过几天，没有饿死却被父亲用一块破布包着送了人。若干年后，他想起这事就别扭，就觉着太丢人：当地风俗，送人的婴儿要用红布包裹以示美好寄托。你们为啥用破布呢？于是他就向老妈讨究竟。

老妈打马虎，说："是吧，是红布。"

他知道这是在蒙他，可他宁信是红布。红布也不中，想起来还是寒心。孩子都是娘身上掉下来的肉，不论穷家富户，穷有穷的金贵，富有富的宠爱，十指连心是不能轻易割舍的。你看邻居张二嫂，一连生了八个孩子，可一个比一个看得重。当地人夏天喜欢在院子里睡觉，有一天半夜下猛雨，两口子又背又抱地往屋里弄孩子，然后就一、二、三、四、五、六、七、八地数，那样子有点像数鸡娃儿鸭娃儿。可是两口子刚刚躺下，屋外又传来了娃子哇哇啼哭的声音，两人一惊："怎么多出来一个呢？"当她把孩子抱回屋再数，果然是九个！二嫂一脸惶惑，男人就骂开了："混账东西，你咋把我也数进去了呢？"这个故事儿早有流传，虽是被人嫁接到张二嫂身上要开心，却让老秋大发感慨："看看老张家，八个娃儿都一样金贵。黄鼠狼不嫌娃儿臊，为啥你们老杨家就偏偏嫌多我一个呢？"

老秋有仨家仨姓仨爹妈。他的生父姓杨，子随父姓，随季而名，起名杨秋。转到第二家姓尚，就改名为尚秋，更姓不更名，是尚家对要来孩子的尊重，表达出这家人的宽胸厚德。后来尚家养父死了，养母拉着他和尚家姐姐讨饭来到邻县何楼村，尚秋又被一户姓何的人家收留，又改名何秋。按照常理，一个家庭一对父母的亲情就够他受用了，仨家仨爹仨妈当是锦上添花。可老秋说，他一生流落三家，哪家都没有把他养活成。解放军来了，就这一个爹妈把他彻底救活了。

绕着"穷"字转了一圈，待返回出生地，这才把姓氏又改了回来。他感叹道："还是血脉难舍啊！"

老秋现在的日子算熬出头了。他有三间平房，外加一间上面铺着石棉瓦的小厨房。这和明晃晃的玻璃窗很不协调，可他不在乎，他说庄稼人习惯了，要是整得跟城里客店一样还睡不踏实呢。这让他常常想起那些年：锅灶连着床头，水缸挨着尿桶，屋里窄得转不过身来。如今呢，宽绰得翻跟头都碰不着家具。今年春节，老秋买了一个十八斤重的大猪头，说那东西肥而不腻。他还买了两条几斤重的大鲤鱼和一块剁扁食馅的五花肉。老秋热衷于给年轻人保媒，年根儿的时候又收了几份"八色礼"。鸡呀鱼呀肉呀，挂满了半面墙。吃不完，他就把那四指多宽的"礼条子"分成两份，一份送给村里的敬老院，一份挂在梁头上熏腊肉。老秋说，我现在是天天有肉吃，晚上还要自斟自饮喝两盅。屋里有陈粮，银行里有存款，天上下刀子也不怕了。

这才几年啊！这叫啥？老秋想，这叫夜再长也有天明的时候！高兴得他差一点不认识自己了。

宛东一带历来有早清明的习俗，离节气还有十天半月，就有人修坟祭祖、燃纸焚香了。这多是城里人的做派，村里人不急。老秋说："阴宅阳宅隔道沟，不赶点，不尽意。"

今天风和日丽，纵横的阡陌上行人不断，座座坟茔前青烟缭绕，偶有歌声飘过，那是来自烈士墓前扫墓的小学生。老秋今天要去拜祭的是尚家养父母，尚家对他恩重如山。他到尚家时还未满月，襁褓中的他是尚家爹妈用粗粮一口一口喂活的。那片叫他寒心的破布也是他们亲口对他说的。养父母将他视如己出，总是把他搂着抱着，总怕有一点闪失。妈拉着他去要饭，要多要少总是先尽着他吃，要得少了妈干脆就饿着。要饭时常遇到恶狗，妈就把他护到怀里，宁可自己伤着也不让他受惊。要是吓哭了，妈就陪着他哭，还娃儿娃儿地叫个不停，找魂儿似的。每遇此境，妈就说："娃啊别动，狗懂人性，你站着不动它就知道你不是坏人了，就不撵着咬了。记着，你长大了要做个好人，好人狗不咬，长寿。"老秋说，如今的娃儿们不是说春天好吗，我那个时候就怕春天，就怕这个"青黄不接"的时候，揭不开锅，站在锅前没米下，坐在灶前没柴烧。花鸟虫鱼都是吃饱穿暖时的心思，那些东西还不如一个红薯面窝窝头。

春光明媚，旷野里弥漫着野花的芳香，可老秋全无感觉，魂儿依旧飘游在那个让他伤心的岁月。不知是谁家坟头上青烟掠过，一阵清脆的鞭炮声终究把他唤醒了。他跳下车子，跃过沟坎，快步向不远处的一座坟丘走去。

　　妈就说："娃啊别动，狗懂人性，你站着不动它就知道你不是坏人了，就不撵着咬了。记着，你长大了要做个好人，好人狗不咬，长寿。"

二

宛东农村是一片忠孝热土。除了清明，每年的农历十月初一和大年三十，亦有祭祖瞻先的传统。前者正是秋收已毕场光地净之时，无论年景丰歉，人们都会拎上刚出锅的油条，向祖先焚香礼拜，以期来年日子无虑。后者恰逢年节来临，子孙们把过年的大鱼大肉供奉坟前，充满感恩之情。贫不忘祖，富而向善，是这方庶民的美德。时逢清明到来，吃百家饭长大的杨秋，怎敢怠慢一步。

纪录片《杨家老三》中有这样一段旁白："清明节这天，老杨照例来到养父母坟上祭拜，这是他给自己立的'家法'，几十年来从不马虎。尚家是他人生的第二站，又是最苦、最难的一段岁月。老杨说，到死也忘不了他们的养育之恩和救命之恩。"

杨秋来到尚家养父母坟前，跪下就磕头，说："爹妈在上，今天又逢清明，不孝的儿子给你们送钱来了。"这是一座孤坟，坟上长满了越冬的茅草，风吹过来哗哗作响，好像坟里的人在跟他打招呼。坟旁长着一棵冬青树，是他前年花十元钱买来栽下的，树还没有长高，却给这座荒坟平添了一抹绿意，远远看上去像一把伞，为坟里的双亲遮了风、挡了雨，老秋图的就是这个效果。他恭恭敬敬地摆下祭品，又拆开一盒"白河桥"香烟，点着了，一支一支地插在坟前的虚土上，整整齐齐，横竖成行。又用双手抹平面前的一片浮土，把草纸平摊在上面，从怀里掏出一张十元新钞，正反两面都在草纸上轻轻抚过，这草纸就算变成了阴钱。他对坟里的爹妈说："这张新钱是我早时攒下的，画新、字新，你们老两口在那边好用。"说着便将草纸点燃。青烟裹着火苗，刹那间眼前便模糊起来，整个坟场进入了一种肃穆阴森的状态，不由得让老秋眼热心酸起来。他汇报道："爹呀妈呀，儿子不孝，今年已是奔六十的人了，还没有给您老俩娶上儿媳妇。虽说无'后'，但我姐准备把一个娃过继给我，年前说的。如遂心愿，外甥随舅，等我老了他不会亏待我。眼下我都攒几千块钱了，等攒够了就给娃说媳妇。我姐一家过得比我强，娃们都争气，现在政策好，姐夫还做着生意，有钱花。他们总是帮我，现在就俺姐弟俩是亲人了……"

这时一股旋风顺着堎沟刮来，拐个弯就卷起了正在燃烧的草纸灰儿，扫着老秋阴云密布的脸向半空飞去，又飘飘洒洒地坠向西北方。那边有一座新坟，一个妇人凄惨断断续续的哭声，更给这个特别的日子增添了无限的悲怆与情思。迷离中，不断有亲人的面容在老秋眼前出现，有杨家父母的，尚家父母的，何家父母的……淡入淡出，来去匆匆，最后定格在尚家姐姐春花的脸上，恍惚之中姐姐尚春花好像就站在他的面前。

春花是尚家的独生女。在那个年代，无论穷家富家，没有男孩就是家道不幸、断了香火，这是尚家收养他的一个主要原因。老秋来到尚家后，由于养父母先后去世，未成年的姐弟俩就成了相依为命的孤儿。为了活命，白天两人出去讨饭，晚上小春花就学着纺棉花。她那时候才五六岁，坐不到纺车前就两腿跪着纺，以求多绕几圈多赚几个钱养活兄弟，累极了就倒在纺车前睡，因此落下了风湿病，直到今天还不会蹲着做活。老秋说靠纺花卖钱换粮食，那真像剥皮抽筋糊口啊。再稍大些，春花为了弟弟就去给人家当童养媳，受尽欺辱。春花曾对他说："兄弟呀兄弟，你瞅瞅我这都转三家了，我是个姑娘家，童养这一家，童养那一家，人们知道的是因为咱是两张嘴，人家养活不起，不知道的会说你这个姐不主贵，败坏门风。这天下怎大咋就容不下咱俩啊。"秋哭着说："姐，都是我拖累了你，不论啥时候我也不会说你败坏门风，这都是世道逼的。"后来老秋说，俺俩哭着哭着，好心的邻居就过来劝，劝又能咋，没粮食吃呀，没人收留呀，没法活呀，咋整啊这……

在经历了数不尽的坎坷之后，二十世纪五十年代末，杨秋以一个翻身农民少有的情怀，高高兴兴地告别了已经出嫁的异姓姐姐，又回到了他的出生之地——毛庄，以求和亲生父母及杨家兄妹一起生活。老秋说，这个时候他有一种不比谁矮的感觉。但是做梦也没有想到，不久他又和"三年困难"碰面了，命运再一次向他叫板，最后是集体救了他。

宛东是有名的产粮区，除去灭顶之灾，一脚能踩出油来的黑土地，保墒、保肥、保苗、拔籽，正常年景总是五谷丰登的。自秋记事起，只知道从没饭吃到有饭吃，没见过哪一年地里不收粮食。在新中国成立后的若干年里，杨家同全村人一起，经历了由单干到互助组、初级社、高级社再到人民公社，直到五十年代末，除去皇粮国税，村村队队屯满仓流，一窝红薯能挖十多斤。社员们日出而作，日落而息，过着吃粮靠分红、干活听敲钟的集体化日子，倒也省去了生活中的诸多烦心事。只是世事难测，随之而来的"大跃进"之风，一下子把黄童白叟刮到了半空中。"干部社员一声吼，地球也要抖三抖""人有多大胆，地有多大产""一年电灯电话，三年赶英超美"的口号震天响。人们的热情高到了疯癫的地步。接下来的情况是：干部们学会了"冒尖瞒产放卫星"，杨秋和民兵们紧跟着摇旗呐喊打冲锋；炼钢炉子，烧尽了百年古树、铁木家具；大田里地无人种，谷无人收，草比苗高，兔子上蹿下跳敢和人捉迷藏；公共食堂取消定量，让人们放开肚皮，吃一半扔一半，连牲口也跟着天天过年；男人女人分两拨睡大通铺，吹哨练操，老太太也跟着喊"一二一"；院里院外野草过膝、绿苔遍地，老鼠乱窜大白天也不怕人……

村里人后来回忆说，那个时候人好像是木了、麻了、迷了、疯了，每天都能听到"放卫星创纪录"的好消息。似真似假，似梦似幻，对"谷撒地，薯叶枯，青壮炼铁去，收禾童与姑"的奇特景象不置可否。物极必反，第二年集体仓库里的粮食就吃尽卖空，食堂供给朝不保夕，人们不得不返回田里寻觅那遗留在土里的红薯根须，老年人就说这是遭老天爷报应啦。

这一年是公元一九六〇年，农历庚子年。

对于宛东一带的农民来说，几十年前的那场大饥荒，就像六月天下了一场大雪，所有的生命都面临着生死考验。虽然政府帮助他们较快地恢复了元气，但那户户不炊烟、村村有饿殍的情景，至今仍无法从老一代人的记忆中抹去。

杨秋回原籍后，遇到的第一个问题是栖身于何处。"土改"的时候，杨家作为赤贫户，分到了三间大瓦房和一批浮财，但到了五十年代末，杨家的另外两男一女相继长大成人，除了一间敬有"天地君亲师"神龛的堂屋，五个成年男女已把所有空间都塞得插不下足，连锅灶前也横陈着铺盖卷儿，他杨老三要是赳着膀子往里挤，那可真要憋破屋梁了。还有，他从小就是一匹离群的野马，和兄妹们没有多少感情可言。人又倔强，认起死理来几头牛也拉不回，这就决定了他在这个家中的地位，无奈只好今一晚明一晚地钻草垛，或溜到牛屋里去凑合。吃的事儿就更大，他回来没多久就赶上了吃食堂。刚开始的时候，吃饭不要钱，有点共产主义的意思，他杨秋当然是天天肚子圆，天天赛过年。不久变成人头粮，劳动力多的家庭还叫苦呢，秋是飘来的人，没有当地户口，生产队的干部只能偷偷摸摸施舍点，也算老亲旧眷一场。两年以后，当食堂的供给变成每人每天几两几钱的时候，再从家里人碗里争饭吃，秋自己也觉着是在咬别人的命。在这样一个"晚上脱鞋明天说不准穿不上"的特殊时期，他成了杨家的一个累赘。秋无路可走，秋又绝望了，秋想用一根绳子了断自己：死了比活着好受。

毛庄的自然走向是东西长。村里有七八个生产队，数村西的一、二、三队的土质最肥沃，肥就肥在土层厚，沟塘多，旱能浇，涝能排。不像村东头的地，挖不到二尺就是料姜层。村西人说，要是遇上雨水丰盈的年景，庄稼齐刷刷的鸟都飞不进去。这点荣耀，到"放卫星"的时候就成了祸根，成了把柄。那个时候谁说实话谁倒霉。尽管单产已经谎报到连自己也觉得荒唐的地步，上边还是不依不饶，整得几个生产队干部轮流跪凳子、"架飞机"。

杨家归第二生产队，队长王二顺为人耿直，要过饭，当过兵，也当过长工，查八代都是"自己人"。凭着这些根底，他回答问题时的底气就比别人足。

上边问："连料姜地都'上纲'了，你们一脚能踩出油的地还没'过江'？"

二顺答："回家问问你爷去，咱这黑土窝子哪辈子有恁高的收成！"为防止当地人打不破情面，上边常派异地积极分子参与批斗。这时二顺话音没落，就被外队交流过来的一个头头从凳子上踹了下来，摔得他青一块紫一块的直吸溜。当时秋也在场，开始的时候还跟着起哄，后来想想二顺说的是实情，说实话咋就有罪呢，就装起哑巴来。第二拨批斗更瘆人，有人攥着绳子，有人提着凳子，有人掂着砖头，分明是要给二顺上"老虎凳"呢。秋的汗毛就支棱起来了，心想都是隔村不隔店的，哪能把人往死里整。我光棍一条，无牵无挂，咋着也要救二顺一劫——二顺是队长，队里缺谁都中，就是不能没有他。正想着呢，就见几个人蜂拥过来。怎奈二顺膀大腰圆，挣扎中冷不防又有人照他屁股踹了一脚，就听"哎呀"一声，二顺立足不稳就往下倒。秋灵机一动顺势来个"狗吃屎"，用身子接住了二顺门板一样的骨架，自己则被重重地拍在了地上。秋瞬间鼻口蹿血，眼冒金花，一颗门牙也被砸掉了，他干脆趴在地上装死。这个突然的变故惊呆了屋里的积极分子，人群骚动起来。主持批斗的人怕出人命，说散了，散了，忙蹲下身子把秋翻个脸朝上，还抖动着俩指头放在他的鼻子前试气息。秋霎时火起，张嘴就咬紧了那人的一根手指头，疼得他"哎呀"一声蹦出五尺开外，骂道："你个秃驴，我还当你死过去了呢，原来玩老牛大闭气。"

秋回道："你个舅子，你也知道疼啊，还不快给老子找牙。"

说着就自顾自地顺地摸了起来。

胳膊扭不过大腿。最后，队长王二顺流着眼泪把饲料、种子、口粮都当成余粮交了上去，一百多口人从此被推到了生死线上，成了全村最早缺粮断炊的生产队。

秋的大义之举感动了村人，更是让二顺内疚了好一阵子。

一天，他对秋说："表老（因为秋的生母是王家闺女，按辈分二顺该这样称呼他），表老你救我一场，晚些时遇着合适的女人了，我给你保个媒。"秋说："算了吧，饿得腿长脖子细的，谁还有那心思。"两人的关系又近了一截子。有一天上午，二顺看见秋躺在麦秸垛旁晒太阳，就走过去喊了一声："表老。"几天没见，二顺觉得心里像缺个啥，谁知喊到第三声时，秋哇的一声哭了，哭得十分伤心，是那种绝望男人的干号。二顺戏谑道："我还以为你饿死了呢，死不了你哭个啥。"秋没有理他，只是把头往草里拱了拱，有点万念俱灰死哪儿算哪儿的意味。二顺心疼了，蹲下来劝慰道："表老你别哭，别难受，男子汉大丈夫哭了是个狗熊。不就是没住处嘛！这样吧，咱队仓库屋是个'五间头'，两头空着，你收拾收拾搬过去住吧。"秋翻了个身仍小声抽泣。二顺急了，照着他的屁股踢了一脚。也是平时玩笑惯了，秋并不在意，抹着眼泪就坐了起来，说："二顺呀，管它膻不膻是块羊肉，我总算是你表老呢，你要是想救我就给我搭间庵子，那仓库屋终究不是长远之计呀。"

就这样，生产队出面在仓库的一头给他盖了一间草房，又在食堂里给他挂了个号，身处绝境的杨秋又有了活下去的勇气。

就这样苦熬着，杨秋撑到了第二年春天。

三

清汤寡粮的日子折磨着人的胃肠，也催生着庄稼人面对难关的智慧。土地是根本，是依靠，"土里刨食"永远是庄稼人的生存哲学，何况在这个特殊时期。

这天吃过早饭，队长二顺敲罢二遍钟，社员们就挑担掖锨陆陆续续地朝集体牛圈走去。今天的农活是往地里送粪。麦苗刚起，虽然多是黄不拉叽的，可那是全队大人孩子的希望，趁着还没有拔节，队里决定给麦田再追一次肥，为的是多收一把粮食。

外面社员在干活儿，仓库屋里几个干部在商量着发展生产度过灾荒的大计，中心话题是怎样才能填饱肚子。有的说用玉米芯磨粉，红薯泥抱团蒸馍，过去有人吃过，就是拉屎困难，弄不好得用钎子剜。顺着这个思路，又议论到了喂牲口的红薯秧、绿豆叶，说既然那东西牲口能吃，人畜一理，毒不死人。有人建议抓紧派人下田下沟，摸些河蚌、泥鳅，挖些蚯蚓捉些田鼠，熬成汤先让老人孩子喝了，说那东西既然是肉就能补，总不能眼看着他们都拄上拐棍。他们还商定在预留的春地里加播一茬青菜，在靠近沟岸的地边上补种一些蚕豆，即使不结籽秧子也能充饥。灾荒年景，饥不择食，大伙七嘴八舌，把老祖宗传下来的、这辈子还没尝试过的都说了出来。队长二顺一一采纳照办，一边说事不宜迟，眼下咱们等于是在跟饥饿较劲，长熬下去不是办法；一边说庄稼人土里刨食，这两年咱们只顾"大头朝外"，顾了外边，荒了家里，地都变成"老斋公"了。

二顺说的"大头朝外"，是指当年声震中原的水利化运动。那场开渠筑坝建斗田的壮举，改变了祖祖辈辈靠天等雨的被动局面，使一些农田实现了自流灌溉和提水灌溉。那些今天仍然留在田野上的平湖长渠，犹如刻在宛东大地上的无字丰碑，是二顺以及二顺女人他们那一代青壮农民，背井离乡，用扁担挑起来、小车堆起来的心血与汗水，是自家废耕撂荒换来的光荣。

能种田、会种田是宛东农民的生存之根和兴家之本。他们从小就跟着父辈在土地上施展才干，经营稼禾，最大的依赖就是农家肥料。人民公社化以前，家家户户都在宅前屋后的空地上挖一个沤粪的大坑，一年积上几坑，地里的庄稼就有指望了。村里人还拾粪成习。那个时候六畜成群，每至农闲之时，勤快的人会赶早起床，先是顺着明路找，黑块、黑点定是牛马猪粪，用脚一推就滚进撮箕里了，连铲子都不用。赶集上店，下地做活，拾粪筐子是不离肩的，即使遇上粪便时没带筐子，两只鞋底一夹就扔进自家地里了。在村里，粪堆大小就是家景的招牌，就像若干年后比大门楼子一样。

有道是：有收无收在于水，收多收少在于肥。为了多打粮食，只能是加大施肥量，把损失的土地肥力补上来。那个时候当地人还没有见过化肥，只知道城里的硝土厉害，单干时有人弄过，说那东西是人粪尿变的，撒到咱这黑土地里庄稼疯长。于是就决定派人进城拾粪，拾不来粪刮硝土也中。去的人不管刮风下雨，队里每天都照记十个工分。

进城拾粪的人是经过队委会认真筛选的，那样子有点像挑兵苗子，条件是家里没有牵挂，跟队里一心。杨秋是露头堡子，第一个就被认定了。其实秋并不想干这个差事，他说他怵城里人。在他的心目中，城里人都是属马蜂窝的：刁钻霸气一身心眼，跟人家比自己低三分。现在叫咱去人家屁股底下淘大粪，那不等于捅马蜂窝撩蜇啊！可经不住队长全力举荐——别人想去还轮不上呢。

和秋搭伴儿的，是一个叫刘磨金的同龄人。这磨金高挑个儿，白净脸儿，能说会道还上过小学，见过世面，在村里算得上才貌双全，跟短北瓜似的秋一比，一个天上，一个地下。只是在那个年月，不论谁俊谁丑、谁高谁低、谁能谁傻，在集体的旗帜下，没有贵贱、贫富、高下之分，两人一样——穷得叮当乱响，二十多岁都还光棍一条。队长想，二人一俊一丑一文一武一滑一忠，结成伴儿，出门在外免受欺负。

这天，两人商量后就把锅碗、吃食、行李装上架子车，说说笑笑地上了南唐公路。

宛东平原是黑土地。不管通天大道还是乡间小径，旱天尘土飞扬，雨天粘脚拽鞋，就连这条赫赫有名的南达武汉三镇、西到古都西安的通衢，除了路面多了一层沙子，除了走起来更磨鞋底子，没有多少便宜可占。时下久旱未雨，走不多远杨秋和磨金就灰头土脸了。那个时候乡下人还很少见到汽车，偶有一辆卡车驶过，慌得两人躲闪不及，车辆扬起的飞尘呛得磨金直嗷嗷，说这家伙劲真大，咱队里弄上一辆也算共产主义了。秋说这玩意算啥，不吃不屙指望它咱拾不来粪。说话间又有一辆红白相间的车驶来，隔着玻璃窗子能看见坐在里边的人。秋说："坐在上面，估摸着跟坐轿差不多。"磨金说："不知道。人比人，气死人。"秋说："为这生气划不来，十个指头还有长有短呢。"两人走着评论着一路上的新鲜事儿，心情越来越好，不知不觉就到了双铺饭店。

这是一个路边孤店，地处老家与城市的中间。往常村里人进城常在此歇脚，买碗面或讨碗热汤就着自带干粮，吃饱喝足之后再走一程就到城里了。秋他爹进城送面，也是这家店的常客，有时候还不免捎上一担，老板娘自然对村里人多了点好感。如今年谷不丰，饭店生意早已没往日兴隆，只是这站点的意味还在，两只丰乳可以搭到肩上的老板娘还是那样和蔼可亲。

秋说："走一半了，歇会儿，尿一泡。"两人就歇下了。

磨金常进城卖柴，早已和老板娘混个脸熟，凑前搭话说："生意可好？"老板娘答非所问地说："大兄弟在家闷了，进城逛逛？想吃点啥，有杂面条，刚出锅的素包子热着呢。"

秋这时正好从茅厕里出来，磨金问他有粮票没有。秋知道磨金嘴馋，往车子把上一坐说："别出洋相了，一头耙缨子我去哪儿偷粮票！"

磨金商量着："要不咱用红薯干换俩包子？"

秋眼一瞪说："放屁，吃了这一顿往后你把脖子扎起来呀！"说罢驾车就走。

磨金在老板娘面前丢了脸，心里窝火又没法发泄，抬脚便把路边的半截砖踢出两丈多远，小声说："熊样，小心到城里我把你卖了，你还得帮我数钱。"

两人埋头走着，秋后悔自己说话不养人，就赔着笑脸说："兄弟我给你讲个笑话吧，解馋。"磨金带着情绪，没说中也没说不中。秋没理，说："有个人进城卖柴，碰上一个'窑子'，女人说你把柴送到我家里，除了柴钱还给你馍吃。那人说中，心想这城里女人不光长得好看心眼也好。转眼来到'窑子'住处，女人问你是先吃馍还是先算账？那人赶早走了几十里路，早就饿得肚里发烧，说先给个馍吃吧。"

秋说到这里转了话题，说这人哪，富有富的口福，穷有穷的眼福，憨啦吧唧个卖柴的，咋也想不到在这儿过过眼瘾。"但见那女人就像玩把戏似的，转身就把扣子解开了，露出了两个活蹦乱跳的'那玩意'，说吃吧吃吧。"

秋说到这里脸先红了，就停住了，他扭过脸去打探磨金的表情，磨金脸还绷着。秋想，这家伙周瑜托生，为个菜包子划不着生恁大的气，就索性好好耍耍他，说你猜那玩意是啥？

磨金不咸不淡地说："回家问你嫂子去。"秋有点失望，接着说："那卖柴的一看不好，要是再来个一伙的还不剥了我的皮，吓得扭头就跑，连担柴的扁担也不要了。女人一看卖柴的跑了，拿上扁担就追，还一个劲地喊站住，站住。意思是不要钱扁担总该拿走啊。街上的人不知底细，以为女人遭了抢劫，就帮助她撵。眼看就要追上了，那卖柴人慌不择路，扑通一声跳到护城河里甩开众人逃跑了。"

磨金开始没有心思，听着听着就笑了起来："胡编乱造，哪有恁不中用的男人。"

秋说："这事有名有姓，你猜是谁？就是你哥。"

磨金就骂了："你就是盐吃多了放咸屁。不过笑话归笑话，城里人花花肠子多是真的。"

秋说："对，进城不管住哪里，咱们得先把车子轱辘卸下来。"

离城不远了，一个像旗杆一样的大烟囱，拖着长长的尾巴远远地向他俩打招呼呢。那就是城！他俩不自觉地振奋起来。

杨秋说："你看那家伙，一天要烧几个麦秸垛呢。"

磨金说："那是工厂，酒精厂。工厂里烧的是木柴——进城了不知道的别乱说，让城里人笑话咱老土。"

秋说："那是，那是。"

到了白河边上，对岸有一条大船向他们划过来，足有三间房子那么大，上面不仅有人有牲口，还有一辆大汽车。船的两边是几个撑船的艄公，身子一弓一弓的，看样子很费力气。船靠岸了，跳板还没有放下来就有几个性急的人先跳了上去。秋想，这有点像家里人到食堂打饭，都争着往前挤呢。磨金也沉不住气，跟人学。秋急了也忙用劲拉车，车轱辘还没咋动就有人骂开了，说慌着去抢孝帽啊。秋自知理亏，心里却回骂道，你们家才死了人呢。慌中出错，正急着上船，车轱辘却卡在了跳板和河岸之间，急得他浑身冒汗。正要对磨金发作，那车子竟推着他上船去了。秋奇怪，回头一看，两个挎绿背包的人正在帮他推车呢，感动得他千恩万谢，心想这世上还是好人多啊。

　　秋和磨金当晚就在城东关一座窑厂里住下了，这是队里早先安排好的。

　　窑厂是当地一个生产队开办的，规模不大却有几十号人，有男有女有老有少，穿的比他俩好不了多少。几个勒花头巾的女人是这帮人中最出彩的主儿，其中一个叫王翠的，和杨秋他俩是老乡，算起来秋该叫她表姐，是窑厂负责分菜分饭的大勺，他俩能在此落脚靠的就是这层关系。

　　女人笑着说："兄弟，你俩今晚先凑合着住下，别的事儿明儿再说。锅里有现成的剩饭将就着吃点算了，中不中？"

　　两人从家里出来，中午只啃了个红薯面窝头，跑到这里已人困马乏、饥肠辘辘，正是瞌睡找枕头的当儿，就赔笑说："中啊中啊，全靠表姐支派了。"

窑厂处在城市的东关校场，离城里还有二里路。校场是旧时杀人的地方，这一点两人都知道，戏中常有"午时一到，开刀问斩"的道白，斩就斩在这种地方。秋从小百难受尽，不在乎鬼啊神啊，倒头便鼾声大作了。磨金不中，睡下就做噩梦，好像总有一群冤鬼拍门；睁眼一看，是风。强迫再睡那鬼就更多了，有男有女，有哭有笑，有头的没头的，有认识的有不认识的，叽叽喳喳好像要把他抬起来扔出去；吓得他出了一身冷汗，一脚便把秋给踹醒了。

秋睁开眼问："咋啦？"

磨金说："你听有啥动静？"

秋说："三更半夜的你撒的啥吃挣！"说后披衣提鞋准备出去小解。不料刚走到门口就听脚下"吱"的一声，吓得汗毛都支棱了起来，借着月光一看，一只半尺多长的老鼠被他活活踩死了。

秋说："我的蚂蚱爷呀，罪过，罪过，冤孽，冤孽，城里的老鼠也比乡下的肥啊。"

四

在窑厂安营扎寨之后，秋就急着去行使使命，好像城里的大街小巷如同村道场院，牛屙驴拉正等着他俩去拾掇呢。磨金到底见过世面，说："咱得先探探营，就你那架势像个没头苍蝇，撞不对地方还不叫城里人一脚踩死！"王翠笑说："两位兄弟真是会说玩笑。我看你们先别慌着进城，这地方虽是荒郊野外，可车多人稠，谁都不会让屎尿憋死，附近就足够你们忙活一阵子了。"

那时的东关校场是一片沙丘，坑坑洼洼的。道路错乱交叉，横七竖八的，有长有短，有宽有窄，像一蓬树枝。一条主干道自渡口延伸过来，弯弯曲曲，蛇一样向城池游去。渡口的右上方是一处很大的乱坟岗，旧坟新坟之间散乱着破衣烂衫，时有野狗从里面蹿出，吓得行人躲闪不及。干道的另侧与河道平行展开，顺着河流的方向搭眼望去，可以看到城南渡口集结的船只和它们身后那座威严的城门楼子。河面上船只往来，河风鼓着白帆，水鸟相向嬉戏着，这可是在乡下见不到的景致，看一眼就让人心驰神往。眼前这片开阔地上零星地搭建着一些低矮棚子，里边住的是一些过去卖瓜子、卷烟、芝麻糖、焦花生、甜甘蔗，现在卖大碗凉茶的近乎乞丐的小贩和一些操着南腔北调、说不清楚来自何方的流浪之人。窑厂也夹杂其间，拥着路边的野店窝棚，于是不论白天黑夜，这一带都有了人气。

窑厂四周人烟不稀，却没有一处像样的茅厕。人们随地方便，旁若无人，只图省事。靠近窝棚的一边，有一处用苫子围起来的半圆，那是王翠她们几个女人的"御用"。女人们在里面方便，蹲下去能看见头顶，站起来不耽误和

33   上部

外边人说话。男人们就更自由了，坏垛旁边、坑洼地方、窝棚背后，只要身边没有女人随时随地可以排解。两人一个上午果然拾了几挑子粪。

秋说："这城边人咋恁不知道东西金贵，到处都是粪，要是在咱老家，也不用喂牛、养羊、沤草末子了。"

磨金说："你知道啥，城里人顾上不顾下，这东西在这里叫垃圾，跟老家的坏红薯差不多。"

沙滩上散生着灌木丛、笆茅墩和树桩子，这种地方背风背人，是野地里的天然茅厕，去的人就更多了。一天秋正在兴头上，就直奔一处树丛，谁料粪没拾着，却看见一条人腿，还乱蹬，吓得头顶一阵发麻，想这乱坟岗就是不安生。在家时就常听人说，城里杀人越货像乡下杀个鸡子，孤魂野鬼岂肯善罢甘休！正待要跑，却见一男一女提着裤子爬了起来。杨秋明白了，原来两个狗东西在干那事。他呸呸两口，连声说："晦气，晦气，大白天的和牲畜差不多。"

秋对上午所见意犹未尽，吃饭的时候他对磨金说："城里人看着文气，其实骚着呢。"

磨金问："看见啥了？"

秋说："大白天干那事。"

磨金来了兴趣："在哪儿？"

秋用筷子一指。磨金抬眼一看："兔子！"他撂下饭碗就跑了过去，不想和提着裤子从女厕处出来的翠姐撞个

　　那时的东关校场是一片沙丘，坑坑洼洼的。道路错乱交叉，横七竖八的，有长有短，有宽有窄，像一蓬树枝。

满怀。在女人即将倒下去的时候，他伸手把她拦腰抱住了。

秋一愣，遂转过身去，偷偷乐了。

有聚居就有烟火，有烟火就有人走动，尤其是到了夜间，两人的小茅屋竟也招来了一些素昧平生的新邻居。他们有来自湖北的江峡蛮子，也有来自秦岭深处的山里汉子，更多的是在窑厂玩泥巴的本地人。大家衣无二样，面无二色，谁也不嫌弃谁，没事就喷。

那个山晕子说："俺那里有个该挨千刀的生产队长，脓包眼，公鸭嗓，可依仗着管食堂的勺把子，把一道沟的年轻女子快弄一遍了。"

一个湖北佬说："稻墩子旱得能点着火，一眼望不到边的莲池被翻了几遍，能走动的年轻人都跑你们河南来了，原来中原粮仓也没个好。"

大家絮叨着，感叹着，绝望着，好像翻身做主人的日子难保了，好像又要吃二遍苦受二茬罪了。虽说有点杞人忧天，可让秋没想到的是，这场饥荒的影响竟是如此之广、之深、之甚。老人们常说，能往南边挪一千，不往北边挪一砖，鱼米之乡的湖北佬也闹饥荒，听起来就叫人打冷战，也让他明白了了这次进城拾粪的全部意义。

人们散去后，磨金在被窝里辗转反侧。秋问："咋啦？"

磨金说："要是把那只兔子逮住了，咱俩过回年。"

秋来了兴致："逮个人比逮只兔子强。说，啥滋味？"

磨金："谁知道啊？睡觉，睡觉，知道你要放啥屁。"

一拉被子把头捂住了。

秋两人离家已经半个月了，窑厂周围被他们用脚丈量个够，虽然没有走进城池半步，但已积下了两大堆肥。他们对自己的收获很在乎，先是用沙土把拾来的粪掺了，用锨拍成饼状晒干，再一块一块地垛起来，用苫子捂严了，裹实了，生怕太阳把肥效蒸发、风儿把心血刮跑，一点一滴地表现着一个农民对粪土的那份情怀。秋对自己的成绩很满意，可又觉得力气没有使完，没有到累得直不起腰、忙得顾不上吃饭那种地步，就觉得很对不起队长，对不起老家的一百多口人，就和磨金商量着要扩大地盘。

去酒精厂周围拾粪还是王翠出的主意。这些天来，王翠有事没事总会过来走走，连一些针头线脑的小事都替他们想周全了，真是应了"在家靠父母，出门靠老乡"那句大实话，感动得磨金想入非非。那天两人正为去向挠头，这时王翠手里拿着半截萝卜，吃着笑着来到他俩跟前。

王翠说："哟，咋啦，想家啦？"

磨金说："俩肩膀抬个嘴，想谁呀！"

王翠听明白原委后，说："去酒精厂呀，真是打着灯笼找灯笼。酒精厂拉酒糟子的人多，又挨着医圣祠，朝爷的人不断溜儿，肯定拉得也多。"

磨金说："中，中。"

秋也满脸堆笑地说："翠姐真是个活菩萨，一句话给迷路的人点化了。"

那个时候这座城市还没有排污设施，一些大机关、大工厂、大商店、东西南北的小巷还都是露天厕所。那里边也是极为简陋，靠里边是一排用砖砌成的凹槽，约一尺来宽，二尺来长，刚好够一个人蹲下方便。有的还在两个便池间砌道矮墙，可能是怕别人偷看。前墙根是一个长长的尿槽子，男人们对着墙小便，免去不少尴尬，不像老家的尿桶，围一圈人像打机枪。秋想，原来简单里也有讲究呢。一口埋在地下的大缸承接着顺流而下的涓涓细流，这有点像秋老家的渡槽。也有省事的，大便处只放两块砖头，小便就各择其便了。这种厕所晴天还凑合，若遇阴雨连绵，里面就没有插足的地方，害得干净的城里人跳大神似的。别看地脏，活脏，清除里边粪便的人可是吃皇粮的淘粪工，这让杨秋好不感慨：同样是一脚土一脚泥，同样是累得弯腰弓背，他们为啥旱涝都有饭吃呢？这可真是人比人，气死人。这些淘粪人和乡下人差不多，也是早上城市还没醒的时候就出工，先是一瓢一瓢地把尿液从池子里舀出来，倒进特制的木箱车里拉出去倒掉，沿途哩哩啦啦。回来再把粪便一锨一锨地铲出来拉走，送到郊外特设的大粪场里，经过处理有的贱卖给郊区的菜农，有的就支援农村了。秋所在的生产队离城太远，没有享受过这种支援，却有人到城里买过，知道它的威力，因此把它看得很金贵。

今天要进城了，杨秋满脸放光，特意从铺盖里抽出一件蓝布衫套在破棉袄外面，又找来一把扫帚把车架上的干

39   上部

粪渣子扫净，扫不掉的就用锨头刮刮，生怕脏了城里人。磨金也把自己打扮了，只是没有干净衣服可换，就一个劲地在身上拍打着，还背过秋把几根奓出来的胡子发狠拽掉，结果弄得眼酸。待收拾停当，秋说走吧，磨金应着却没有迈动脚步，秋只好自己架起了车子，磨金后边跟着像个领导。出了窑厂上了马路人越来越多，有步行的，有挑担的，有马拉车，有独轮车。偶有一阵铃声响起，那是骑自行车的过来了。秋说："啥时候咱也弄一辆骑上，也不枉世上走一遭。"

磨金不无忌妒地说："烧的，远看像条龙，近看铁丝拧，晴天龙驮鳖，下雨鳖驮龙。"二人大笑。

骑车小伙闻声扭过头来喝道："咋说话的！"急切之下忘了握闸，竟一头撞到菜园边的电线杆上，连人带车拱到沟里去了。秋大吃一惊，觉得自己做了亏心事，丢下车子就要过去扶人。岂料那小伙子摔得快爬起来得更快，还向秋摆摆手，示意不妨事。

秋怕节外生枝，拉着车子一路小跑钻到了人群里。过了一座石桥，两边就有了门面房子。街面上来往最多的是拉酒糟子的架子车、卖水的独轮车和拉尿的木箱车，这些车子都是淋淋沥沥的，把石板路弄得明晃晃的能照见人影。一阵锣声传来，前面三岔口处围了一圈子人，走近一看，原来是玩猴的。那猴子头戴县官帽子，身穿对襟红短衫，在主人鞭子的驱使下，又是翻跟头又是敬礼又是伸手向看热闹的人要钱，滑稽又可怜。秋脚步不停地看了一眼，心里说：饿急了，跟要饭的差不多。

过了鸡爪街口，经人指点两人走进了一条古香古色的巷子，神秘之感油然而生。这条石条铺就的巷道并不宽，但深浅不等的凹坑，见证着它的历史与沧桑。两边排列着大小不一的门楼，清一色的黑漆大门油光发亮，贴在上面的门神清晰可见。门前有的卧着石狮子，有的挂着红灯笼，秋几次往门里瞟，想看个究竟，可啥也没有看见。

"原来城市也有里表！"秋不无感慨，"和老家的土坯房相比，城里人就是活得滋润。"

他们来到酒精厂的后门。这里紧挨着医圣祠，磨金前两年"朝圣"还来过，虽是城市边缘却已相当热闹。那卖吃食的、卖杂货的、拉糟子的、牵牛拉羊的、仰着脸东瞅西望的各色人等，曾把窄窄的便道挤得水泄不通，人呼畜叫赛过乡下的牛市。可眼下冷清了不少，多了灰头土脸的乡下人，少了穿着阔气的红男绿女，少了往日的货积幌飘。路边的茅厕确实不少，还是清一色的半坡瓦屋，不断有人进进出出。秋想，咱奔的就是这个。秋一时兴起，撂下车子就去一个茅厕探究竟，不想那里边正蹲着一老一少两个女人，一看有男人闯了进来，提上裤子就骂："眼装裤裆里了，没看见这是女厕所！"秋回过身来扭头就跑，却一头撞在一个挑粪人的粪筐上，弄了一脚脏臭。挑粪人慌了，急将粪担子转个方向，不想又碰在仰着脸发愣的磨金身上。

挑粪人干脆把担子往地上一撂，两手叉腰双目圆睁，眼看就要动粗。磨金赶紧往兜里摸烟，抽出一支就赔着笑脸递了上去。挑粪人余怒未息就是不接。磨金再让，猛然感觉不大对劲，定睛一看是自己抽了一半的烟头，这才重取重让，还划根火柴恭恭敬敬地给人家点上。磨金心里就骂开了："你弄我一身臭粪，我还得巴结你。"但他缓口气说："兄弟，你看我像不像电影里的汉奸？"挑粪人扑哧一声笑了。一口烟呛得他半天吐不出囫囵话来，指着磨金说："你，你，你太焦毛（有意思）了，你们是哪路神仙，咋像屎壳郎一样专往粪上撞？"

磨金赔笑道："东乡的，东乡的，和你一样进城拾粪的。"

挑粪人眼一瞪："跟我一样？我是吃皇粮的，跟我一样！"

一听是公家的人，秋忙凑过来笑着说："乡下人一头耙缨子，您老多包涵。"

挑粪人又恼了："你说啥，我老？折我阳寿啊。"

秋一看晴天转多云，道："你们队伍里也有年轻人啊，可惜你了，可惜你了。"遂转移话题："兄弟，这不是你干的活，不嫌弃的话哥们儿今天给你把这活干了，你光吃公粮不出力中不中？"

挑粪人不屑，打量秋一眼说："中啊，你得叫我一声干老子。"

秋也不恼："看你说那话，咱们虽然不是一个庙里的和尚，念的都是阿弥陀佛，和尚不亲帽子还亲呢！"说罢三个人都笑了起来。

两人遇到的这个年轻人姓杜，叫杜彪。这小子十八九岁，细皮嫩肉，牙齿白得能照见人影，穿一身浅蓝色的劳动布衣裤，胳膊上罩着袖套。裤子的前膝和后腚虽然都撅着补丁，可一双半新的白运动鞋，仍把他装扮得像一个刚走出校门的洋学生。

秋说："兄弟，看你嫩得像根豆芽，咋也干这没出息的活儿！"

一句话刺到杜彪的痛处，脸上陡然生出许多失落来。

杜彪家住郊区五里铺，是家里五个子女中唯一的男孩。父母节衣缩食，倾箱倒箧，一心盼望这个"香火"继承人光宗耀祖，不料却未能跨进高中的门槛。杜彪在城郊游荡两年后，一气之下进城应招当了一名清洁队的临时工，不想又被分到清洁队，在学校时那些腾云驾雾的理想被粪挑子击得粉碎。秋的提议正中他的下怀，双方各打算盘很快成为知己，自此这一排茅厕的清理任务便落在杨秋两人的头上。当听说秋两人是东乡毛庄的，杜彪眼睛一亮说："毛庄我听说过，我姑奶奶家就在毛庄，姓牛。"

秋大喜："哎呀，真是大水冲了龙王庙，一家人不识一家人，老牛家是俺们邻居，出名的好人，贤德之家，赶着辈分咱们还是老表呢！"

磨金挖苦道："看你能的，光往女厕所里钻！"

秋脸红了，踹了磨金一脚说："别冤枉我，我啥也没看见，回家你敢乱说我撕了你的嘴。"

这世上许多好事都是巧遇的，正所谓人算不如天算，你磕头许愿跑断腿不如命好运气好。秋想，当年自己被尚家抱去，不是这家人德高善厚，自己怕是早喂狗了；风雪庙里高烧不止，不是姐姐嘴对嘴喂水喂饭怕也难活命；回原籍后，不是遇上悲天悯人的好队长二顺，也早饿死了。他俩今天进城原本想探个虚实，摸清情况再作打算，不想邂逅杜彪，又沾了亲，从此就再也不愁拾不来粪了。杜彪分管酒精厂东边一溜的好几个厕所，一天下来能淘一架子车好粪，乐得秋钻到厕所里还哼着曲儿。为了讨好人家，秋还把打扫茅厕里外的事儿揽了下来，为此还和磨金吵了一架。磨金认为秋是在讨好人家，这一整早上就睡不成囫囵觉了。秋以为磨金是受不了这脏活，说老农民啥时候叫太阳晒住过屁股。

秋说："你瞅瞅，咱住到城里天天跟看电影一样，再苦再累也比在家活得自在。"

杜彪呢，自从秋两人接管了他的工作他就成了甩手掌柜，胳膊上的蓝袖套也不戴了，小分头明晃晃的没有一根乱头发。他每天只在下午去厕所转悠一下，像是点卯，又像是应付上司。有的时候三个人一天也难碰上面儿。磨金注意到，杜彪身边多了一个女的。每当他们聚在一起说话，她就站在很远的地方嗑瓜子，因此磨金总也看不清她长的啥样，心里说："还不是看着咱老农民不顺眼，等咱啥时候熬出头了也领一个跟她比比。"杜彪近来总是受到领导的表扬，说他能不畏世俗偏见，认真工作，不光厕所打扫得干净，连墙缝里人们塞的手纸片儿都清除了。这种"宁叫一人脏，换来万人洁"的精神难能可贵，还打算请示上级为他邀功请赏。杜彪受宠若惊，为了不露破绽，决定请杨秋两人吃一顿，糊糊嘴。

这座曾被称为楚汉之都的城市，从申吕之国的宛邑到更始刘玄白河称帝，从诸葛亮躬耕卧龙岗到刘玄德三顾茅庐……城市不大，名气不小。数千年来，名人辈出，各领风骚，人文遗风，薪火相传，不知倾倒了多少南来北往的雅士侠客。连汉代的天文大家张衡都夸咱"于显乐都，既丽且康"呢。可如今天下大饥，小城之中早没了往昔的繁荣，连灯红酒绿的长春街也绝了笙箫之娱。杜彪能在时下请客，也算是君子疏财、少年仗义了。

这天他安排在温凉河畔一家牛杂面小馆里。温凉河是这个城市的一条内河，上游是前两年新修的一座水库，冬去春来，原本该是清澈明亮的河床，由于掺进了工厂里热腾腾的糟液，水面上便浮起了一层薄薄的雾帐，缠缠绕绕，不时随风飘进饭馆里来，和酒味、烟味、油炸葱花的香味搅拌成一种刺眼呛鼻的怪味，不时有人咳出声来。秋想，在这种地方吃饭也是活受罪，除了图个排场，咋也比不上老家的饭场，清凉，随和，自在。

饭场，是宛东乡民吃饭时形成的一种乡俗。夏追荫，冬撵阳，不冷不热凑光场。一个饭场少则几户人家，多则二三十人。大家端着碗夹着馍聚在一起，国家大事，邻里小情，农事活动，马路新闻，吃着说着笑着，不亦乐乎。秋是饭场里出名的活跃分子，有时一个插科打诨，能把老少爷们逗得前仰后合，满嘴喷饭。

三人面前是一张能够折叠起来的圆桌，上面摆了四个碟子，有花生米、红豆腐、萝卜干，外加一盘牛剔骨肉，凉拌的。这剔骨肉块子很大，好像没动过刀，一只牛眼格外显眼，秋觉得它还一眨一眨的，有点瘆人。桌子上还放着一瓶赊店老白干。杜彪要了三个黑瓦小碗，咬开酒瓶盖子每人各倒了半碗。磨金早已沉不住气了，袖子一捋说："兄弟，今天叫你破费了，哥们儿不好意思，来，我先敬你一碗。"一扬脖子就把那碗酒倒下去了一大半，顺便把那个牛眼解决了。杜彪忙端起酒碗对秋说："整呀，还等啥呢？"秋就赔着笑喝了一口，夹一块肉在嘴里嚼着。长年不沾腥荤，那肉团子在嘴里打个过站就滑到肚里去了。秋心想，人活一世，草木一秋，总有个时来运转的时候，今天这顿酒肉，那是在老家做梦也遇不到的美事。再看那杜彪，一碗酒下肚话匣子就打开了，说："二位兄长听了，今天咱哥仨比不上刘关张，但也是缘分，求你们在领导问起淘粪那事时帮个好腔，我可是一天也没闲着……"秋点头称是，忙说："那是自然，庄稼人不图虚名，只要有粪拾你叫俺往东俺不往西。"磨金指着秋说："打马虎眼啊，他是行家。"杜彪一听这话得劲，趁着酒兴捋起袖子就要猜枚，硬着舌头说："兄长，哥，你们信不信，日后我要发财了，当官了，我派大车把粪支援到你们家门口去。你们信不信？"

三人正掏心掏肺地云雾着，忽见一个女人慌慌张张地闯进店来："不好了，要死人了！"这边三人一愣，磨金正要起身却被杜彪按住了，说："别，别动，城里这种咋咋呼呼的事多了，没啥热闹可看，喝酒，喝酒。"秋用眼一扫，店门前确实有不少人聚拢过来，像是出事了。秋说俺们的架子车还在石桥栏杆上拴着呢，别让谁趁乱拉跑了。说罢就和磨金夺路出店，一眼看见石拱桥边围了许多人，一个披头散发的女人正躺在秋的车旁，弓身如蚕，脸色蜡黄，身下还蹭出一溜血迹。两人没见过这场面，吓得心口乱跳。

这时候就听有人喊道："这是谁的车子，行行好把她拉到前边医院看看，兴许还能救过来。"

众人也随声附和，吵吵嚷嚷的。

秋是个软心肠的人，见不得可怜，看不得不平，原想拉车子走人，谁料眼前遇上这事，来不及多想抱起女人就往车子上放，给磨金使个眼色，在人们的指点下，顺河堤一溜小跑奔正北城楼方向而去。

五

医圣祠是神医张仲景的祠堂。秋老家有不少人朝拜过，说那里一天到晚香火不断，只要心诚，一撮香灰就能治病呢。还说，求医的不光有中国人，还有红头发蓝眼睛的外国人，可见神医的了得！秋两人计划，等粪拾得差不多了，挤空也要朝回爷，不看病也要点炷香，许个愿，人生路上谁不碰个沟沟坎坎啊。医圣祠的外边是一眼望不到头的蔬菜地，早春里青翠一片，有的已经开花，金灿灿格外出众，给时下的饥荒生活带来些许慰藉。但秋两人无暇欣赏，想着人命关天，救人比啥都要紧。

杜彪看着两人背影咕哝道："够仗义。"

这座城市有好几家医院。秋两人给女人看病的这家在酒精厂前门，离出事地点不到二里地。秋呼哧呼哧地在前边跑着拉车，扭头对后边推车的磨金说："你先打前站对医生说说，这个女人快死了。快跑！"磨金就朝前跑了。

拐过一座石桥，一条笔直的大街出现在眼前。路上行人看秋跑得风火，自动让开道来，这叫他很是感动，想这城里人就是识火色，不像老家的人跟猪一样光知道瞪着眼看稀罕。待他把女人拉到医院门口，果然有穿白大褂的一男一女在等着。那女的说："上三楼，妇产科。"秋心里说，站着说话不腰疼，累得气都出不匀还得上恁高，就喊磨金帮他背人。磨金看女人下身仍在流血，瞪着眼没动。秋

　　秋呼哧呼哧地在前边跑着拉车，扭头对后边推车的磨金说："你先打前站对医生说说，这个女人快死了。快跑！"

端了他一脚:"火烧眉毛了还怕那东西!"两人就又背又抱地把女人弄到了三楼。

那女医生胳膊一伸把他俩挡在了病房的外边,两人就一屁股坐在门外喘气去了。

秋和磨金都是第一次到这种地方,在他们看来,城里的医院就是有板有眼不乱套,不像乡下的诊所,看病抓药吊水都是独角戏。两人正瞅着好看的、飘来飘去的白大褂,女医生从门缝里伸出头来:"你俩过来一下!"这一喊把两人吓着了。

秋说:"坏了,要钱呢!咱都害不起病,咋整?"

磨金埋怨道:"早走好啦,你要歇的,你过去看看,不中了把你'当'在这里我叫队长来赎你。"

秋嘟囔一句就去了。医生说:"病人是大出血,不输血再等一会儿就救不过来了。"

秋一听不是要钱,悬着的一颗心就落了槽,说:"那就快输吧,救人要紧。"

女医生说:"把袖子捋起来,把胳膊伸过来,把拳头攥起来。"秋没有弄过这事,任由女医生摆布,可没想到只抽了一点点,说是化验,也不疼,跟蚂蚁蜇着差不多。秋想,长恁大只听说过验尸,戏上说的,又学个能!

正想呢,女医生又发话了,说:"你的不行,下一个,要O型的。"

磨金一听下一个就知道是叫自己。磨金喝过墨水,知道血型有多种，输不对了要死人呢。事到如今，刀山火海也只好跳下去了。

事情往往出人意料。看着那黑红黑红的东西从自己身体里流出来，磨金的气就不打一处来，待抽血一毕，两人瞅个空子就偷偷跑下楼，出了医院大门，磨金躺在车子上就装死。

看着磨金的难受样，秋心疼得想大哭一场。

大约过了半个钟头，女人醒来发现自己躺在医院里，嘤嘤地哭了起来。

医生说："你没事了，登个记出院吧。"那个时候虽然缺吃少喝，看病吃药却是公费医疗。

女人说："我咋到这里来了？"

医生说："算你命大，是两个清洁工把你送到这里来的，人家还为你献了血，不然你早没命了。"

正说着话，一个干部模样的人走了进来，坐在女人床边眼圈就红了。

医生一脸严肃地说："她没事了，回去好好养养，一个月内不要过夫妻生活，记着啦。"

秋两人救助的这个女人的男人是一家工厂的工会干部。他听了妻子的叙述非常感动，说工人阶级之所以能够领导一切，就在于他们的无私胸怀。于是奋笔疾书连夜写了一篇千字文章，洋洋洒洒地把事情经过描述到了极致。然后找到报社主编，硬是要求在重要位置发表，说眼下正是国家困难的当口，苏联老大哥又撕破脸向我们逼债，国家未来的希望就看工人阶级了。人家清洁工救人不留姓名，那可是献身精神啊！还说："我写的这个标题还没有表达出我们全家人的心情，你们报社的记者学问大，请帮助给稿子润润色，重新编辑个标题，最好能牵着人们的眼珠子往下看。"

工会干部从报社出来后，来到一家做锦旗的缝纫店，要求人家务必在明天上班之前给加工出一面锦旗，上写两行宋体大字，上句是"清洁工人觉悟高"，下句是"献血救人不留名"，落款是"一位绝境逢生的幸运女子"。后来想想"绝境逢生"不妥，城市里人流如潮，那样写太"打击一大片了"，于是就改成了"遇难呈祥"。可想想也不妥，就又陷入了沉思。

裁缝师傅有点替他着急，说："同志你慢慢想，反正小店也不忙。"说着端起杯子一边喝茶去了。

工会干部正在挠头，忽然听见街洞里一支腰鼓队敲敲打打地过来了，他拍着脑袋感叹道："哎呀，妥了，就叫'一个遇上伟大时代的落难女子'吧。"

工会干部安排完毕又折回工厂，他向工会主席作了听起来足以让人热泪盈眶的汇报，说你如果不亲自出马把这面锦旗给人家清洁队送去，就显得咱太"那个"了。工会主席连连称是，说："你去通知一下锣鼓队，明天八点半在厂门口集合。"

秋和磨金吃罢早饭，拉起架子车就准备去淘粪。王翠听说了他们昨天的故事，一个劲地劝磨金："今儿歇歇吧，东边日头一大堆呢。"秋也说该歇，该歇，回家我向队里为你请功，最少也得给你多记一百分。磨金本想来个顺水推舟，在家歇歇没准还能和翠姐说说话儿，可架不住秋说的一百分，不知是真是假，那可是几十块钱呢，就硬撑着说："没事，没事。"可走不多远就觉得头晕，心口也怦怦直跳。

磨金说："我走不动了。"

秋说："你坐上我拉着。"

磨金说："我想解馋，你得请我。"

秋说："你想吃啥，我给你买。"

磨金说："吃阎天喜的饺子，别的不吃。"

秋说："中啊，就是不知道在哪儿。"

磨金说："你听我的。"

两人就直奔鸡爪街而去。

每座城市都有自己历久弥新的招牌菜肴，成为外埠访客和本土乡民的牵挂。这个城市的名吃，打头的要数东门内常春轩的卤肉，传说曾经招待过驿站里的慈禧老佛爷。常春轩的卤肉色鲜肉嫩，酱香扑鼻，肥而不腻，那汤汁已越几朝几代。据说为讨秘籍，有人出重金都没得手。又说"跑老日"的时候，店主舍下家产不顾，唯独把一坛传世老汁抱在怀里，却在慌乱中洒于护城河中，末了半座城池几天几夜香飘不断，犹如八月桂花怒放。除此之外，还有新华街上的油炸活鲤、狮子坑畔的刘氏烧鸡，走街串巷的灰土豆腐、多味油茶、梆梆馄饨等，无不彰显着这座城市的饮食文化底蕴。

阎天喜的饺子也是当年这座城市有名的大众美食，磨金过去进城卖柴去过那家饭铺。那饺子皮薄如纸能看见里边的肉馅，咬一口顺嘴流油，不像自己家过年包的绿豆面萝卜疙瘩，一咬一溜牙印——只是数十年后，城里人开始讲究饮食结构，阎天喜大油大肉的饺子铺才慢慢冷清下来，成了老一代人岁月深处的一个念想。

秋今天是豁出去了。磨金抽血后，原本单薄的身子有些支不住架，蜡黄蜡黄的脸让秋心疼得只想掉眼泪，可他有啥办法呀？秋们从家里拉来的口粮，除了红薯干、红薯面，就是那点可以叫作粮食的玉米糁，下锅时恨不得一粒一粒数着下，这些吃食要是能变成血，变成力气，天下全是补身子的东西了。出门时队长给了他三块钱，是让买盐吃的，已经花了三毛，剩下的用一片报纸包了又包，塞在棉袄的暗兜里。钱是一张纸，可眼下它却有千钧之力，今天就指望它了。

两人来到饭店门前，只见弯弯曲曲的一溜人在排队买饭，有男有女，有学生也有干部模样的人。秋凑近一看，是一锅翻着滚儿冒着热气的白菜汤。锅台上的盆子里，盛着黑青黑青的菜团子，卖饭人说是白菜丸子汤，三毛钱一碗，外加一个窝头，收二两粮票。一听说要粮票，两人像被兜头浇了一瓢凉水，折身就进了饺子店里。这里没人排队，吃客也少，秋想今天是没戏了，谁料不抱希望却拾了个如愿以偿。服务员问："一两粮票五个，你吃几两？"秋说："一两粮票十个我也不吃，没粮票。"服务员说："有高价的吃不吃，八毛钱一碗。"秋一阵惊喜，忙说："中，中，来两碗吧。"服务员说先交钱，开票，坐那儿等着。秋就赶紧把攥在手里的纸一层一层剥开，再一张一张数清，双手像敬神烧香一样恭恭敬敬地把钱递了过去，然后向站在门外的磨金来个近乎敬礼的招手，磨金就喜滋滋走了进来。

秋说："兄弟，今天咱俩算烧高香了，别看这日子苦寒，只要腰里有银子，咱天天都能吃饺子。"

磨金咧咧嘴苦笑了一下，说："别哄我了，算我欠你一个大人情，有朝一日混出人样了，我请你吃常春轩的卤猪头。"

两人正小声说话，两碗热腾腾的饺子就端到了面前。秋用眼一看，那碗比老家的菜碟大不了多少，碗里的汤上浮着油花子，串着葱花味儿，秋还没尝出味道就碗底儿朝天了。

磨金坐着没动。秋就对营业员喊："掌柜的，再来一碗。"惹得邻桌的人咻咻乱笑。营业员小声嘟囔着也不知说些什么。待第三碗端来，秋对磨金说："你慢慢吃，今天给你好好补补，我出去看着车子。"

这鸡爪街西延戏院，北伸汽车站，东南伸向入市口，活脱脱一只鸡爪模样。这名字起的，简直出神入化了。这个特别的地理位置上，百货日杂、药铺、饭店十分集中。不仅能看到柜台里穿得干净、长得好看的城里人，听到店铺里传出的好听声音，还能闻到一股股不知从哪里飘来的油炸葱花味儿。尤其是那些赶点去车站的人，有的扶老携幼大包小筐，有的手拿干粮边吃边走，有几个瞎子一个扶着一个，像乡下孩子在玩老鹰捉小鸡的游戏，都是行色匆匆、目不斜视、上天入地的劲儿。秋看着直想笑。笑啥呢？笑世态的百样，行色的滑稽，人心的难揣，日子的不易。这时一个样子和他差不多的人向他凑来，看看左右没人，掀开衣襟露出两个夹在腋下的杂面馍馍，问："要不要，不收粮票，五毛钱一个。"

秋一愣说："想要，没钱。"

那人苦笑一下，掩上衣襟又匆匆离去了。

秋心里想，这买卖做的，像贼，天下无粮洋相百出啊。随即，秋的心情又沉重起来。这个时候忽然一阵锣鼓鞭炮声从对面院子里传来，打断了他的思绪，也引得饭店里的食客跑出来观看。且听一人大声说："尊敬的领导，可爱的清洁工同志们，东风吹，战鼓擂，在日新月异的大好形势下，你们单位涌现了见危难就上、献血不留姓名的优秀员工。"接着讲了医院里的那一幕。秋越听越慌神，挤到前边一看，杜彪也在那里。他手捧着一面锦旗，还有许多干部在不断地拍巴掌。秋想这事儿咋传得恁快、说得恁好听、弄得恁玄乎，这一张扬不打紧，人家收回茅厕事小，要是说俺俩是混进公家堆里的坏分子可就惨了。秋越想越怕，越怕越想，反身拉上磨金就从原路奔东关窑厂而去。

秋和磨金救人的故事，通过日报报道、电台广播，很快在这座城市被传为佳话，清洁队成了众人瞩目的焦点，可就是查不到那两个救人的英雄，弄得主任蒙在鼓里笑不出来："这种没头没脑却有鼻子有眼睛的事咋就对不上号呢？难道几百人里真的藏着掖着两个无名英雄！"

主任把杜彪叫到办公室，关起门来一脸严肃地说："杜彪，这事出在你的片区，到底是怎么回事，你给我从实招来。"

杜彪一脸哭相，心想再也无法掩盖下去了，就把他转包厕所淘粪的事一五一十地向主任交代了。说罢他等着挨批，心想，这一回算是栽了。

主任听罢杜彪的一番叙述，开始在屋里转圈子。

杜彪双腿打战，他使劲地在自己屁股上拧了一把，警告自己："站稳了！"

不料主任把大腿一拍，竟哈哈大笑起来，说："好你个彪子，有能耐！这么说来，是那两个乡下人替咱长了一回脸，真是幸运。这叫工农联盟知道不？和乡里农民结对子，互通便利，互相帮助，是一条很好的经验，我马上向上级汇报，在全城推广。"

杜彪结巴着说："别，别忙主任，你再考虑考虑，对咱没啥不利吧？"

主任说："你小子不懂，去吧去吧，你就等着领导给咱涨工资吧。"

六

城里人多嘴杂，乡村里有一点风吹草动，城里就能闻出年景的丰歉，日子的厚薄，世事的变数。这就是咱们这座小城市，她与农村连襟靠背，嬉笑怒骂都是一个表情。

人们注意到，自入春以来，街面上要饭的人一天天多了起来，内中数一个女人领一个或两个孩子的最多。每每遇到这样的情景，秋的心就像被扎了一下，仿佛那女的就是妈，那孩子就是姐、就是他杨秋。和当年自己的处境不同的是，这些要饭人虽然多是乡人进城，内里像是也夹杂着城里人，但面黄衣不烂，既不拉棍捧碗，也不叫苦连天。施舍的人也和气，只要你伸手，不是吃食就是小钱甚至一张饭票，更无恶狗追撵，有一种说不出的可怜与无奈。街洞里缺少了小贩的游走，就连以往热闹非凡的国营商场也是门可罗雀。秋心里清楚，其实城里人也不比乡下人好多少。在校场一带的荒滩上、坟园里、河畔处，他经常看到成群的城里人在挖野菜、捋树叶、逮小鱼。酒精厂排放糟子的地方，也有城里人在争抢。这让秋好生感慨：谁也别装蒜啦，在饥饿面前，没有尊卑，没有贵贱，那些饿得东倒西歪的人不分赵钱孙李周吴郑王，一个"饥"字把城里人、乡下人打扮成一个模样了。

郊外公路两边的小店关张了许多，那些没有门面的简易棚子，成了讨饭人不花钱的干店，虽然四面透风，好在天气渐暖，没有性命之忧了。

粮食，生存之本，民以食为天。

杨秋是个喜欢热闹的人。在家的时候，往往是汤还没喝就有一伙人聚到他那里叨闲篇、说笑话。在当地，"喝汤"是指吃晚饭，是上辈人传下来的称谓，想是源于昔日食不果腹的岁月：白天还吃不饱肚子呢，晚上就只好汤汤水水凑个"三"数罢了。年轻人聚到一起，天南地北、云里雾里、荤的素的没有主题，一会儿说生产，一会儿侃生活，一会儿对着吵，一会儿对着笑，一闹就是大半夜，直到哈欠连连眼皮子打架了才各自散去。如今来到城里拾粪，没有了热心的兄弟，便五味杂陈，空落落的。新结识的那些陌生人，话不投机，隔心隔肺，坐在一起活受罪，喝罢汤就只有睡觉的份儿。

秋平时睡觉安稳，只要心里没事，总是睡时啥样醒来姿势不变。不像磨金，翻来覆去的，不停地说梦话，还夜漏。有一次秋听见他说："我就是亲了，亲了……"秋知道这是对着兰妮男人出气呢。磨金对兰妮从小就有意思，可如今人家已经名花有主了，再想也是狗咬尿脬——瞎喜欢！秋夜里也不尿，脱光睡下，醒来就起床，只此一觉，绝不瞪着眼看房梁。磨金不中，睡早睡晚天不亮绝不下床。秋笑他是属猪的，听不见"唠唠"不上槽。磨金回他是老鸹落在猪身上，只看见别人黑，不知道自己也放屁磨牙打呼噜。两人没事了就斗嘴，斗完了就笑，笑够了就睡，算是黄楝树下弹琴——苦中找乐了。

有道是"春眠不觉晓"，可这几天好像是撞见鬼了，秋总也睡不踏实，眼皮直跳。

磨金问他是左眼跳还是右眼跳，左眼跳财右眼跳挨！

秋说："财神爷相不中我，小鬼判官我没得罪，大路朝天各走一边，用不着担惊受怕。"话虽这样说，意识里身体还是一会儿飘一会儿沉的。飘的时候浑身发烫，"下边"抻得根疼，能把被子支起来；沉的时候全身像散了架，脸朝上像根面条，脸朝下像背个磨扇。这天半夜眼皮正在打架，迷糊中听到一声蛙鸣，耳朵就支棱了起来。又一声很低，很远，却像被针扎了一下，秋就醒了，且没有再睡的意思了。睡不着就想心事，想来想去又想到了粪上。进城两个多月了，粪已经拾了几大堆，算算日子，谷雨将尽，快立夏了。俗话说，蛤蟆哇哇，四十五天见麦茬。离麦收也就一个多月的时间了。节气不等人，割罢麦就要种秋，队里也不知道啥时候进城来拉粪。去年全队包括豌豆、扁豆、油菜这些杂粮，一共种了一百二十多亩，收罢麦总不能"白脸"下种，一亩地按三车粪施，需要三百六十多车，队里人屙、牛拉，连草木灰老墙土加起来也不过二百来车，剩下的就指望他和磨金在城里拾的这些洋粪了。城里的粪壮，施的时候顺沟溜，不像老家的粪遍地撒，一亩地两车足够了。按现在的速度，麦收前弄得不会比现在少，可总也不会超过五十车。算到这里他的头就开始大了。这可咋整，五十车粪累死俺俩也弄不够，秋索性披衣坐起，再想。两人"上任"以来，一天也没有给队里使偏劲儿，挨着医圣祠走了多少趟也没敢近前半步；吃的是从家里带来的糁子薯干，除了杜彪请客、磨金吃饺子，再也没有沾过一次荤腥——也没有想沾；住的是四面漏风的茅草棚，要不是人家王翠送点牛毛毡围了，牲口也受不了。拾来的粪比几头牛屙的还多——想到这里心里也就平和多了。秋决心再苦拼一个月，城里城外，两厢兼顾，清尿滩、扫墙脚、掏鸡窝、刮硝土，想尽一切办法也要整够数量，决不给队里留下一亩"斋公地"。

这时磨金起来小解，见秋坐着，以为他病了，心里这么想嘴里却说："咋，急了？想出去嫖窑子啊？"

秋就把前边想的说了。

磨金说："你算老几啊，一不是队长二不是会计，腊月萝卜一个，睡吧睡吧。"说完磨金就又钻进被窝了。

秋两人住在郊区，耳闻目睹饥荒之重、之惨、之广，心里涌出了说不清道不明的滋味，唯一让他们宽慰的是眼前那大堆小堆上好的肥料。秋没事的时候就盯着看，细细想，想着想着那肥堆就变成了粮堆，变成了白面馍馍、捞面条子，变成了老少爷们的一张张笑脸，便涌出一丝难得的成就感。

在老家的时候，秋想着进城了有古景看，有稀奇看，有戏看。磨金在进城的路上对他说了，城里不是西边有戏，就是东边放电影，还有说书的、唱鼓词的、玩把戏的，都比在家赶会时看到的那些出彩。窑厂的泥瓦匠还说，郊区唱戏放电影都有因由，有的是物资交流大会，有的是传统庙会庆典，更多的是哪家有了红白喜事儿。尤以唱戏最为花哨，有时白天唱戏晚上还要加场电影，有时两台戏对着唱，像打擂：这边出彩了人就往这边跑，那边就算被比败了；那边要是唱得热闹人就往那边跑，这边戏主急了就扯着嗓子喊："别跑哇，车棚前坐个老婆子，大闺女小媳妇在后头哪！"又是撒糖又是放鞭，惹得台下一片哄笑。秋一听说戏就来劲。他从小爱看戏不爱看电影，说电影上的人跑得快，看得眼生疼也没有看明白。磨金喜欢看电影不喜欢看戏，说唱戏半天一句看着心焦没有电影稀奇，为此两人总是抬杠，走不到一块。秋看戏还上瘾，特别是那些连本戏，像《封神榜》《铡美案》《瓦岗寨》，在家的时候他能跟着戏班子转几个场，跑十几里地，记了很多唱词，一时兴起不论家里地里他就喊上几句，秋说喊戏有几大好处——解闷，提神，通气，利便，不信你也试试。

这天收工回来，隐隐约约听到附近有说书的声音，这在饥馑之年可是个稀罕，就跟磨金商量着过去听一会儿欢快欢快。磨金百无聊赖心里正空着呢，披上衣服啃着萝卜就催秋快走。两人行至沿河的便道上，抬眼便看到几只白帆缓缓地向下游移动过来，在余晖里，衬着岸边疏密相间的白杨和垂柳，构成一幅迷人的风景画。这在老家东乡是花钱也看不到的景致，叫人过目难忘。一群水鸟在河面上戏水，小东西们一会儿潜入水底，一会儿钻出水面，想是在忙着捕鱼捉虾；有的还扇动翅膀向同伴寻欢示好，无忧无虑，不饥不渴，自由自在，煞是叫人眼气。

磨金说："秋啊，咱俩混到这步田地还不如禽兽，没吃没喝不说，二十多岁了没碰过女人，你说冤不冤？"

秋说："你想啥呢，眼下不是想女人的时候，饿不死已算烧高香了。你要是真急了城里有的是窑子。"

磨金说："你胡说啥呀，如今可不是新中国成立前，我是说咱们这样不死不活地熬着，啥时候有出头之日啊。"

秋说："留得青山在，还怕没柴烧？"两人聊着与看戏不搭的话题，秋突然觉得他这位兄弟老成了，长心眼了，心里掠过一丝说不清的欣慰。两人虽然不是儿时的玩伴，但几年来的形影相随、同舟共济，不是兄弟胜似兄弟。吵也好闹也好，喜也好悲也好，都没有改变杨秋那颗善良的心。看着河两岸的景致，磨金一时兴起，说："下去，碰碰运气，若能摸个泥鳅、黄鳝，也是荤腥，咱俩今晚改善一下。"翻腾半天，鱼没逮住，磨金却抓住个半大的蛤蟆，兴奋地看了一下秋，说："也中啊，一人一条蛤蟆腿，梦里有想头……"

秋说："放了吧，正繁殖呢，指望它充不了饥也解不了馋。"

磨金一甩蛤蟆说："地里没野菜，河里没鱼虾，苦了城里人了。"

秋说："是啊，城里人，乡下人，饿着肚子一个熊样。"

这时候一溜黄尘处飞过来一辆吉普车，两人慌忙躲闪，那车却吱的一声停了下来，一个人边下车边喊："那不是老三嘛！"

两人以为下车的人是跟别人打招呼，忙用眼睛四下寻找，不料那人又发话了："杨秋，老表！"

两人回过神来："五哥！"说着就往五哥身边跑。

秋说："哎呀五哥，咋在这儿碰着你了，真是幸会，幸会。"

五哥也慌忙掏烟，并打趣道："你俩在这儿游荡啥呢？打野鸡呀？想住不掏钱的屋子啊？"

秋说："五哥你真会耍，俺俩要是有那能耐，早跟你一样穿上四个兜了。"

闲话稍叙，两人就把队里派来拾粪的事说了。

五哥问："住哪儿？"

两人用手一指说："不远，就在那边。"

异乡遇故知是人生一大快事。秋两人遇到的这位五哥，是这座城市的一名新闻干事，因为家族中排行第五，当地人又不喜欢直呼其名，排行就成了一种很亲近的称谓。五哥路遇两个老家的少年乡邻，多年未见自然是喜出望外，许多有趣的往事闪现在眼前。

新闻干事和杨秋一家是两代隔墙邻居，秋家住西边，五哥家住东边，中间隔着一道土墙，白天能看见对方家人的脸，晚上能听见隔墙人说话，又都是贫寒人家，借东还西隔着墙都将就了。只是秋从小送给人家，辗转回来新闻干事已经工作在外，人虽未常聚，秋黄连一样的身世，常被母亲叙来道去，有时竟怜得老人眼泪汪汪，这些都深深地印在新闻干事的脑海里。再后来，秋那不卑不亢的人生态度，那苦中作乐的俚语笑谈，成了润色五哥新闻语言的作料。

磨金和五哥是手拉手走过童年时代的知己，两人一起上过学，一起放过牛，一起游泳扎猛子，一起上树偷梅子。五哥小时候个子矮，玩耍时常被大娃儿欺负，要是磨金在场五哥就有了安全感。有一年村里唱大戏，看不见两人就爬到台子角上，磨金抱着台柱子，五哥拽着磨金的衣襟，结果挡住了台下看戏人的视线，就有人不干不净地骂了起来："谁家的兔娃，蹶下来！"这时五哥的老子也在下边看戏，就火了，折一节树枝挤到两人的背后发狠地打下去。他本意是要教训自己的儿子，不料却全抽在磨金的身上，疼得磨金捂着屁股在戏台上哇哇乱叫。这天唱的是

《三哭殿》，台下没弄明白的人纳闷了，怎么又多了一个小秦英呢！有的人就高喊："唱错了，唱错了！"弄得戏台下边一片混乱。这虽然是儿时的一件趣事，新闻干事还是把它提溜了出来，笑着对磨金说："我到现在还过意不去，那一棍子原本是属于我的，咋会让你替我挨了。"

夕阳西下，余晖给这座城市镶了个金边，也毫不吝惜地泼洒在三个本该朝气勃发的男人的身上。酒精厂的烟囱如一支巨笔，昼夜不停地在城市上空涂抹着，一会儿像龙，一会儿像人，一会儿像枝繁叶茂的大树，要为城里人遮风挡雨似的。背景是静静的河面，一群鱼鹰在撑杆的驱使下左冲右突，殷勤地把衔在嘴里的鱼儿献给主人。鱼鹰船在老家并不鲜见，可此时此刻，就有点回忆童年的意思了。

三个人有说有笑地向窑厂方向走着，五哥问："你俩娶媳妇没有？"

秋说："咱这熊样谁会跟咱。"

磨金说："唉，笨得嫖窑子都找不着地方。"

五哥说："兰妮你俩不是有点意思吗？那时候你又背又抱的，还对着石磙拜过天地呢！"

磨金说："五哥你别寒碜我了，人家娃子都抱出来了。"秋一脸怪笑地咧了下嘴，把滑到嘴边的话又咽了回去。

转眼哥仁来到窝棚外边，磨金说："就在这儿坐一会儿吧，屋里脏。"

五哥说："屁话，招待所干净你住不住？"说着就推开栅门钻了进去，急得秋两人拦也不是放也不是，站在门口直搓手。

人世间的大起大落实乃常态，可要是发生在熟人、友人或亲人身上，那种惊诧，那种落寞，那种凄楚，就让人难免生出许多茫然、怜悯、感叹来。新闻干事一步跨进窝棚，抬眼一看心就吊起来了。这哪里是人住的地方，像猪窝啊：窝棚四处透亮，不要说风，连鸟都挡不住。靠里边的草垫上，两条被子就那么乱放着，被子的一头用绳子扎了，想是为了保暖。地铺一边墙上挂着一个油葫芦，下边放着墨汁瓶改做的煤油灯。最值钱的东西是架子车轱辘。地上散乱的布袋里，装的该是他俩活命的口粮了。锅灶砌在窝棚门口，说是砌，其实是用一些砖头堆起来的，烧起火来肯定一圈冒烟。没有案板也没见青菜，一个豁了口的辣椒碗放在高粱秆做的锅盖上，像一张大嘴在诉说着什么。

新闻干事拉着脸从里边走出来，一屁股坐在车子架上，半天没吭声。

磨金笑着凑过来说："五哥，你别看这摊子有些将就，粪可没少拾呢。"

秋也说："五哥，你心里别不得劲，咱一头把缨子还图个啥啊！"

也是情到深处，窝棚外边顿时静得如同无人一般。一行大雁从三人头上掠过，很及时地嘎嘎叫了两声。

秋借故说："大雁跑，脱棉袄，这一春又快熬过去了。"

新闻干事好像没听见秋嘟囔了些什么，站起身来动情地说："真是苦了两位兄弟了，我救济不了你们，可我那里有的是旧报纸、旧杂志，隔天你们就去找我，记着，别伏着头跟做贼一样。"这边两人正要说不，新闻干事则顺手掏出一卷钱和粮票，死活塞在秋手里，他转过身去眼睛就红了。

新闻干事快步离去，后边秋急急地追着："五哥你等等，我这腰葫芦里有一只会叫的油子，你拿回去给侄儿玩玩吧。"

在秋的老家，男人们喜欢玩弄鹌鹑和油子。逮鹌鹑是个技术活儿。入秋后，一些闲人一旦在田野中发现目标，便张开一面丈余见方的大网，一边接地，放诱子（雌鹌鹑），一边撑起，算门。逮鹌鹑者头顶麻秆箔边走边划动发声，催促那些"好色之徒"顺着田沟向雌鹌鹑靠近。雄鹌鹑发现上当受骗时，已被扣在网里了，有趣着呢。逮回家的鹌鹑经过筛选、调教，毛色纯正、体格健硕、歌喉响亮者便被视为宝贝。天暖时挂在院中观赏、逗乐；天冷后便被装进一个上为布袋下为木盒的特制提兜里，掖在长袍马褂下的裤腰上，闲来掏出抚弄把玩一番，成为一种雅兴，一种身份的象征。这些宠物还用于斗架取乐，兼有赌博的性质。有人也会于集市上选购，据说优秀的值几斗米呢。穷家子弟则玩油子，于深秋时田野中捕捉，这是秋的强项，年年如是。装油子的容器是个圆圆的小葫芦，白天藏在腋下，夜里放进被窝。这小东西遇热便叫，"咽咽咽……"高一声低一声地唱个不停，解闷又催眠。秋的油子色亮体壮，唱得也特别欢实，给窝棚的日子带来了不少情趣。磨金说这家伙的花腔快撵上城里的角儿了，难怪你冷热都搂着不放呢。

七

小满一过，生产队便接连数天派车进城拉粪。车是那种气轱辘大马车。名字虽这么叫，拉车的却是一群男女。在二十世纪中叶，宛东农村这种以人代畜的人海战术遍及各种农事活动。有一堆人拉犁，一堆人拉耧，一堆人拉车，一堆人清塘，一堆人挖沟，一堆人修渠，一堆人盖房……人多力量大的豪情壮志更体现于水利工程。人山人海，红旗招展，革命歌曲借助大喇叭，震耳欲聋，响彻云霄。还有那喊口号的，说快板的，擂战鼓的，说三句半的，下挑战书的，此起彼伏，一浪高过一浪。爱出风头的女人，头上扎着白毛巾，脸上涂着花脸儿，脱着光脊梁，甩着大奶头，小车推，扁担挑，布袋背，比着干劲，拼着性命，成了工地上一道别样风景——几十年后人们回想起来还津津乐道。

人们扎堆做活的好处是不寂寞，不像单干时那样冷清孤僻。就说这进城拉粪吧，中间是一个棒劳动力驾辕，两边是一帮人拉套，有男有女，有老有少。只要出村上路，就有人说荤素段子、家长里短、三皇五帝、奇闻怪事。一路上说说笑笑的，就像一个游动的说书场，所以感觉并不累人。不过今非昔比，饥馑之年脖子长腿肚细，有几个人还能说得尽兴，笑得放肆呢？

秋和磨金两个多月没和老家的人照面了，村里众人到来，他俩一颦一笑里掺和着那份厚重的亲近，又是提茶送水，又是帮助装车，还不断地跑着去向王翠讨要些短缺的东西，脚不沾地儿地应酬着出门在外的乡亲。

王翠这几天也很精神，上身穿一件粉色的布衫，腰间勒一件蓝底白花的围裙，那腰肢就有了曲线，在乡下男人的眼里就有了城乡差别的意思。她一手拿着烟，一手拿着火柴，一个不漏地献着殷勤，还一个劲儿地说都是自家人，需要帮忙的只管张嘴，感动得拉车的人连连说好。女人们凑在一起总有说不完的悄悄话，她们直夸王翠胸脯鼓胀、身段匀称，还细皮嫩肉的，跟在老家当姑娘时没有多大变化。这个说："女人哪，沾点城市的光，就妖冶，就浪。"那个说："女人那俩'馍'，婚前是金，婚后是银，生罢娃儿就是铜了，谁像你，娃子都上学了，还勒。"

人堆里有一个叫茂林的年轻人，是杨秋和磨金的铁哥们儿，关系近到几乎合穿一条裤子。这茂林有一个外号叫"呱嗒"。"呱嗒"是宛东农村早年小孩子们的一种娱乐项目，表演时两个小拳头轮换着向上撞击微合的下颌，上下牙齿就发出了一连串清脆悦耳的响声。由于茂林的呱嗒技艺超群，小伙伴们就给他起了这个绰号。长大以后，茂林改掉儿时的顽皮，变得一天天腼腆起来，甚至和年轻女子碰面都不敢抬头。不过磨金知道他的底细，说那是假装的，其实他整天想女人，想漂亮女人，想得夜里抱着枕头做花梦。茂林家年年种瓜，有一年还没开园，磨金想尝鲜就借故找茂林说话，没想到刚走近瓜庵，就见茂林一只手攥拳一只手在两腿间"撸竹竿"，面红耳赤，气喘吁吁，慌得磨金赶忙折返，不想踢响了脚下的瓜铲。茂林喊："谁！"磨金应也不是不应也不是，只说了句彼此彼此，便溜了。因此，磨金说他是心里害、肚里害。此时茂林偷偷瞄了王翠一眼，嘴里就开始不荦不素，小声对磨金说："这女人，几年不见更有女人味了。"

磨金说："女人味啥样？"

茂林说："闻了能叫男人晕头转向。"

磨金说："城里好看的女人多啦，想过眼瘾你在这里住几天。"

茂林说："我才不费那事呢，恼了我去买两张美人画，挂到屋里想啥时候看就啥时候看，想啥时候跟她说话就啥时候跟她说话。"

秋也不甘寂寞，一边招呼大家跑上跑下，一边插科打诨传播马路新闻，是那种长了见识的口气。他说："城里动物园里有一头'四不像'，是驴和骡子生的怪胎，那骡子不是中国的……"秋话没落音茂林就给挡了回去，说：

"你在城里吃盐多了放咸屁，外国骡子也能下驹，天下就没有骗匠了。"秋本意是想说个笑话凑凑热闹，见大家不像往常那样开心，也就闷着不再吭声了。

这可真是穷有穷的活法，饿不死的乡民照常笑对人生。

装罢车缚完套索，人们就坐在地上吃随身带来的干粮，有的干脆躺在地上闭目养神，懒懒的像一群打败仗的散兵。秋看看不对劲儿，就给劳动力们倒水发烟。那烟的牌子叫"大丰收"，烟盒上印个几指长的苞谷棒子，虽然只五分钱一包，可大家都喜欢，说瞅着那黄澄澄的棒子能充饥，说得秋心里酸溜溜的。茂林叼着烟凑到秋旁边，两人头对头像摸鸡贼。

茂林说："你在城里只知道欢撒，家里已经撑不住了，食堂的饭能照见人影，大人还能忍着，娃儿们饿得干号。"茂林一脸无奈地说："我见你爹那腿肿得发亮，老年人差不多都是一按一个坑。"

秋的头皮一下子发紧了。他常听人说，男怕穿靴，女怕戴帽，要是果真那样，爹这一劫恐怕是躲不过去了。遂吼道："队里咋就不想想办法，总不能叫老老少少都饿死吧。"

茂林眼一瞪说："你知道没人管啦？队长说上头正从南边调大米呢。"

旁边有人却说："说得好听，四川的女人还往咱这儿跑呢。"

茂林说："你也小声点，上边不让咱叫苦，怕阶级敌人钻空子，破坏大好形势。"

茂林侧一下身对秋说："前几天县里来咱队检查食堂，公社连夜给咱送来一车萝卜和几袋杂粮面，中午蒸了一锅菜包子和红薯，大人娃子跟过年一样吃了一顿饱饭，弄得现在天天盼着上边来检查。县里干部说，社员们生活还不错嘛。你听听！村哄乡，乡哄县，哄得百姓去要饭啊。"

那个拉车人说："没事，日头（太阳）不会从西边出来。"

自从河边巧遇五哥，秋两人的生活就有了变化。锅台上除了那个辣椒碗，又多了一块猪板油，隔三岔五还能吃上一顿面条，人也就活泛多了。新闻干事为了多给他俩收集一些旧报纸换钱，常到机关同事的办公室串门，碰到对劲儿的，不管新的旧的，见纸片就往怀里揽，弄得人家莫名其妙。有干部就说："这家伙过去成天见不着影儿，怎么现在跟换个人一样？"有知情者就说："他这是在支农啊。"就把两个拾粪农民的境遇介绍了一番。接着感叹道："中国农民真是一头牛，低头吃草，抬头拉套，弄不好还挨一鞭子；谁要给它一把青草，它会瞪着眼看着你吃，好像要记你一辈子大恩大德。"

那个干部说："看看，有点诗意了！"

知情者小声道："这不是个浪漫的年代，国家有难，农民遭灾，泱泱大国吃苦最大的其实是几亿农民。"

对方接道："是啊，一脚能踏出油来的平畴沃野，竟然这么多人挨饿，恐怕上上下下都该想想为什么了。"

老家的粪堆不断见长，秋和磨金的名望也不断提升，社员们都夸队长有眼力，派出去两个在家不起眼、出门就发威的人。王二顺在大队开会受了表扬，带着一脸喜气来到正在卸粪车的人群里，张嘴就问，那俩主捎话没有，精神咋样。

茂林凑到队长跟前小声说："有干的，有看的，还有女人陪着说话，下回要是换人，我去。"

二顺就笑了："茂林你不是说胡话吧，就他俩那熊样，真能混个女人回来，我把咱队里那头老母猪杀了待客！"

麦穗已经露头，转眼就要进入扬花期了。这是一个关口，要是风调雨顺，丰收就有把握了；若是遇上下冰雹、连阴雨、晚霜冻、干热风，就会减产，甚至白白地撒了半年的汗水。民谚"风扬花，挑断权；雨扬花，秕夹夹"说的就是这段时间。

处在饥馑之年的村人们，这些日子谁都得把心提得高高的。

宛东这片天地，古往今来，多有人祸少有天灾，或者说少有灭顶之灾。它的西面是伏牛山，其余脉迤逦北延，与毗邻的桐柏山相连，便形成了一个月牙状的护围圈，挡住了干燥，守住了温润，把一片良田沃土伺候得"插根筷子也能生根发芽"。夏有小麦、大麦、豌豆、扁豆、蚕豆、油菜,秋有棉花、玉米、高粱、红薯、谷子、绿豆、黄豆、黑豆,可以说无粮不长,无季不收,年年岁岁养活着一方民众,还有大把余粮可售。可事到如今,也算是风水轮流转吧,老年人说老天爷要收人了。

这天一大早,队长二顺就去敲茂林的门。门刚开个缝儿,屋子里就灌进来一股冷气,茂林打了个寒战。冷不防的,二顺就把一包东西塞到他手里,阴着脸说:"这是你嫂子吃剩下的一点白面,给他俩捎去擀两顿面条吃,我就恁多办法了。"

茂林接过白面鼻子就酸酸的了,说:"队长你这是断侄儿的奶路,嫂子正坐月子你咋下得了手!"

二顺说:"别婆婆妈妈中不中!我看这个冷劲儿悬,说不定要下霜了,我还得组织人揞烟呢。"待转身时又将一卷零钱塞到茂林手里,就消失在晨霭里了。

这真是一个清冷清冷的初夏早晨。茂林从枕头下面抽出那件过冬的棉袄套在身上,裹着单裤子的小腿就开始抽筋了。往日五更头上不乏起得早的勤快人,可很少有人搭腔。这是乡俗,可能是怕扰人挨骂。今晨就异样了,除了穿墙过院的驴叫声、狗叫声,还有一种天将塌下来的惊恐、哀叹和喧叫,听起来有点瘆人。茂林把两个窝头塞进怀里,才掩门出院,队里的钟声就咣当咣当地响起来了。村人们又背又抱把可燃的柴草堆在麦地边上,霎时间就火光四起、狼烟一片、人声鼎沸了。

犹如一场战斗，人们用上辈人传下来的古老生存方式，与霜冻争夺着已经到嘴边的粮食，有一种原始的拼杀与悲壮。

就在此时，东北角传来一阵似锣似盆击打的声音，接着就是时断时续、时远时近、如泣如诉、如咏如唱的诅咒和乞怜："西王母，东龙王，还有南山的老和尚，你们快快开个会，给俺娃儿们留把粮。您要听了俺的话，麦罢给您蒸供飨，您要不听俺的话，玉皇殿上论短长，哐哐哐……"人们听出这是孤寡老人张奶奶。这张奶奶如今已经八十多岁了，自从日本鬼子杀了她的男人，烧了她的房子，便学了点巫术自养其身。"公社化"后一直被队里供养着，成了又红又黑的争议人物。张奶奶平时病恹恹的，很少出门，今晨却迈动小脚用她自己的方式驱赶霜冻，令许多村人哭也不是笑也不是，阻也不是放也不是。队长王二顺说："任她咒吧，出口恶气胜似看病吃药，不然队里还得花药钱呢。"

茂林和一堆人驾车离开村子，目光所及尽是点点火光。浓烟在麦田上空飘忽游移着，像一块巨大的白绫把该遮罩的都照顾到了。细看眼前，刚刚绽露芳容的麦穗被镶上了银边，路边的青草已是灰白一片。一双燕子掠过头顶，不知是受了惊吓还是鸟懂人意，也没有了往常那好听的喳喳清唱。

突降的灾情应验了那个雪上加霜的老话，却催快了拉粪人脚下的步伐，他们硬是提前一个时辰赶到了东关校场。

当地农谚："雪下高山霜打凹，大雾生发河汉汉。"秋和磨金住的窑厂挨着河边，半夜起来小解还见一天星星，早上开门那雾就拧成股子从河面上包抄过来，不一会儿两人就觉得像被扣在蒸笼里了。时下正值春末夏初，昼暖夜寒，正是两个季节较劲的时候，那雾升发起来弄得对面看不清人。不远处公路上过往的汽车都开着大灯，只听不断流儿的喇叭声，却吭哧吭哧还没有猪跑得快。

秋说："今天老家还要来人，约莫要晚些。"话音刚落，就听见茂林牛叫一样的吆喝："杨老三，过来帮个忙！"说话间一堆人就飘落在眼前。磨金招呼大家歇着，闪身到窝棚拿了几个萝卜出来，说："吃，吃，这东西又解渴又充饥。"

茂林拉过秋瞪着眼说："这是队长女人的奶水，叫你们俩吃呢。"说着就将那包白面塞给了他。秋正要开骂，茂林就把队长托付的事儿全倒了出来。

秋说："你这不是折俺俩的阳寿啊，和月子婆娘争食儿吃，瞅瞅你办的这缺德事！"

茂林说："我算老鼠钻到风箱里——两头受气。"

秋说："兄弟，你行行好，回去再把这白面给队长家送去，让人家女人好好保养保养，别的不说，娃子可是盼头，咱死了也不能让月子里的女人和娃子遭罪。"亲情加灾情，两情相糁，说着说着那心也便提了上来，两行又苦又咸的热泪再也无法收住……

秋缓过神颤声道："咱们兄弟一场，你也知道我是啥人，队长心里有咱就中了。"说着又将那包面掖到茂林的怀里。

茂林说："还有个揪心的消息，老家下霜了，俺来时男女老少正在捂火，连张奶奶都出动了。"

秋说："这就叫雪上加霜。"

弄清了村里的情况，秋拃着腰吼道："屋漏偏遇连阴雨，老天爷杀人不用刀。还没到要咱们命的时候。磨金，过来，装车！"

八

清明过后，郊区以及农村集镇上的春季物资交流大会便陆续多了起来。一些显眼的地方，每天都有花花绿绿的告示。公路上经常可以看到小卡车、大马车、架子车满载着桑杈、扫帚、弯把镰这些三夏农用之物，给人一种收获前的快感与希冀。

宛东平原，地广物丰，人烟稠密，集市之多可以说是星罗棋布。农村集市的形成，有的原本就是一个地方的行政中心，像乡区政府之类。政权离不开经济支撑，上自国家下至州县，大同小异，日久便自成体系。有的属农副特产出产地，去的人多了，其他行业就去寻找商机，形成了规模。有的是占了大庙大观的便宜，有的则占了交通便利的条件。集市不像城市，一年到头都有市场，只能跟着周边农民的生产、生活习惯开行布市。有的地方集市过多，商家们约定成俗，日久便分别出了逢双（日）集、逢单集和露水集。其中以露水集最是有趣：晨曦初露交易开始，太阳出来集就散了，忽聚忽散也就一个多时辰，玩魔术一样。

说到底，集市的本质，就是交换。

有集往往就有庙，举办庙会是一地商情、文化、地位的张扬，头面人物则借机与神比排场，落得个义举善行的好名声。

那个时候神多仙众，最多的是龙王庙、火神庙、财神庙、奶奶庙、土地庙。

龙王庙是为了天旱祈雨。诸神中数龙王爷最难伺候，香火旺了还倒罢了，稍有怠慢，一季缺雨叫你糠菜半年，一年不雨叫你拉棍要饭，三年少雨就得卖儿卖女，老东乡哪一辈人都听说过、领教过。建火神庙为的是日子平安——毕竟火神爷也不是好惹的。财神爷自然是个好人，不然老百姓为啥把他塑得慈眉善目。秋常在茂林耳根后挑拨说，你伯弄啥福音堂啊，那是洋神，到咱这儿不服水土，还不如请个财神爷敬着，说不准哪天他老人家发善心，给你家院里扔两个金元宝。奶奶庙里敬的是送子观音。周边最灵验、香火最旺的数桐河街的泰山庙，那里观音怀里孩子的小鸡鸡，常常被求子心切的女人偷偷抠了吃，传说全有妈就是吞了那东西才怀上全有的。在村里人看来，土地爷和灶王爷是一个级别，他们离自己最近，也好伺候，说话办事都方便，故而不少人家即便一日两餐，但在请灶王爷的时候，也会捎带上一尊衣着朴素、面无表情的土地塑像。回到家里，不管墙脚屋后，挖个洞放进去，再找个小碗小盅做香炉，穷家寒舍，他老人家也不在乎，心到神知也就算"开光"了。庙里的神，比如关老爷六月二十四日过生日，一般不去烧香磕头；家里的神，初一、十五必有香火，甚至有"人争一口气，神争一炉香"的说法。可秋不信，说左邻右舍香火不断，照样吃不饱肚子，而且画匠不给神磕头——知道那是泥巴捏的。

老东乡逢庙会、物交会时，请戏班唱大戏从不含糊，这关系到一地的名气。四乡八村的戏迷们没想恁多，他们只打听有没有谢芳欣、瞎老旦这些名角。最让他们着迷的是县剧团的李二凤，她一张嘴，两颗金灿灿的大金牙和着绸缎一般的花腔，一闪一飘，能把小伙子们的魂儿勾走。张法印的《黄鹤楼》，那周瑜要文有文，要武有武，一个跟斗从城门楼上翻下来，腾云驾雾一般；要是咬牙切齿起来，咯吱咯吱的，坐在剧场最后一排也能听得真真切切，看得女人们直流口水。

秋所在的毛庄不设集市，为了显示大村人众的气派，头面人物常在秋冬两季请班唱戏。每每至此，村中大家小户半个月前就忙碌起来，或派出家小约请三亲六故过来看戏，或送板献檩跑上跑下地参与搭建戏台，或磨面蒸馍打酒备菜准备招待客人，殷实的人家还要杀鸡买肉、下塘捕鱼、打扫庭院。在村人的心目中，这三天大戏，除了享受难得的快乐时光，还有相聚相叙相亲相识、展示家道村风的深层意蕴。待戏期到来，你看啊，村子里人声鼎沸，阡陌上人流如蚁，平常难得听到喜庆锣鼓的村庄，被欢声笑语包裹得严严实实。戏散场了，灶里的饭菜早已摆上桌来，亲朋好友，还有他们的邻居熟人也被生拉硬拽地请到家里，把酒添菜，真诚礼让，连云游四方的乞丐也不会让饿着。

村里老少几乎都是戏迷，为看戏还闹出不少笑话。有一年收罢麦，村里把县剧团请来了。那天中午全有妈正在热锅上贴饼子，听见锣响就急了，招呼男人快来。她原本是让男人替她忙灶，自己跑出去看戏，急了，迷了，随手把托在掌上的饼子拍在了男人的屁股上，男人还没弄明白咋回事，她已跑出大门，定神一看，玩猴的！那猴子大约是饿了，玩猴人咋敲锣就是不钻圈。全有妈又急了，指着猴子吆喝："钻呀，钻，钻了我回家给你拿饼吃。"

多年来，无论年景如何，毛庄以及赵庄、李庄、王庄等，整个宛东人都是这样遵循着与别人同享美好的操守。这让如今吃不饱肚子的秋和磨金感到光彩。

毛庄周边有三个路程差不多的街市，这给村里人带来了许多方便。农村人没啥时间概念，有人准备赶集上店了，就看看日历或向身边的人打听今天是啥日子，是初几、十几、二十几，要是逢单了就去北街茶庵，要是逢双就去南街汉冢或是东街的桐河。这些街市每年都有庙会，数桐河街的三月二十八最负盛名。这个日子处在小麦灌浆的当口，正是农人置办三夏农具的时候，赶会的人特别多。那里风情别致，小吃出名，包子、油馍、胡辣汤无处可比，尤以白面蒸馍远近闻名。你看啊，各个馍摊都呈塔样垒着白面蒸馍，二尺多高。那蒸馍不知下了多少功夫，掰开来层层叠叠，吃到嘴里香甜劲道。纵贯东西的五里长街，店面整齐，货物琳琅满目。还有山陕、泰山两座大庙，楼宇重叠，雕梁画栋，长年香火不断。弯弯曲曲的桐河水路，帆樯林立，商贾熙攘，要是办起庙会或物资交流大会来，连城里人也要甘拜下风。

秋说那个时候他还在尚家，那里离桐河街更近。为了不误会期，村里人掐着指头算日子，还常派他和几个伙伴一连几天到那里探班摸底。看到底请了几台戏，戏台子搭建在哪里，是越调是曲子还是二黄。看玩把戏的旗杆搭得有多高，有没有上刀山下火海的新鲜玩意儿。看油馍锅、包子棚、百货摊支在东寨门外还是西寨门外，它们可都是中心会场的告示，要是支在西门外咱这儿可要多跑几里地呢。看街洞里的戏楼挂彩没有，夜戏点的是油灯还是汽灯。看山陕庙里的关老爷是重塑了金身，还是穿着那件烟熏火燎了多年的绿袍子。看泰山庙送子观音怀里抱的孩子的小鸡鸡可是新捏的，不然女人们就没啥可抠了。

村人们赶会像过年。女人们都换上了新衣服，男人们除了添置一些农事家具，有的还随手牵上心爱的牛犊马驹，顺便到牛市上估估价，其实并不是真心出手。孩子们图的是热闹，他们聚成一伙，前呼后拥，不买东西也不看戏，东钻西撞的，哪里有稀罕就往哪里挤。戏场子外围是卖吃食人支起的大布棚，棚下是油馍锅、水煎包、胡辣汤、卤肉摊……吆喝声在热气和香味中一波接一波，谁也不肯示弱。这边喊："会大人多，早吃早喝——几位里面请了。"那边喊："有钱不花，丢了白搭——来吧，赔钱赚吆喝了。"

阵阵清风掀动着台子上的锦额，也把那好听的琴瑟裹来挟去，悠悠扬扬，忽高忽低。高的时候戏占上风，低的时候吆喝声便乘虚而入。这情致犹如天籁，每每想起就让人振奋。还有套圈的、押宝的、摸奖的、算卦的、卖针的、耍猴的、吹糖人的、拉洋片的，吆喝声、叫卖声、说唱声、牛叫声、锣鼓声、说笑声、找孩子的呼唤声不绝于耳。人们在会场里享受着快乐，体味着乡俗，释放着郁闷，把积攒多时的窝囊都忘到脑后。过瘾，痛快，合算，这才真叫赶会呀。

可眼下呢！交易会场上虽然也竖起了不少新棚子，里面也摆放了不少肥皂、毛巾、暖水瓶和洗脸盆子，但除去农用器具，大都凭票供应，这对杨秋他们老百姓来说，无疑就是镜子里的烧饼。想来也是，大灾之年还想惦些花里胡哨的，岂不是忘了东西南北啦。有一台大戏热闹热闹，已经很不容易了。

当地人说，平常年景郊区农村一入春就节会不断，像城北魏公桥的物交会，城西武侯祠的香火会，城东北独山的庙会，还有古路沟、香妃庙、玄庙观……越是临近麦收越是扎着堆儿，城周围跟锅滚了一样。

唱大戏是节会头等大事，明比暗争内里是看谁面子大请的戏好看。最好看的是城里的曲剧团，那阵势、那角儿、那行头，无人可比，据说还在北京城唱过呢。再就要数二黄戏了，里边有个男扮女装的瞎老旦，六十多岁了声音还跟铜铃一般，走起台来一步不多一步不少，比睁眼的还到位，看得一些老戏迷直叫好。还有就是城西的宛梆，听起来有点像陕西一带的秦腔，花腔花调很是新鲜，不像乡下的一些杂班子，没板没眼没章法。

郊区人也讲究男女授受不亲，这一点和老东乡一脉相承，可看戏时却截然不同，只要对看戏有利，不管前边是男是女都敢趔着膀子往前挤，这让秋大开眼界。尤其是看夜戏，几个好事的家伙在后边借故一推，前边的人就因势前倾，一会儿过来，一会儿过去，整个戏场子一波接着一波，连戏台子也跟着摇晃。往往在这个时候，就有几个戴红袖圈的人，吹胡子瞪眼睛地跳到台子上维持秩序，叫喊着前边的人坐下、坐下。在一片咋呼声中，前边的人不情愿地弯腰试着坐下，可还没等屁股挨着地，又一波挤拥从后边发生了，就像大风推动的麦田。于是刚刚蹲下的人又呼呼啦啦地站了起来，怨声、笑声、骂声中夹杂着响屁，臭气、汗气、热气，搅和着灰尘，把戏都比败了。尽管如此，人们还是乐此不疲，戏还是照看，堆还是照挤，大家把这种嬉闹看成一种排遣，一种释放，一种属于自己的生存方式。

看戏的人中，不乏想占女人便宜的地痞无赖，越是离城近这号人越多，他们专往女人堆里挤。郊区人看戏也是结伴而行，老中青少各恋一伙。女人们三代不同路，数老太太们看戏最积极，有的人饭都不吃先占据有利地形，但决不抢夺正台位置，而是远远地一边听戏一边拉家常，家长里短永远也絮叨不完，戏散了也不知道唱了些什么。大姑娘们一般不急着赶场，快开演了才几个人合伙拿着一条板凳场边站着，后不挡人，前无人挡，乱场了拿起板凳就撤退，静下来了就专心致志地看戏，和孩子们一样是很自由的一拨。结过婚生过娃子的女人就欢实多了，她们敢和男人们一样挤台子，一样吆喝起哄。随着剧情的发展，笑起来酣畅淋漓，哭起来嘤嘤有声，是入戏最快、表达最直白的一拨。但是吃亏的往往也是她们，只要一闹场你就听吧，一会儿这边尖叫一声，一会儿那边怒骂一句。每当此时，那些浑水摸鱼的人不是趁乱挤走，就是东张西望佯装好人。诡秘，滑稽，下流，又有几分大爷的儒雅，有意思。

这天是农历的四月初八，东关教场附近的古路沟物交大会也开启了，还请了城里剧团的名角来献艺，一时间轰动了城里城外，有一种雨过天晴出日头的感觉。当天夜里，王翠、磨金、杨秋几个也挤在看戏的人堆里，几盏汽灯明晃晃地把戏场照得如同白昼。可看着看着王翠就觉得屁股后边有个硬邦邦的东西在顶着，用眼角一瞭，是个鸭舌帽扣着半拉脸的家伙。王翠害羞，往前挪了四指，那人欲罢不能也跟进了四指。王翠又往左挪挪，那人也跟着左挪挪，好像磨脐错不开磨眼儿，急得她出了一身汗。王翠感觉没了退路，忍无可忍之下一侧身就发狠向那个硬邦邦的东西抓去，不想那家伙躲闪得快，性急之中却一把抓着了磨金的裤裆，疼得磨金哎呀一声，当下就脸皮蜡黄汗如雨下了。王翠一愣神，不知所措，天晓得何人又趁机在她胸上摸了一把，王翠也尖叫了一声，同时两手乱抡了起来，这样就炸场了。一阵推推搡搡，包括杨秋在内，几双拳头就管不着自己了。也是为了显示男人的地位，秋一边护着王翠且战且退，磨金一边捂着下面，一边孤军奋战，腹背受敌。这边，半个场子嗷嗷乱叫混作一团；那边，肇事的鸭舌帽儿捂着嘴幸灾乐祸。

　　后来听人说，那场混战确实了得，戏散场时光男女鞋子就拾了一大筐。

　　磨金下边受伤又挨了一阵冤枉打，几天以后眼窝子的青块才退去，只是下身仍在隐隐作痛，走起路来还是直不起腰。

秋说："兄弟，叫我看看，是不是把蛋拽掉了，要是那样你可要断子绝孙了。"

磨金不让，说："你别咒我。"

秋说："你成天捂着，黑毛也叫你捂白了，要是去医院怕害臊，就叫翠姐寻个先生问个偏方，偏方治大病。"

磨金说："别乱了伙计，说句正经话，要是老家人问起你就说是摔跤摔的，千万别说真话，不然我跳到黄河也洗不清。"

王翠这两天来过。王翠是止痛片，在门口站一会儿磨金就不疼了。王翠不怕人们说闲话，她认为这不丢人，乡下人看戏闹场子的事儿多了，又不是自己跑出去卖的。让王翠坐卧不安的是，自己昏了瞎了咋就偏偏抓了他那个地方，还是那种朝死里抓，抓下来就想喂狗的那种抓！想到这里就心怀愧疚，决定趁秋不在，到窝棚里坐一会儿，把心窝子里的话都掏出来。

王翠来到窝棚外边，先是轻轻咳了一声，算是通知里边的人，见没动静就掀门走了进去。这时磨金正在脱裤子看下身的伤情，没有听见咳，还没有提裤子王翠就站到了面前，两人一时都很难为情。

王翠就打圆场说："秋呢，秋还没回来啊？"磨金就连声呵呵着，这才想起提裤子勒裤带。

王翠说："磨金你这两天啥样，还疼吗？"

磨金说："不疼不疼，明儿就能出去拾粪了。"

王翠说："我真昏啊，我不是故意的。"

磨金说："知道，知道，都是那主惹的祸。"

王翠说："我这儿还有几毛钱，你拿着买点吃的补补吧。"说着掀开衣角就去掏钱。

磨金说："不要，不要，我哪能花你的钱。"

王翠带着哭腔说："你要是不收就是看不起姐，姐不是那种没良心的人。"

这边王翠执意要给，那边磨金使劲推让，也许是挣紧了下边，磨金嘴一咧就摇摇晃晃往下倒。王翠一看吓坏了，忙上前去扶，谁知蹿得过急，抱着磨金就把他压在了地铺上。磨金是第一次和女人相拥而卧，似真似假，如梦如幻，只觉得一股热流从下到上没遮没挡地直冲脑门。王翠是看见磨金就白天羞愧，夜里做梦，亏着人情正愁没办法偿还，于是两人就黏在了一起。磨金只感到王翠把自己抱得很紧，两个撑破前襟的丰乳直顶前胸，几滴咸咸的眼泪准准地滴在了他嘴里，接着就是嘴对嘴地相互吹气，恨不得把对方揉碎一口吞下。这对男女早已魂不附体，眼下就是天打雷劈也难分开。磨金想，要是那个地方顺当，今天不把眼前这个女人弄够了我不算男人！……两人疯狂够了，磨金有点结巴地说："姐，姐，等我伤好了，咱们换个地方玩玩。"王翠这才回过神来慌忙爬起，拉平了前襟皱褶说："那我走啦。"

刚到门口又折回身来，把手里捏成一团的几毛钱扔给了磨金。

九

开镰收麦的前几天，队长二顺托人捎信给秋和磨金，说要是两人想回来就抓紧点，只是别因为走人把茅厕的关系给弄黄了。那意思是说麦罢以后粪还是要继续拾的。队长的心思两人心知肚明，好不容易捞着的一块肥肉，不能顺勾沿溜掉了。

按两个人的实际情况，回与不回都一样。两人都是光棍一条，回去也没啥想头。秋从小辗转流浪，对生身父母有一种说不清的隔阂。磨金虽然高堂有母，可有哥嫂招呼着，这边更有女人的牵挂，于是两人就商量着不回。可不知咋的，几只夏鸡这两天叫得特别欢实，特别挠心，"呼嚓呼嚓"好像催着两人"回家回家"，秋就想家了。想啥呢？想地里那连片接垧的麦田，应该是已经一地金黄了。庄稼人一年四季灰头土脸，这个时候要是往麦田边一站，好像自己也被塑了金身，出口气都是香喷喷、甜丝丝的。粮食是庄稼人的全部，有了粮食就有了笑声，就有了念想，就有了底气，他想回家和乡亲们分享这点快乐。田边那一行两把多粗的钻天杨，叶子该已经撑开，热天做活就有地方歇凉了。村边那条沟，一连两个大潭窝，离家时队长就

　　庄稼人一年四季灰头土脸，这个时候要是往麦田边一站，好像自己也被塑了金身，出口气都是香喷喷、甜丝丝的。

说要清理清理淤泥，不知动工没有，要不夏天洗澡就成问题，那可是全队百多口人的大澡堂呢。

从地里想到家里，眼前就出现了那个和窑厂窝棚差不了多少的家。春天风大，屋顶上的石棉瓦不知动了没动，要是被风刮翻了，屋里肯定要漏雨。进城走的时候，屋里那点没有剥完的苞谷已经吊在屋梁上了，可老鼠真要饿极了，你就是拴在猫腿上也不中。

他又想到水坑边的另一个家，那里住着他的生身父母还有兄长妹子。秋本来不打算想他们，想也是野地里烤火——一边热。他们已经把你扔出去了，血脉已经掐断了，想有啥用？可是不由人，挡不住。秋第一个想到的是他老爹，茂林说老人家饿得浮肿了，那不是个好兆头。可怜他从小讨饭身板没长起来就给人家当脚夫，进城送面，回脚捎盐，压得弯腰弓脊只有四尺来高。老娘的眼睛想来是一天不如一天了，平时就是听声音认人，那探路的拐棍还是进城前给她找的半节竹竿。娘的眼病听说是"跑老日"时落下的。那时候日本鬼子和汉奸、无赖到处烧杀掠抢，逃难的路上生下二哥，又急又气又饿，虚火就攻到了眼上，从此就影影绰绰的了。老太太眼不济事，活没少做。有年夏天擀面条，她把一只蝎子当面条捏了起来，蜇得她疼了半夜，秋想起这事就哭笑不得，直呼可怜。大哥在家熬不下去，拍拍屁股下湖北逃生了，是死是活，杳无音讯，这叫他又气又心疼。二哥早已另门独过。他不能不夸二嫂，二嫂就是好生养，一年一个，一年一个，扑扑腾腾给老杨家生了四五个接班人，虽是日子苦寒，但几个孩子个个五官端正。秋对二哥两口子心存芥蒂，可对几个侄子视如己出，上树逮雀，下河摸鱼，弄得自己也成了娃子头。尤其是下地干活，几个小家伙争着抢着为他拿家具。走在路上一溜排开，喊着口令甩着小手，一二一，一二一，像小学生下操，喜得他合不拢嘴，路人直夸老杨家日后要发威。时下大灾临头，几个宝贝侄子不知饿成啥样了，那可是杨家的命根子。秋一想起侄儿们就来了精神，思绪也从老家又回到了眼前。

农谚有"十五六，两头露"，意思是这个时候太阳落下，月亮跟着就升起来了。这是农人最受用的时节，赶个鸡鸭，做个小活儿，里外明晃晃的，连油灯、手电筒都省了。麦收前最活跃的是鸟，除了勤快的"呼嚓呼嚓"的夏鸡，还有黄鹂、斑鸠的叫声，不知是求偶还是催人，让人振奋又闹心。

现在还是四月中旬，窝棚外月光如洗，漏进棚内好像撒下的花瓣儿；晚风习习，摇动着的枝叶扫在脸上，竟产生或痒或疼的微妙感觉。磨金有感而发，随口吟道："床前明月光，疑是地上霜。举头望明月，低头思故乡。"秋一愣道："你发的啥吃挣，胡诌的啥！"磨金说："你不懂。唐诗，上过学的都会。"秋说："我懂，'低头思故乡'不就是想家了嘛！小看人。"就腿搓绳，秋就再和磨金商量了一下"回不回"的事。秋说："我看咱俩还是回去几天，麦收大忙躲到城里说不过去。"磨金又装聋作哑了，眼睛直直地瞅着屋外，有一种挺倒挨锤的无奈。秋就急了，说："你那耳朵里塞驴毛了，不愿意摇下头也中。"磨金不摇头也不点头，说了句："我听你的。"回家的事就这样像联合国开会一般勉强通过了。

刚下过小雨，加上河面蒸腾的雾，早上的太阳水淋淋的，像洗过一样。草尖上树叶上挂着闪闪发亮的露水珠子，看着就像碎碎的小花骨朵。但这点大自然的恩惠，只是象征性的，根本解决不了一直喊渴的稼禾之需。窑顶上冒出来的热气四散开来，浓一片淡一片地把周围的坯垛笼了又笼，虚无缥缈地变幻着样子，很是好看。秋踮起双脚狠狠地伸了个懒腰，又使劲把十个指头握折得咔咔作响，浑身立马通畅起来。

秋是个看重人情世故又胆大心细的人。磨金说别看他平时大大咧咧的，但他夜里能听见老鼠磨牙，白天能看见蠓虫交配。

两人今天要做好两件大事：一件是求见杜彪杜公子，队长说别因为回家割麦把这边的粪源弄黄了；另一件是买些小菜小酒，晚上请窑厂领导过来坐坐。

杜彪现在升官了，当了片长，领导着温凉河畔好大一片的十几个清洁工人。杜彪和他俩创造的工农联盟管理模式受到了上级部门的重视，正在推广，各路厕所再无尿滩、积粪、擦腚纸，有一种焕然一新的景象。新法召唤着进城拾粪的人，那些和秋一样的乡下人直埋怨城里人屙得少，便出现了相互争粪、偷粪甚至为此大动干戈的事儿。杜彪不朝这些散兵游勇吹胡子瞪眼睛，只要你是清理厕所的，老兵新卒一样对待。他还蹭到医圣祠门前卜了一卦，算命先生看是熟人，就云天雾地地喷起来，说他气宇轩昂、文韬武略、非等闲之辈，将来要成气候，高兴得他一时忘情，顺手就丢给那先生两块钱。杜彪的阔绰出手，惊得秋半天没有合上嘴。

秋来到分管的厕所旁，把车子交给一个卖瓜子的熟人看着，就径直沿河边去找杜彪。

二人刚见面，杜彪就说："哎呀杨兄，几天不见我还以为你回老家跟嫂子亲热去了。"秋就把队长关心的事对他说了。

秋说："兄弟你不看僧面看佛面，等俺麦罢回来了给你带点绿皮咸鸭蛋。"

杜彪说："杨兄你放心回去跟嫂子亲热，那几个厕所早晚都姓杨。"秋心里说美事让你替我说了，我要有女人天底下就没有光棍汉了。

秋辞了杜彪转身去茅厕淘粪，轻车熟路的，一会儿工夫车子就装满了。这应该是几个月来最利落的一次劳作，也是一次无以言状的告别，隐隐的、一股无法割舍的情怀涌上心头：他在这里学会了与城里人打交道，在这里他开了眼界、长了见识、看清了城市和老家的差别，在这里他为集体淘了两百车上好的肥料，这些东西变成粮食可是积大德的上善。

按礼数他还得去告别五哥，可总觉得五哥那门楼头高，咱一个戳牛屁股的老去那里不是劲儿！

待情绪稍定，他用扫帚把车沿、车轱辘扫净，用两片麻包把粪盖严了就往回拉。路过鸡爪街口，见一个馍店就去买了两个刚出笼的高价蒸馍，用纸包了塞进怀里准备回家给两个老人解馋。来到菜市街又花八毛钱买了一斤"常春轩"卤猪头，是那靠脖子边的肥肉，让店主啪啪剁了包好挂在车把上。他又买了一瓶赊店产的碧绿酒，八毛钱。杨秋一切办完就一身轻松、春风得意了。

这天仍在四月中旬，日头刚落月亮就升起来了，照得窑厂周边明晃晃的，这给就要返家的异乡人平添了好心情。磨金下边仍在隐隐作痛，迈不开腿就一路碎步去请人。秋东拼西凑地在屋里收拾酒菜，说话间翠姐一行就进屋了。女人今天还穿那件粉色衣服，只是没勒花围裙，头发好像刚刚梳过，起明发亮地抿在一边，这让他联想起戏台上的花旦。窑厂领导是个五十岁上下的瘦子，人很谦和，进门就说秋你这是吃个鱼拿个鱼——多鱼（余），都是戳牛屁股的还过这细招。秋两人就尽拣好听的往外端，说："要不是厂长你两肋插刀，俺这老东乡的主儿可往哪儿落脚啊。"说着就咬开瓶盖，先给领导倒了半碗绿莹莹的碧绿酒。厂长是个很爽快的人，接过碗一饮而尽，摸着嘴说："你们几个乡里乡亲多坐一会儿，快收麦了，人心浮动，我得过去给大家开会说说，恕我不能奉陪到底，留步留步，免送免送。"

秋两人把厂领导送出窝棚，折回身来重新坐下，直夸翠姐这一回算帮了老家的大忙。秋把卤肉碗往王翠跟前挪挪，一个劲儿地催着吃肉。

王翠说："你们啥时候走啊？"

秋说："明天，明天吃罢早饭就动身，天黑前一准到家。"

王翠又说："早回去也好，到家了好好养息养息再回来。"

秋听出来这是说给磨金听的，端起酒碗一口下去就喝干了，摸着嘴说这酒咋跟糖茶一样甜，心里却想这女人真会挠抓男人，实在没地方去，有一点办法我就躲去给你们个说话机会。

磨金说："俺走以后姐你费心给招呼着摊子，割罢麦俺们就又回来了。"

王翠笑了，说："这还用你嘱托，自己的事儿啊。"

秋心里就笑骂开了：磨金你个闷头葫芦，花花肠子够多了，要是再回来你俩不整出娃来我不姓杨。于是秋也不接话只管自己喝着。也是常年不沾酒味，不一会儿就上牙对不住下牙了。其实秋心里明镜一样，他是有意装醉让他两人亲热一会儿，明天到路上就有骚话可说。磨金现在是废人一个，就是脱光了上床也是个骡子，想着想着就真的迷糊过去了。

城市郊区的夜晚同乡村一样甜美。繁星点点，蛙声阵阵，夏虫嘤嘤，微风轻拂。碎云游过皎洁的圆月，大地便有了立体的影像，跟放电影一样。与乡村不同的是，此起彼伏的嘈杂声，工厂的汽笛声，车站女播音员甜甜的广播声，会随风时远时近、时高时低地飘过来。只有这时，秋在睡梦中才不至于忘了自己的落脚地。

磨金和翠姐一起离开了窝棚。不远处是一片乱坟岗，几只萤火虫样的小东西在身后不远不近地跟着，不会是鬼魂吧！于是两只手便紧紧地攥在了一起。

在磨金儿时的印象里，翠姐一直是美丽的。她心善手巧，编出的蝈蝈笼子精致好看。闲着的时候她就编啊编啊，小伙伴们每人一个，并不偏向她那淘气的弟弟。弟弟是她爹妈五十多岁才生的，被视若掌上明珠，这叫他们很是眼气。翠姐要出嫁了，可翠姐并没有笑还哭得泪人一般，惹得看热闹的人心里都酸酸的，这让小磨金总也想不明白。翠姐坐的是一顶大花轿，那花轿已经鸣锣开道走远了，她那弟弟还在后边又哭又喊地撵着，翠姐就跳下轿把弟弟抱了上来，翠姐就和弟弟坐着花轿一闪一闪地去了婆家。这成了当年村里口口相传的一件趣事。

翠姐婆家是城南一个有几十亩地的财主，说是富得流油。翠姐回娘家的时候，总要带些花生、甘蔗之类的吃食，这对东乡黑土地上的娃们来说是个稀罕。磨金也吃过翠姐送的花生，个大仁饱又香又脆，很是解馋。那时都说翠姐是掉福窝里了，小伙伴们也都盼着翠姐勤回娘家。可是好景不长，"土改"的时候翠姐家被划上了很高的成分，更让人想不到的是，一家四口除了翠姐，公公婆婆男人都被戴上了"分子"的帽子。在那个以阶级论身份的年代，戴上"分子"帽子就成了专政的对象和革命的对象。翠姐娘家几代都是穷人，嫁过去又不到三年，翠姐不愿与"分子"同流合污就常住娘家，因此翠姐就成了黑窝窝里的红苗苗。这令磨金他们暗暗高兴。可翠姐不再是姑娘时的翠姐，有人说翠姐常常以泪洗面。

这可是翠姐入伙窑厂的原因？

翠姐比磨金年长十来岁，可磨金总觉得他们是同龄人，直到现在，他心里还装着翠姐。这事有点荒唐，只能是狗咬尿脬——瞎喜欢。翠姐也明白，他们的亲热只是一时的忘情，想远了想高了恐怕一辈子都没脸再回娘家。两人都觉得有一种说不出口的苦，摆脱不了的窝囊。

十

宛东农村有一句谚语：叶黄秆黄，饿得脸黄。这是说小麦的成熟期很长，从抽穗扬花到上浆、成熟、收割，少说也要一个多月的时间。对于缺粮断炊的人家来说，只能眼巴巴地盯着麦地和饥饿较劲。人是铁，饭是钢，一顿不吃就心慌，何况一个多月呢，那不是要人的命吗？

眼下面对的是第三年大饥荒。第一年，人们使劲勒紧裤带，把美好的希望寄托到来年，谁料第二年还不如上一年，男女老少就饿得前胸贴后背了。今年入春以后，当食堂不能按顿敲钟的时候，饿极了的人们就开始捡坏红薯吃。那东西苦得烧嘴，就用清水漂了又漂，然后拌着刺角芽、榆树皮将就咽下。再往后，那些要奖状不要口粮的生产队，社员们连河里的苲草，沟里的田螺，塘边的蝌蚪，酒厂的糟子甚至树皮、草根、大雁屎都拿来充饥，这就出现了浮肿。老年人从上到下像充了气，年轻人走路也用上了拐杖。人们三五成群地挤在一起，有的用膝盖顶着肚子，以缓解搅动的肚肠；有的在斜坡头朝下躺着，以麻痹饥饿的神经。没了气恼，没了怨声：他们把半个菜团留给蹒跚学步中的子孙，指望他们渡过难关，自己则大宽大容地等时间。

村里第一个饿死的人是孤老张二奶奶。自从田边驱霜那场大表演后，邻居们很少见她的面了。一天，当有人无意间推开她虚掩的门，第一眼看到的竟是几只疯狂的老鼠。那东西见人一点也没有跑开的意思，仍在她的身上爬上爬下。二奶奶早已穿好了自己的寿衣，直挺挺地躺在床上等人搬动。她手里还攥着一团旧棉花套子，因此人们猜想她是吃棉絮噎死的、憋死的。她屋里再没有一点值钱的东西，只有戴了一辈子的银戒指还在无名指上闪闪发光。接着死去的是会计兼保管、饲养员王大愣，邻居们说这人比谁都活泛，也不浮肿，死也轮不到他呀！谁料搬尸的时候，在他当枕头的草捆子里竟发现了不少黑豆！黑豆是队里的种子，怎么会跑到他这里来了呢？于是人们就指尸议论："你看他那肚子，鼓着呢，肯定是偷吃了生黑豆。那东西遇水就发涨，吃多了撑不死才怪哩，他是个撑死鬼，是个贼！"可怜大愣辛苦一生，清白一世，最后落了个贼名。有人就不平了，说活人不能跟死人计较，他落个撑死鬼，咱老亲老邻的也算对得起他了。第三个饿死的人是食堂掌勺的孙麻子。这人在村里声望极高，无论是过去当干部分粮分菜，还是现在掌勺盛饭，他都老不欺少不哄公平得很，他的死让村里人扼腕，说拉磨的驴还捞嘴呢，他肯定知道自己多吃一口老少爷们就会少吃一口，他这是舍生取义，汉子！汉子！下葬的时候，大家都给他凑砖砌墓，队长二顺把家里的鸡笼都扒了，还吩咐人拉来了食堂的一扇门，盖在孙麻子的身上。

婚丧嫁娶历来是农民心中的大事，只是在那个年代，一切都从简了。死得早的人还有幸躺口棺材，混块木板，死得晚的人就只能用新旧秸箔、陈年苇席或笆茅秧子将就。没有孝布，没有幡帐，没有烧纸，没有鞭炮，甚至没了哭声。饿得东倒西歪的人们，能把尸体抬出去掩埋了，就比平时披麻戴孝的孝子贤孙们，真诚得多，哀悼得深。

秋和磨金辞别了翠姐等人，踏上了回乡的路，脚下就有了生风的感觉。放眼望去，黄绿参半的麦田豆地在南风

老秋　　　　　　　　　102

里起起伏伏，两人的心情也随之欢快起来，脑海里便闪现出了村里人三夏备忙的醉人景象。秋只觉得嗓子发痒，多天未过的戏瘾差一点被勾引出来。他说："我就是那种地的命，回到乡下出气都格外均匀。"

磨金说："血泊难舍是真的，可到底还是城里人活得自在啊。"

秋说："城里除了女人好看，吃一顿买一顿，认钱不认人，哪有咱乡下人厚道。"两人你一句我一句闲聊着，忽见对面一行人簇着一口白茬棺缓缓走来。他们一个个像被霜打了，只管埋头走路，没有哭声也没有人说话。两人就觉得有点非同寻常。一个被人抱着的孩子头上缠着白布条儿，算是人堆里唯一一个戴孝的人。不时有人替他擦去不断流出的鼻涕，他却用两只大眼睛一动不动地盯着路边的两个陌生人，仿佛这两个人中有一个是他的什么亲人。秋被这种眼神弄得头皮发麻，恍惚之中就把这孩子的脸叠到了他的侄儿大旦、二旦、小旦的脸上，霎时间一阵左右晃荡，天旋地转，黑白不分，眼前一黑就一头栽倒在路牙子上……

秋在磨金的呼喊声中做了一个梦。他在鸡爪街买的两个蒸馍，原本是要孝敬父母的，不想走到路边就被几个侄儿迎上了，他就往怀里掏，可掏出来的东西一会儿是白一会儿是红一会儿是黄，弄不清是馍是肉还是油子葫芦，反正都是圆嘟嘟的。饿急了的孩子抢过来就往嘴里塞，塞着塞着哪个旦竟把自己指头上的一块肉咬掉了，嚼着还一个劲儿地说："香！香！"吓得秋一声哼哼便醒了过来。

磨金松开掐着他人中的手说："你要吓死我呀，想死到家去死。"说着两滴热泪便滚落下来。

秋说："没事，没事，就是有点晕。"

磨金说："你快上车吧，回去我给你逮斑鸠补补。"说完拉上架子车一溜小跑奔老家而去。

秋两人回到家的那天，正赶上食堂蒸包子，红薯面皮，榆树叶馅。那皮薄如纸张，不用铲子根本拿不起来，一人一个外加一碗野菜汤，限量。食堂开饭，有的人还凑群，还聊些家长里短、马路新闻，只是由原来饭场的轻松戏谑变成了聊远亲近邻的生存状况，自然沉重压舌，不免感叹："今儿咱们在一起，不定明儿少了谁呢。"然而话虽伤感，表情还是笑模样，这算是一方民众的大境界了。吃饭时最窘的莫过于脸前站个邻家孩子，那直勾勾的眼神，令大人们吃到嘴里也难以下咽。

有段时间了，队长不再吆喝，催工的钟声也很少敲了，蛮子女人们好像有点后悔了，说当初怎么就一个心眼往北"飞"呢。

队长二顺听了磨金的述说，抓起几个包子就往秋的小屋跑。半道上遇见秋的二哥两口子，二哥说他睡了，不睁眼也不说话。二顺把包子塞给二哥，说："好歹你让他吃了，他是太虚了，我去卫生院给他弄两支葡萄糖。"转身走了。

二顺想，谁死也不能让秋死，他有功啊！

磨金在家里陪老娘说话，随手把娘头发上的草屑捡拾下来，动作是那样的仔细。

娘儿俩吃饭的时候，娘吃几口就停了，说："饱了。"就看着儿子狼吞虎咽。磨金觉着不对劲，娘这是舍不得呀，是心疼俺呀！吃了一碗也下放筷子，说："娘吃，我在路上垫过底了。"娘不信。两人就这样推来让去，一会儿咧着嘴，像笑；一会儿绷着脸，像哭。

秋昏昏沉沉地睡着，该来的领导亲人朋友都来过了，不想睁眼也不想说话。磨金和茂林日夜守护，无计可施，两人交换个眼色就开骂了。

磨金说："你装啥熊呢，在城里你比谁都欢实，不是我看着，你还敢嫖窑子呢！"

茂林说："别睡了伙计，罗锅医生说你那'杂碎'没事，这样死了，窝囊。"

磨金说："你要真醒不过来，你这一门算绝了，丢人。"

茂林说："争口气，晚时我把表姐给你说说。好死不如赖活着啊……"两人你一句我一句，骂也不醒，许愿也不醒，不一会儿磨金就泪流满面了。正在这时，秋被窝里的油子叫开了。磨金说油子饿了，咱出去找点青叶吧，两人就一前一后走了出来。

磨金问茂林："咋整？我知道他是虚脱过头了，弟兄一场，总不能看着他死过去吧。"

茂林说："我有办法，到俺门前沟里摸泥鳅熬汤灌，那东西补元气，不然救不了他。"

原来自从饥荒以来，沟里坑里的小鱼小虾以及田螺青蛙早已被逮光摸净，唯独那里没人敢去：那是早先斋公王半仙放生的地方，人们忌讳，不敢轻易冒犯，这才让茂林盯上了。

两人说干就干，转眼来到那沟边，磨金甩掉鞋子就要下去，茂林说："别慌。"说着就双膝跪地双手合十嘟嘟囔囔起来。这沟虽窄，沟底的淤泥却一尺多厚，那狡猾的小东西就游走在里边。两人就这样摸索着，下巴却是擦着水面划动，稍有闪失就会呛口脏水。泥鳅太滑，两人摸一条就用嘴咬住，那东西性子又硬，挣扎起来"啪啪"地甩得两人满脸是泥，鼻眼生疼，哭笑不得。

一连几天，秋喝了两人熬的泥鳅汤，精神头儿渐渐恢复了过来。当问明原委，三人不免又苦笑了一阵。

磨金问茂林："你在沟边嘟囔的啥？"

茂林说："求菩萨原谅，求老头子别骂忤逆，说等我兄弟病好了，买个猪头给他老人家还愿。"

秋说："这事儿我弄，菩萨面前无戏言。"

一天夜里，秋刚刚睡下，妹子叶儿就急急地跑来敲门。叶儿是村里的民办教师，高小没毕业就站在了讲台上，这让杨家老少很是光荣了一段时间。

叶儿说："三哥你快过去看看吧，小旦嘴里咋直冒白沫呢？"

小旦兄弟几个是杨家的第三代后人。秋在城里想家，回乡路上做的那个惊心动魄的梦，其实都牵扯着这几个血脉相连的侄儿。他心急如火地跑到二哥家，只见二嫂哭得泪人一般。拨开众人来到小旦身边，小人儿已经软绵绵的不能动弹，嘴唇青紫手脚发抖眼珠子往上一翻一翻的，让人揪心。秋挨近小旦身边喊道："旦儿旦儿你叫声三叔，我是你三叔啊。"小旦的眼微微睁开，又微微地合上。秋急了，赶忙从怀里掏出那个油子葫芦在小旦眼前摇着说："油子，油子。"小旦的手微微动了一下，秋忙帮他把油子葫芦握在他的小手里。

秋的油子葫芦已经揣了几个月，那好听的歌唱，曾伴着他度过了多少无聊的夜晚。在城里的时候，曾想把它送给五哥的儿子，五哥没要，五哥知道那油子的叫声对一个光棍汉意味着什么。医圣祠门前的那个算命先生，曾磨叽着用二斤粮票和他兑换，他也没有松手。眼下能用它换回昏迷的侄子，秋心里便涌动着一股五味杂陈的感觉，可没等一家人缓过神来，小旦握着小葫芦的手就松开了。那留着三叔体温的圆葫芦在地上打了个滚，一只青背红肚的油子从里边蹦了出来，三跳两跳就没影了。

二嫂嘶哑地叫了一声小旦，一屁股坐在地上就再也没有哭出声来。

祸不单行。杨老先生在小旦没了后，不知是心疼孙子还是"灯油"耗尽,竟不声不响地随孙子去了。

杨家一天之内死了一老一少两口人。

后来人们才想明白,小旦是中毒死的。至于到底吃了什么,谁也说不清楚。

那个时候饥不择食,能吃的吃,不能吃的也吃。棉套子是不能吃的,二奶奶吃了;生黑豆也不能吃,王大愣吃了;坏红薯更不能吃,不少人都吃了。还有那难以下咽的树皮、草根、酒糟子、大雁屎。只要不立刻死去,就是能吃的标准,就有人敢冒险。

这对后人来说是不可思议的故事。

民以食为天。天是什么?天就是粮食。

十一

这年春天雨水更少,尽管一片饥饿,几个老年人蹲在一起还是忘不了议论收成。他们说今年是"五龙治水""五龙打坷垃""九龙踩泥巴",干伏旱秋恐怕又是躲不过去了,于是就要提醒队长,麦收时要边收边种,趁那点余墒把庄稼安置好了,要是今年再没好收成,咱们几个老家伙谁也别想过冬。

春旱还催急了麦棵,硬是比往年早熟了几天。村里人说这是老天爷睁眼——要供飨呢,争着抢着都把早熟的麦子割光了。

手里有了粮食，磨坊里又传出了女人们赶驴的吆喝声，公共食堂也随之红火起来。

粮食是生命之本，不出几天人们的腰就直起来了。一早百早，各种农活都排着队挤了上来。

三夏大忙就在饥民的企盼中摆开了阵势。

残酷的景象渐行渐远，死亡的魔掌慢慢松开，宛东大地再现生机。

几个老头比谁都兴奋，见人就说："闯过来了，闯过来了。"

村子的东北角有一片杏树林，几棵粗壮点的杏树的树龄和村里长者的年龄差不多。杏林是上辈人留下的，大办钢铁时大部分被砍掉当燃料填进了炼钢炉子，剩下的几棵大树之所以幸免，是因为长在当年从朝鲜战场复员回来的一个转业军人的宅基地里。这位功臣因为脑子受了伤，白天好好的，一到夜里就又喊又唱，村人都说他是个半疯子。一天，砍树的人逼近他家的杏树时，他如梦初醒，大吼一声，脱掉黄军装的一只袖子，手握锨把怒目圆睁，一副与砍树人同归于尽的架势，吓得几个人抿上斧头就跑，这几棵杏树算是被保留下来了。"跃进风"刮过去以后，许是对这位英雄的怀念，村里人又在原本稀疏的杏园内填空补缺，才又成林。眼下，老树已经挂果，新植的也蓓蕾初现，给正在恢复元气的村落带来了一股清新的乡土气息。更诱人的是一些杏子开始泛黄，这就引起了孩子们的注意，他们躲在一处盯着黄杏数来数去，两眼发直，口水直流，想尝尝鲜。

多少年来，宛东大地不仅岁岁五谷丰登，桃红梨白也曾把村头庭院装扮得如诗如画。广植林果还寄托着先辈们惠泽子孙的殷殷情怀，因此就有了"十亩田一亩园"的种植传统。斗转星移，这景象直到二十年后才又成为现实，而且一跃成了观光农业的主体。时下灾年余威未尽，这少有的园林景观，就成了孩子们眼中的童话世界。

看管这片林子的是一位花甲老人，叫毛一良。孩子们的淘气并没有引起他的重视，反倒动了恻隐之心，这让小家伙们很是占了几次便宜。后来队长二顺知道了，就骂他是个骡子，不中用，现在食堂连买盐的钱都没有了，还指望这点副产换俩钱呢，你再老好人就撤你的职！吓得老汉胆战心惊，再也不敢马虎了，他坐也不行站也不行很是吃力。后来他想了一条妙计，不管有没有孩子偷杏，隔一会儿他就喝一声"那谁！"若无动静他就坐下来歇着，等一会儿就再喊一声"那谁！"如此反复，不厌其烦。这一招开始还灵，杏林里很是平静了几天，后来终于被小家伙们识破了，一个坷垃砸过去，青的黄的果子和叶子落了一地，孩子们一阵乱抢，守园子的老汉却全然不知。有一次刚好被路过的杨秋碰上了，惹得他一阵好笑。这一笑老汉听见了，"那谁！"老汉又一声吆喝。

秋说你说我是"那谁"？你老家伙这个看法，把你的树背跑了你也不知道"那谁"。

老汉恍然大悟,说:"噢,是老三侄子呀,好久不见,快过来坐坐。"

很长一段时间,"那谁"就成了村里人苦中取乐的笑话。

毛庄杂姓混居,尤以张、王二姓户多人众,而毛姓一支只此几户。其实早年并非如此。传说当年毛姓从山西洪洞南迁至此,当家的看中了这一带广袤的土地,就在一条东西通衢边安顿下家小,至大清光绪年间已繁衍成一个大户,毛庄也就因毛姓而名了。五哥说,他小时候还见过毛宅遗留在村子里的大石门墩子。只是这毛姓大户据说以吝啬出名,吃顿干饭都要翻翻皇历,关起门吃,关起门屙,在那个仇富不仁的年代,难免会惹出事端:不是被贼人偷了牛,就是被恶人点燃了麦秸垛。后来有人竟把一个客死的乞丐扔到他的大门外。诸招过后,毛家大户还是一毛不拔,不管外面三灾六难只顾独享太平,较劲似的。后来不知何人拉起一支杆子,明火执仗地把他的深宅大院烧了个通透,据说整整烧了三天三夜,片瓦未留。当家的这才悟到遭了天怒人怨,便携儿拖女奔湖北枣阳一带逃命去了。

现在的几户毛姓,大都是新中国成立后回迁的。

和杨秋搭话的毛一良并非毛门本家,也是早年从外地逃荒落脚此地的灾民,和秋的父亲一样,也是到这里才寻了一个当地女子成婚。毛家先后生下一群儿女,是有名的老好人。

一良待秋坐定，张嘴就说："我正要托人捎信叫你回来一趟呢，不防你已经在家了。"

秋说："老叔你有啥事找我，用得着这样心急上火的？"

一良说："你知道的，我家老二寻了个四川女子，前些时她回了一趟娘家，又领来一个，说是一个大队的，三十来岁，人很耐看，我给她说合了几家，不是人家嫌她个子太低，就是她嫌人家岁数太大，至今还在我家住着。儿媳说爹你去跟秋说说，不嫌弃了两人般配着呢。我也估摸着中，说成了也算老叔积点阴德。"

秋问："憨不憨？"

一良说："能着呢，真要是个傻子我也不给你说合。"

秋说："难为老叔还牵挂着我，这事儿中，可我得先见见人，不顺眼了她就是一朵花我也不要。"

在那个饥荒年代，宛东农村跑来了不少天府之国的女子。有些人很是感叹："前几年咱这里遭霜灾，人家给咱救济了很多大米，这一回连女人也'支援'了，看来这场灾难确实了不得啊！"

村里人对四川女子的评价是勤俭肯干，吃苦耐劳，不像当地女人那样娇嫩。可就是十有八九来路不明，身份不清，谨慎一些的人家是不愿意接纳的。她们初来时大都蓬头垢面，黄皮寡瘦，一副落魄为奴的样子，嫁个人家为的是有口饭吃，并没有太多欲望。

一良给秋介绍的这个女人家在川东涪陵，那是一个出门就爬坡的山区。女人从年龄来看比秋大五岁上下，眉宇间透着秀气，想来是一个贤惠之人。秋把女人领回家，随手便从锅台上拿了一个玉米饼子给她。女人说不饿，转过脸豆大的泪珠便滚落下来。秋心里一颤，一种感同身受的情愫隐隐地爬了出来。

秋说："我猜你也是个苦命之人，我也不打听你的身世，你先在我这里住一段时间，不行了我帮你再换个人家。"

女人说："兄弟你说的啥子话嘛，我一个女人家出门在外，无依无靠，你能收留我这是我的福气，可我没想到你跟俺一样穷。"

听到一个"穷"字从女人嘴里蹦出来，秋的脸立时就热辣起来，有一种无地自容的感觉。想想也是，自己就是一个"串房檐"的，不是生产队给盖间房子，他也是一担两筐吃百家饭的主儿。想到这里秋就起身说："时候不早了，你歇吧，拴好门，我晚上有事就不回来了。"没等女人回话就出了门。刚走到村中水坑边儿，就碰上了磨金、茂林和几个半桩子小青年，说是去他那儿看看新媳妇长啥样，是个大闺女还是生过娃子的媳妇，也算闹闹房。

秋笑着说："你们别乱啦，人家还没有拿定主意呢。"

茂林说："人都领进屋了，我还以为你们已经上床了。"

秋骂道："滚，滚，都给我滚！要真那样明天我给你们买酒喝。"说着便一同向村里走去。

这天夜里他和饲养员在牛屋睡通铺。

十二

这年夏天村里发生了一件大事：吃了几年的公共食堂突然宣布解散。开始人们还不太习惯，说大锅饭一不愁粮二不刷锅，吃得虽然稀点，但省心，怎么说散就散了呢？上面一句话，下面乱了营：大办钢铁那阵子，农户家里所有"带响"的器具都投进了炼钢炉子，连单薄的做饭锅也没能幸免。这一散伙不打紧，各家各户要重新起灶买锅，大人孩子又都要当家理事。忙完上头忙下头，烧柴又成了问题，铲干草、刨树根便成一景。这些东西不起火苗，做顿饭跟哭了一场一样，弄得大人娃子弯着腰里外走动。于是尘封多年的风箱又吃香了。每到做饭的时候，女人掌勺，男人拉风箱，不然灶房里全是烟。

秋的尚家养父会点儿木匠手艺，耳濡目染，他从小就对风箱的响声产生了兴趣。也是穷日子所迫，后来凭着记忆，改进工艺，将拉风的鸡毛换成胶片，风力果然大大提高，从此名声不胫而走，成了村里的能人。这天茂林抱着一捆木板来到秋家。女人一见来了生人，扭身钻到屋里不出来了。

秋就对着屋里说："这是南头的'呱嗒'。"说完觉得称呼不妥，忙又改口说："茂林，兄弟，朋友。"

女人就红着脸出来对茂林笑笑，算是打了招呼。

茂林把怀里的木板往地上一撂，秋说："你早时学驴叫唤去了，我已经答应几家了，还排着队呢。"

茂林也不接话，只是鬼着脸小声说："长得还行。"

秋也小声说："那是，身上光溜溜的！"然后放开声音问茂林："哎，恁好的板子你是从哪儿偷来的？"

茂林说："把我妈的箱子拆了，挨一顿骂。"

秋说："这弄不好是老人家陪送的嫁妆，你也真下得了手。"

茂林说："等我有钱了给她老人家定做个新式的，眼下只能这样了。"

秋和蛮子女人糊里糊涂地同居了。村里有七八个这种飞来的女人，很少有到公社领结婚证的。当干部的睁一只眼闭一只眼，根本就没有把这些野鸳鸯当一回事儿。不过夏季分粮的时候，队里还是给秋多称了几十斤小麦，名义上说他拾粪有功，实际上是考虑到他多了一张嘴。磨金的下身早痊愈了，一天他找着队长重提进城拾粪的事儿，二顺说："现在这形势一会儿一个样儿，要不等秋后咱们再商量吧。"磨金一听要黄，就去找秋，刚一张嘴秋就说："你看现在我这一摊子，要是走了蛮子咋整！"磨金就不高兴了，说："你不去我自己去，离了你那夜壶我照样尿尿。"赌气走了。

公共食堂解散以后，村里人仍然过着"干活听敲钟，吃粮靠供应"的集体化日子。为了更快地提高生产力水平，多打粮食，政府下发红头文件，对一些约束性的铁政策、钢规定予以"松绑"，内中就有按人头多多少少分田到户的自留地。人们在自留地上描龙画凤、见缝插针地种些菜蔬、芝麻、绿豆之类的细杂作物，把几辈子承袭下来的种植本事都施展了出来。这种带有中国传统土地归属模式和时代印记的"地补丁"，像一把神奇的小算盘，在一片噼里啪啦的加减乘除运算声中，被村人们拨动出了五谷的芳香、菜蔬的油花，加速了孱弱身子的复原。

一连数天阴雨，宛东大地"一笔烟雨，满纸空蒙"，有点入"沾"的意思。可这"沾雨"一旦下起，那可能要七七四十九天了。有人怒道："这龙王爷，一会儿把人饿死，一会儿把人撑死，嫌官小了找玉皇大帝闹去，别拿菜包不当干粮，小心孙悟空把你那老窝再捣了。"大田里，人们把春薯秧子剪成段，冒雨扦插晚红薯。他们有披蓑衣的，有裹塑料布的，有顶草帽的，有的光着上身干脆淋着。久旱逢甘霖，管它"沾"不"沾"呢，有说有笑，少有的情致，

秋直起腰感叹："掏钱难买五月旱，六月连阴吃饱饭。现在就怕连阴雨。"

队长二顺说："红薯汤、红薯馍，离了红薯不能活，还是多种几亩红薯牢靠。"有人说："啥时候光吃白馍就算共产主义了。"

秋接过话说："那就做做梦吧，反正做梦不上税。"

　　和邻村相比，毛庄人的文化水平落后，到了二十世纪六十年代，千多口人只出了两个上过中专的文化人，一个是在城里当记者的五哥，一个是没拿到毕业证就辍学返乡的茂林。茂林是农校学生，苏联的米丘林是他崇拜的偶像，他连做梦都想成为中国的米丘林。他在土壤结构、配方施肥、作物栽培、嫁接授粉、病虫害防治等诸方面高出村人一头。他曾用24-D溶液救治了落花落果的番茄，用一把剪刀把队长二顺院里的一架葡萄弄得硕果满枝，为此秋说他是埋头堡子，是新媳妇吃青杏——肚里有"货"。

　　茂林的自留地经营得十分惹眼：中间是四行"一条边"芝麻，挤堆成棚的蒴果足有二指多长，邻近根部的已经泛黄，再过十天半月就可以收获；芝麻两边是豇豆和绿豆，二尺宽一溜地的样子，收成不会过斗但和高秆的芝麻错开了阳光；挨着豆地的是辣椒、茄子、黄瓜、苋菜之类的菜蔬，几棵黄瓜的藤蔓还用树枝架了起来，顶着黄花的嫩棒棒很是诱人；最外层一圈有葵花围守，上面爬满了豆角的茎蔓，大如草帽的果盘镶着金色花边，微风之中青春少妇般对过往路人点头含笑。远远看去，这块自留地又像一座绿色的四合院。

　　这天茂林正蹲在"四合院"里方便，秋的蛮子女人怀抱一捆青菜，一扭一扭地从大路上走了过来。茂林一看女人过来了，可提裤子已经来不及了，就把草帽往下拉拉想躲过这一难堪场面。谁知女人却在路边站住了，满脸堆笑地问："茂林你在忙啥子？你这自留地弄得咋跟花园一样眼气死人嘞！"茂林嘴如胶粘呵呵两声就急出汗来，佯称我在收拾黄瓜秧子。女人一听黄瓜更来了兴致，说我正渴呢，叫我看看，就走了过来。茂林想不到会是这样，顾不得擦屁股就提着裤子站起来说："你看，你看，我屙屎呢！"女人受此一惊，啊的一声扭头就跑，把怀里的菜也扔了。茂林在后边笑着喊："看啊，看啊，看我这'家具'是不是发叉啦，回去跟杨老三比比。你这菜我可捎回去喂猪啦。"

蛮子一屁股坐在院子里还在大喘气。秋说："咋啦，撵贼了还是贼撵了？"

女人说："丢死人了，丢死人了。"就把刚才发生的事说给男人听了。

秋哈哈一笑说："从小卖蒸馍，啥事没经过，你就别装了。"

霜降过后，宛东大地一连几天风雨交加，季节说换就换了。一场凄风一场霜，几天下来，秋色里的大树小树便脱掉艳装，露出窈窕多姿的肢体。大自然在完成了一个漂亮利落的轮回之后，与黑土地以及黑土地上移动的粗布棉衣浑然一体了。与此同时，一场与粮食同样生死攸关的燃料之争，在村民中悄然展开。

有道是：生米不能当饭吃。

多少年来，宛东农民烧锅燎灶主要靠庄稼的秸秆以及乱七八糟能点着火的东西，一些勤快的人，外出返家的路上，腋下总是夹着干树枝、甘蔗梢之类的废弃物，这被视为会过日子，并不丢人。若是家有陈粮陈柴，这家人在村里就称得起富，那是要被人高看一眼的。只是经过了几年的五谷不丰，地里不收院子里也都空落落的了。在村里，"土改"时杨家是分得浮财最多的人家，那些从财主家里搬过来的八仙桌、太师椅、牙子床，不知经历了几朝几代，明晃晃的，能照见人影，可为了活命，除了老太太身下的那张床，其他的都在板斧之下变成柴烧了。别家别户一些幸免于难的陈年古董，至今斧痕刀痕依然历历在目，成为那个年月遗下的印记。

秋是搂着火盆子熬过一个个数九寒天的苦孩子。在他的记忆里，每当秋风乍起，尚家妈妈就带着他和姐姐出门扒树叶，扫干草。他们把这些不起眼的东西弄回家，长一点的垛起来当薪柴，碎草就存下来捂火。秋说那个时候他们家烤不起明火，为了取暖，每次做完饭，妈妈就把灶膛里的余烬铲出来，覆在火盆的草末子上，引着后能暖和一天。有一次他和姐姐在外边捡了一大把柴，屁颠屁颠地抱回屋就往火盆上放，不想光冒烟不着火，他就用脚猛劲去踩，意在让柴与火快快接触点燃，但差一点烧着脚丫子。妈妈看见了就忙用烧火棍去拨，吹口气就把火引燃了。妈妈说："娃啊娃啊你记着，人心要实，火心要虚，为人和烤火反着劲呢。"

　　馋了，妈妈会抓一把苞谷粒儿埋在火盆里炸花花儿，只听噼啪一响，黄澄澄的苞谷粒儿就变成了白花花的花骨朵了。这时姐姐就会逗他玩，命令他把嘴巴张开、张大，远远地把那花花儿往他嘴里投，逗得妈妈眼泪都笑出来了。最后弟弟"吧唧"一声接着了，"嘎巴"一声咬碎了，满嘴那个香啊，至今难忘。这是一家人最暖和最快乐的时候。秋说："穷人有穷人的活法，只要天底下有喜怒哀乐，穷人的表情不掺一点假。"

　　秋风扫落叶，那可是一种别样的风景。

　　铲草皮，刨树根，捡拾庄稼茬子，秋末时节便成了村里人日子的一部分。其间以扒树叶者最众，男女老少都能派上用场，连旮旯里都是一片沙沙声。秋从小练就了一身扒树叶的技艺，他知道哪些树叶有油，烧着旺；哪些树叶烧起来没火苗，光冒烟；哪些树叶点燃后噼啪乱炸，哪些树叶气味怪刺眼呛鼻——穷日子已把他打磨成火眼金睛。这一天他正埋头扒呢，一只僵死的鸡被他拢进了叶子堆里，附近看看，还有一只。这分明是谁家扔的瘟鸡，秋很惋惜，想这家人真是作孽，才吃几天饱饭就忘记东西金贵了。看看左右没人，便一一拾起装进篓内，一口气奔生产队牛屋而去。这真是兔子跑到堂屋里——送上门的供飨。饲养员全有爹一看秋弄来两只鸡子，丢下草筛子就去拔鸡毛，天还没完全黑，两人就在秋原来住的小屋内生火煮鸡，不一会就香味四溢了。

全有爹说："等一会我去小卖部弄点酒来，咱俩今天晚上过回年。"

话还没有落音，茂林一脚蹬开了门，也不问来龙去脉，撕下一条鸡腿就往嘴里填。

秋说："你那鼻子真尖，吃个蚂蚱也少不了你一条大腿。"

茂林也不回话，吸溜一下手上的油就把秋拉到了一边，悄声说："磨金出事了，钻人家热被窝了，躲到红薯窖里一天没敢露面，让我找你过去想想办法。"

秋一听脸就长了，看着锅里翻滚的鸡肉再没了吃的兴致，说："走。"两人就一前一后跨出门去。

全有爹不知底细，一边往灶里填柴一边笑着说："回来捎瓶酒我就省一趟了。"

磨金钻的是豆腐匠老邢的四川女人的被窝。这女人二十来岁，很有姿色，平时两人眉来眼去，磨金抓耳挠腮已有时日。这天磨金五更起来小解，因为有雾，只听见"咯吱咯吱"的扁担声从村道上传来，却不知来者是谁。

磨金问："谁？"

对方答："我。"

磨金回到床上就再没了睡意，算着豆腐老邢赶集已经走远，就拨开人家的门闩，一头钻进女人的热被窝里。女人开始并未觉察，只是梦呓一般咕哝一声，显然是对自家男人说话。磨金也不答话，爬到女人身上就狼吞虎咽地疯狂起来。女人一下子全醒了，全明白了，一个翻身把他掀下床来，还顺手抓了一把，呜呜呜地哭个不停。磨金一看事情不妙，抱起衣服兔子一样窜将出来，立时就消失在晨雾里了。

两人见到磨金的时候，他正蜷缩在茂林灶房的墙角里，脸像青菜叶上落了一层灰。

秋递给他一支烟说："她认出你没有？"

磨金说："不知道。"

茂林说："没认出你怕啥，村里千多口人呢。"

磨金说："我跑得慌张，把鞋留到人家屋里了。"

两人一听慌了神。秋说："瞅瞅你弄那事儿，兔子还不吃窝边草呢，要是卖豆腐的找上门告你一状，不花钱的屋子有你住的。"

磨金一听这话急得直捶脑袋。

茂林说："这可咋整！"三人一时没了主意，那情景就像水牛掉进了井洞里。

眼下已是掌灯时分。秋起身踱着，看见几只归巢的鸟儿正在枝头上"叽叽喳喳"地说着话，像是在交流这一天的所见所闻，他不由得灵机一动说："我看这事未必像咱想的那样糟糕，这是家丑，要是张扬出去，卖豆腐的那张老脸也没处搁。再说这女人并非他明媒正娶的妻室，今天在，明天说不定就拍拍屁股回四川了，他们两人不会想不明白这一层理。"

秋说完甩掉烟蒂："你们在屋里等信儿，我去买斤豆腐，啥阵势一看就清楚了。"

杨秋来到老邢门前，支起耳朵便听到从门缝里挤出来的收音机的声音，这让他悬着的一颗心霎时归了位。待敲开房门，见男人女人各捧一个海碗在吃面条，女人还笑盈盈地起身为他让座，秋出气立马匀称了。男人咧着嘴说："秋你这是半夜借家具，不看时候。眼下我那豆子还在缸里泡着呢，想吃豆腐明早我第一个送到你家去。"秋一看这情景扭头就走，一种完成大事的快感油然而生。

豆腐老邢还以为说话粗伤着了秋，追出门来向秋道歉说："说着玩呢，玩呢！"

秋扬扬手只顾往前走，边走边说："是，是'玩呢'。"说完便脚下生风，恨不得一步跨回茂林家。

村子大了，男女之间那点破事，真真假假时有风传，但都不像磨金这回窝囊。就说李家那个漂亮媳妇吧，因为嫌自己男人丑陋，拍拍屁股跟一个戏子跑了。还有一个小学教师，竟然与一个"分子"儿媳勾搭成奸。这类花事不断推陈出新，人们寻个开心，过过嘴瘾，谁又奈何了人家呢？

茂林和磨金听了回话，不由得一喜。但秋不这么看，说："什么情势念什么经，我看这事还是小心的好。茂林你这两天还做探子，有啥风吹草动快禀快报，咱们也好有个退路。"然后对着磨金说："你这两天该弄啥还弄啥，莫学那'贼不打三年自招'的样子，不过我还是忠告你两句，别才吃两天饱饭就管不住下边了，你那'老二'要是再惹出事来，可别怪咱兄弟们不讲情分。"

茂林也劝慰道："人不是畜生，总要讲点德行，不然站不到人面前。"说罢屁股一抬："走，吃鸡去。"三人就向牛屋走去。

事出有因，磨金这事还得从头说起。

豆腐匠老邢家的这个川姐，属于腼腆型的秀女。刚来的时候见人低着头，一天到晚难得走出家门半步，一副黄花闺女的模样，这让年过半百的老邢有一种老牛啃嫩草的激动。困难时期人心无邪，老夫少妻过了两年平静有味的生活。谁知好景不长，日子转暖后，女人便一天天花枝招展起来，很快就把家里的积蓄耗干花净，心疼得老邢差一点哭出声来。不过这女人天生会哄男人，百般撒娇不说，还变着法儿给他做些好吃的饭菜。老邢心里说："罢罢罢，权当嫖窑子了。"只是事情并未到此结束，有道是无风不起浪，花香蝶自来。老邢女人打扮得像个风筝，村里几个年轻光棍眼不够使唤了。老邢注意到了，先前来他家里买豆腐的多是老头老太太，如今有几个小伙子也往他家里跑。女人见了生人也不再躲闪，没话找话还主动过来帮忙，称起豆腐来秤砣压不住秤杆。如此一来，爱说闲话的人就兴奋了。这个说："老邢不中用，地好墒足就是整不出娃子。"

那个说："等着看吧，要是明年这个时候抱出来一个，不准像谁呢。"这暗示的几个人里，当然也包括磨金。世上没有不透风的墙，时间长了便传到老邢的耳朵里，这让他大为恼火。一天借着酒劲，老邢把女人压在床上，左右开弓扇了她几个嘴巴子，骂道："你这个贱人不识抬举，当初不是我救你，你早喂狗了，你说过要好好跟我过日子，如今可好，淘空了我的身子，花光了我的银子，也没给我剥（生）个娃子，却想给我弄顶绿帽子戴，好狠女人心啊……"奇怪的是，女人挨了揍一不争吵，二不还手，三不哭泣，只是抱着头任凭男人发泄，这让老邢有点下不来台，末了只好自己抱住头干号起来。

女人忍着苦痛，回想起两年前的事：

女人小名叫秀儿，家在涪陵山区。念过书上过学，长得清秀而俊美。可惜生母早亡，继母不良，竟逼其早早辍学，像对待牛马一样把她赶到田里做活。不久又遇天灾，更是终日里食不果腹。其间道听途说河南是中原粮仓，女人如何在家享清福，便揣着梦想迷迷糊糊地加入了"北上"的人群。谁料一路颠簸，走到哪里都是饥馑一片，险被冻饿而死。在半道上，她遇到一位怀抱婴儿的老乡，二人相扶相帮，在汉冢小镇落下脚来，希望能找到一个可以收留她们的人家暂渡难关。这时候，那个抱孩子的同伴说："幺妹呀，你替我抱会儿（孩子），我去趟茅厕。"秀儿接过孩子，不知是饿了、病了还是忌生，孩子又哭又闹。她又拍又哄又亲，孩子仍不消停，就用眼睛四处找人。一会儿又一会儿，一个时辰又一个时辰，就是不见孩子母亲返来。她绝望了，和孩子一起"哇哇"大哭起来。其间，不断有瘦骨嶙峋的路人投来异样的目光，但没有一个人张口同她说话。

眼见时候不早，她挽上小包袱，漫无目的地哭着走着，一步一回头，希望看到她苦盼的人。

在不远的拐角处，孩子的生母捂着嘴，也在声泪俱下。

秀儿艰难地走着喃喃着："毛孩啊，我就快饿死了，你可咋办呀……"

她看见一个犁地的人，望着他的背影，犹豫着站住了。

趁犁地人不注意，她把孩子放在了地头。然而她又把孩子抱起，泪流满面。

她终于下了决心，放下孩子，喃喃道："去吧毛孩，逃个活命吧。"

犁地人返回时发现了孩子，他四下寻觅着，有点惊慌失措。

她躲在一丛笆茅墩下，看着犁地人来回走动，喃喃道："积德啊，积德吧……"犁地人终于下了决心，抱起孩子，走了。

而她一阵眩晕，失去了知觉。

当她醒来的时候，卖豆腐的老邢站在她的身旁。不知是好梦还是噩梦，她的生活从此进入了一个新境界。然而故事还在延续着……

那个犁地的人就是全有爹。全有爹一脚踹开家门，大声唤着女人："快过来，拾个娃，带'把'的。"

女人吓了一跳："天哪，这可咋养活啊，你疯了啊！"

男人说："总是一条命呢，跟全有做个伴吧。"

女人这才接过孩子："苦命的儿呀，你来得不是时候啊！"

在村内的饭场里，人们在议论王家的新闻。这个说："这年头拾个牲畜难，拾个人容易。"那个说："他们卖了一棵树，换了一筐子红薯，红薯真是个好东西。"

全有家，全有妈把做熟了的红薯含在嘴里咀嚼着，再嘴对嘴喂给这个天上掉下来的孩子。每喂一口，全有的嘴馋得跟着嚅动一下，看得他爹直想笑。

全有爹说："起个名字吧，就叫全树。"

全有妈一脸灿烂，举起孩子喜道："树儿吃饱了，树儿吃饱了。"小院里飞出了少有的笑声。

一天，全有妈领着大的抱着小的去买豆腐。秀儿说："婶子好福气，要是再生个女娃，就儿女双全了。"全有妈笑着说："啥呀，早干腰（绝育）了。"她神秘地说："你还不知道啊，俺树儿是捡来的，早前他爹在南地犁地，听见娃哭，就抱回来了，瘦成皮包骨了，我还怕养不活，这孩子命大，你瞅，如今像个人了，可乖了。"

全有妈只顾说话，没有注意秀儿脸上的急剧变化，她一把抱过孩子,眼泪差一点滚下来。全有妈不知内情,嘻哈着说:"别眼气,你年纪轻轻的,别说是一个,三五个不成问题。"又忙对树儿说:"亲亲姑姑。"孩子果然很听话地搂住了秀儿的脖子。她的眼泪还是滚了下来。

内向的秀儿,无助的秀儿,无人倾诉的秀儿,在受到老邢羞辱打骂的当天,便喝下了做豆腐的卤水。

在那个大灾的年代里,村里跑来的四川女子,每个人都有一段辛酸经历,却有着候鸟一般的方向性。有点盲目,又无可奈何。老邢女人因为轻浮而受辱、挨打、自杀,这是一个不甘命运摆布的少妇的无声抗争。千里迢迢,远离故土,饥馑之下,来日无望,活着死去都是一种痛苦的选择。也是无巧不成书,最后救起女人的竟然是光棍刘磨金。

那天上午,全有妈拿着一块红布,想请秀儿帮忙为树儿做一件小衣服,连喊几声"秀儿"都没听到应声,推开虚掩的门往里一看,只见女人蜷在地上打滚,哼哼唧唧的,嘴里往外冒沫。老太太吓得魂不附体,跌跌撞撞地扶着门框就扯着嗓子喊了起来:"快来人哪,秀儿不得了啦……"这时磨金正好路过,听见喊声就飞跑过来,背上秀儿就往卫生室方向跑,那情景有点像在城里时和秋拉车子救人。医生看过病人,诊断是卤水中毒,又是洗胃又是打针又是输液,折腾了几个时辰才把秀从阎王爷那里拽了回来。

事后村里就又有人议论了,说这可真是英雄救美人,可惜磨金没那艳福,叫老邢拾个便宜。

老邢知道了来龙去脉，心里抓挠得像吞只苍蝇却说不出口，只好像爷一样敬着女人，生怕她再出意外，自己可要坐大牢了。女人知道是磨金救了自己，几次想登门谢恩，碍于流言只能夜夜以泪洗面。磨金总以为女人对自己有那个意思，不如找个机会把事办实了，也不枉背了恁长时间的黑锅，这才上演了钻人家热被窝的那一幕。想不到人家女人并非淫乱之人，伤害了人家，也弄得自己人不是人，鬼不是鬼。

在女人眼里，磨金哪里都好。高大白净，说话和气还带一点斯文，一双后跟高高的胶底鞋，走起路来是那样轻飘，那样好看。那事发生以后，有几张面孔在她面前晃来晃去，有的坏笑，有的贪婪，有的可怜，都不像磨金又有磨金的影儿，这让她好纠结、好伤心。直到天明看到那双鞋，她无法把那张面孔和磨金分开，怀着复杂的心情，悄悄把它填到灶膛里当柴烧了。

于是一了百了，日子又很快归于平静。

十三

日偏西，寒风急，冬天说来就来了。宛东平原似乎一夜之间变得场光地净，目之所及，除了自留地上的越冬蔬菜，到处都是灰蒙蒙的，黑土地上没有一点生气。

这里的西北方向是苍莽的伏牛山，西伯利亚南下的冷

129

上部

风碰着这座大山，便转了个弯扭头向西南方向刮去，秋他们感受到的就是东北风了。这东北风刺骨地寒，几天下来能把青草刮黄，树叶刮光，人脸刮裂。大风摇曳着树枝，击打着屋檐，掀动着窗纸，呜呜呜的，夜深人静时，天地之间就像鬼哭狼嚎一般。东北风往往挟带着冰雪，或粒或片，或密或疏，纷纷扬扬，一连数天，只下得沟满河平，不见路径，冻得麻雀直往人屋里钻。

这是入冬以来宛东大地落下的第一场大雪。

夜里，秋正搂着女人睡觉，就听窗户纸被风刮得"扑嗒扑嗒"乱响，吓得女人直往他怀里边钻。那些顺着屋檐缝隙挤进来的贼雪，不时飘洒在脸上，一冰一凉的，扰得他翻来覆去睡不踏实。睡不着了就想心事，触景生情，心不由己，想来想去就想起了二十年前那个没有被冻死的风雪夜。

想起了姐姐嘴对嘴喂他喝水，喂他饭汤，想起了妈妈暖暖的怀抱，又想起新中国成立前，自己一步一个筋斗，走得慢了穷撵上，走得快了撵上穷，死了又活，活了又死，放个屁也砸脚后跟，难道是上辈子伤天害理了，这辈子里活该遭报应？

解放了，翻身了，分地、分房了，从此当家做主了。不能再信命，不能再信鬼，不能再信神。命是人编的，神是人捏的，鬼是人说的，解放军才是真的，是真爹真妈真菩萨。

这一夜，秋到天明也没有合上眼。

自从秋领回了蛮子女人，他那个茅草屋里算是有了人气，一日三餐再不用他烧锅燎灶，回到家里张嘴就吃，躺倒就睡，高兴了还搂着蛮子女人亲一口，家里地里又常能听到他的曲子腔。女人改不了天府之国的麻辣口味，凉拌生菜也是红艳艳的，弄得他很长一段时间不习惯。谁料这东西还有串筋暖骨的药性，时间长了竟医好了他的寒气腰。秋就说这女人真是个宝！

秋没出过远门，不知道外边天有多高，地有多广，闲着的时候女人就给他讲川东一带的风土人情，讲棒棒军，讲纤夫号子，讲男人在家看孩子，女人在外插稻子；讲男女青年对山歌，对上了就往山上跑，往树林里钻，搂着亲。秋说："扯淡，光亲不中，那是活受罪！"女人就瞅着他笑。秋笑着说："真是十里不同俗，百里不同婚，别的我不想，叫我光在家看娃子就中。"

"土改"的时候，杨家分了几间一砖到顶、五脊六兽的大瓦房，曾让村里一些穷人很是眼馋了一阵子。可自从杨老先生过世，大哥跑灾，二哥一家子搬出去另立锅灶，这空荡荡的屋里就剩下老太太和做民办教师的妹子叶儿了，没了前几年人挨人的窘况了。这可真叫此一时彼一时啊。家里没了男丁，老人身边就缺少了顶事的人，这叫秋很是不安。一天他对蛮子女人说："你看妈那一灯油也快熬干了，有个三长两短离不了人，咱搬过去跟她住在一起中不中？"女人早住够了这冬不挡寒、夏不避暑的草庵子，正瞌睡想枕头呢，就说："要得，要得。"秋不想张扬，趁着天黑人静，夹着铺盖领着女人就搬到老娘这边了。

这年冬天雪下得出奇大，天也变得出奇冷，家家屋檐下都挂着二尺长的冰琉璃，人们逗笑说："再冷下去尿泡也得拿根棍子敲了，不然就尿不出来了。"

大雪将村子包裹得严严实实，背风一面的房坡上，积雪盈尺，不见瓦棱。那些不小心就碰头的低矮茅屋，远远看去像一个个白面馍馍。村道上没有了人畜走动，偶有家犬出现也是披着一身雪花，应了那句"黑狗身上白，白狗身上肿"。邻里之间似乎都成了孤门独户。殷实一点的人家，窗口和门缝处不断有青烟挤出来，那是主人在点燃明火取暖，贫寒人家的老老少少，就只有抱着被子压床了。

大雪没能困住娃子们。刚落雪的时候，他们三五成群地在院子里嬉闹，有的还张着嘴巴迎接那飘飘扬扬的大雪絮子，好像那就是白面馍馍，能解馋能充饥呢。后来他们就一起堆雪人，打雪仗，直到大人们跑出来把他们拽到屋里，摁在床上。这天秋正在吃饭，侄子们吸溜着鼻涕吵着笑着闯进奶奶家来，非要三叔给他们捉麻雀。秋看见他们就想起小旦，心里很不是滋味。

秋几天没看见孩子们了，连吃饭都有一种缺油少盐的寡淡。他把孩子的央求看成血脉相连的亲近，心里很舒服，撂下碗就去找箩筐。待布阵完毕，小东西一会儿就飞到箩筐下面抢食，秋眼疾手快，一拉绳子几只麻雀就捂在里面了，孩子们高兴得一阵欢叫。秋说："娃啊娃啊别慌张，性急吃不了热豆腐，让叔慢慢给你们掏。只是咱先钩钩小指头：摸摸中，不能玩，小虫（麻雀）跟别的'虫艺儿'不一样，赌气，一玩就死，多可怜哪。"每每至此，他就觉得自己变小了，又回到了童年，可自己小时候又怎能和小侄子们相比呢？

不让玩鸟，侄儿们有点扫兴，秋就教他们说绕口令："杨树下，尿羊尿，尿的羊尿羊喝了……"孩子们怎么努力也说不清楚，屋子里装满了少有的笑声。

自从秋和蛮子女人从茅屋里搬过来，不中用的老娘就绑在他身上了。蛮子女人做事马虎，指望不住；妹子叶儿身小力薄，还要站讲台，只能在星期天才能帮三哥一把。老娘像个婴儿，屙尿都在床上，一天下来光尿布就一堆。晴天大日头还好些，眼下天寒地冻，这又洗又烤的活儿便成了一件苦差事。这让他想起了善良的尚家养母。那一年眼看着村里不断有人饿死，养母对他说："娃啊，你走吧，回到你亲妈那儿去，听说那里比咱这儿好些，你要有个三长两短，妈在地下也不安哪。"秋就哭了，说啥也不离开，养母拿棍子赶，秋干脆睡在地上，姐姐知道了也跪下求情，养母说好吧，妈再陪你一晚，明早一准得走。后来听姐说，他大约还没到老家，养母就断气了。

娘老变小了，一会儿清楚一会儿糊涂。清楚的时候这里疼了那里痒了，让你没闲的工夫，糊涂的时候似梦非梦似说似唱，不停地唠叨，一会儿说："麻尾鹊，尾巴长，娶了媳妇忘了娘，你也不是个好东西。"一会儿说："你不嫌俺，就你孝顺，不枉生你一场。"秋最恼最忌讳的就是这事，一听这话就倒噎气，想起自己被送人的身世，就想撂下不管。可他做不到，照样煎药熬汤悉心伺候着，照样踏雪破冰去洗尿布，两只手冻得像胡萝卜一样。实在受不了时，就用棍子挑着涮，天天如此，从不让老娘隰着、冻着，夜里还把自己的棉袄盖在娘的身上。一天娘说："我嘴里没味想吃瓜。"秋就一口气跑到街上，挑了两个又红又大的苹果揣在怀里，又一口气跑回家，把皮啃了递到老娘手上。娘说："这是啥东西，咋没有一点瓜味儿呢？"秋就恼了，说："大冬天我去哪儿给你买瓜，净想新鲜的！"话一出口秋就觉得自己有罪，扑通一声就跪在了娘的面前，说："妈你别生气，我是个忤逆之辈，我一会儿就坐飞机进城给你买瓜去。"娘就说："中，中……"嗫嗫嚅嚅的，一会儿就不吭声了。

看着逐渐衰弱的老娘，秋恨得只想扇自己的嘴巴子。

大雪天逮兔子是东乡农民的一大乐事。大地一片白茫茫的时候，小东西们忍不住饥饿，从窝里跑出来觅食，留下一行爪子印，顺着爪印准能逮个正着。当地人还发明了一种声东击西的网逮法，只要瞄见目标，一边用半人高的竹竿把网撑成半圆，在另一边呐喊吆喝，兔子惊了就会向扎网的方向逃奔，一头就撞在网上，很是有趣。

这天秋正坐在火盆边烤尿布，磨金喘着气闯了进来。

磨金说："咱们逮兔子去吧，关在屋里睡得身上疼，还不如到地里活动活动。"

秋说："中，我也正馋呢。"他把尿布塞给蛮子女人，又交代说勤往娘身下摸摸，要是湿了赶紧换。秋说完就从门后掭上一条棍子，缩着头和磨金出了门。

两人出了村，深一脚浅一脚的，像踩在棉花堆上，不一会儿就浑身冒汗了。积雪掩埋了所有的沟壑路径，遍野里连一点参照物都没有，一不小心就会跳进沟里。秋搭手远望，有几个黑点在前方不停地晃动，说："兄弟，这边恐怕不行了，已经有人在了，咱们得向西找，不然一根兔子毛也难碰着。"

磨金有点丧气，说："轻易不养汉，养汉遇着个气泡蛋！"

村子的西边有一条东西走向的硬边水渠，渠身高出地面一尺多，上面形成一条直通公路的小道，是村里人进城赶街的捷径。水渠外沿的缓坡已被大雪掩严，渠身陡峭的一面仍呈现着水泥的本色，在雪地里非常醒目，远远看去，就像一根长长的扁担，挑着两头的村庄。

两人沿着水渠搜索着，刺眼的白晃得脑袋生疼，一会儿就觉得眼珠子不舒服。秋有些急躁，掏出家伙就尿起来，岂料不偏不倚，尿液所到之处有一只兔子腾空跃起，惊得他"哎呀"一声，提着裤子就去追赶。兔子急了企图跃渠而逃，怎奈雪深坡陡，连跳两次都滚下坡来，遂沿渠底正西而去，两人就一个渠上一个渠下拼命追赶。眼看猎物就要到手，那东西却突然转过身冲着秋迎面而来。这个突然的转身犹如百米冲刺遇到了障碍，秋收不住脚被什么东西重重地绊了一跤，立马就滚成了一个雪人。他骂了一句粗话，翻身一看，不好，一个死人，一个蜷缩着被雪掩埋的男人。渠埂上的磨金也愣住了，瞅瞅那人，瞅瞅兔子，不知所措。那人受秋一撞，竟扭动身子"哼"了一声又不动了。

秋两人原本心情不错。尽管日子说不上温饱，缺粮少油的困境还紧锁着村人的眉头，可穷人有自己的活法，眼下让这个半死不活的人一绊，一时乱了方寸。

秋说："要是撒手不理，就这个滴水成冰的冷劲，过不了一个时辰这人必死无疑。"

磨金说："要是弄回家救不过来，死到屋里也是个大不吉利的事，这可咋整啊。"

这世间的事就是在不停地轮回着。大至气候变化，四季转换，小至生生灭灭，善恶报应，福祸相随，从来就没有一了百了的事儿。当年杨秋九死一生，都是好心人相救，才由一个奄奄待毙的弃婴，长成一个体壮如牛的大小伙子。没有姐姐舍身相救，没有队长大义成全，没有朋友两肋插刀，他恐怕连尸骨也没有了。为此，他时时不忘身世，再穷再苦也要保住良心，才演绎出了城里乡里的那些故事。

他说过，人给我一个好，我还人一百个好，死了到阎王爷那儿也好交代。正是基于这种做人心态，秋心中一横便要救这人一命。于是他喝着磨金："没死没死，救人救人，还愣啥呢。"说着就去抖落那人身上的雪。

磨金凑前说："他是哪庄的，咋不认识？"

秋说："要是咱哥，你早滚下来了。"说着，两人就又背又拖，吭哧吭哧地顺着来路把那人弄回村里了。

秋两人将那人背进屋时，已是浑身冒烟，胡茬眉毛头发上全是冰花碴子。

秋对女人说："蛮子你快去做碗面汤来，越稀越好！"又转身进屋抱床被子捂在了那人身上。

老娘不知发生了啥事，吓得又尿了一床。

秋说："妈呀，你急啥。"就把经过用三个字概括道："拾个人。"

蛮子女人乱中走神，连划几根火柴也没擦出火。

磨金急了抢过火柴盒，一下就把灶膛里的柴火点着了，一会儿屋里便有了热气。

真是一波接着一波，女人颤颤地把面汤端到那人跟前，只听她"啊"的一声，一屁股坐在地上哭了起来。

十四

说来也是这人命不该死。要是一年前，活着的人还东倒西歪，谁还有力气去救一个将死的人。据说五哥的外爷就是那个时候客死他乡的，最后连尸骨也没有找回来。

灌了半碗面汤之后，男人脸上慢慢有了血色，秋就坐在一边抽烟去了。秋和磨金都从女人的眼神举止中看明白了。

女人说："他是俺男人。"

秋抬眼看看女人没有吭声。

磨金说："啥男人，不是俺救他早冻死了。"

女人说："冻死了也是俺男人啊。"

秋说："是你男人就不叫他冻死。"

女人"扑通"一声跪下了，跪下给秋磕头，给磨金磕头。

秋说："算了吧，你招呼着他把剩下的面汤喝了，把妈屋里的火盆挪出来，我和磨金出去给他弄点酒喝。"

时值隆冬，杨家门前的坑塘里结了一层厚厚的冰。几个不知冷热的孩子在上面玩陀螺，偶尔有人滑倒了，嘻嘻哈哈地爬起来继续玩，给这个冰冷的村子平添了一点活力。秋破冰给老娘洗尿布的地方，有几只鸭子在戏水，又拍翅膀又压蛋的，玩得比孩子们还热闹。

磨金看着鸭子说："这一回你算完了，人家把女人一领走，你连鸭子也不如了。"

秋说："我也是一头雾水，这事儿咋弄得跟玩电影一样呢？"

磨金问："去找队长？"

秋说："不，先找媒人，刨根问底。"

两人来到一良家，一良正在火盆边哄孙子。小家伙这几天有点积食，儿媳妇捧着奶子咋也按不到嘴里，一良急了："快吃快吃，你不吃爷可吃了。"谁知这话正好让哈着热气闯进来的秋两人听见了。一良没有反应过来，儿媳妇臊得赶紧钻进屋里了。小孙子这时来了精神，拽着一良的胡须对来人说："这是我爷。"秋把祖孙两人的话糅在一起，竟哈哈大笑起来，说："娃子别怕，俺俩没人跟你争爷，你爷也不会跟你争食吃。"

说笑一会儿，秋就把刚刚发生的事儿给翁媳俩说了。

屋里的气氛实在变化太陡、太快，仿佛苍天弄人，刹那间几个大人不知笑好还是哭好，雪封冰冻一般。秋目不转睛地瞅着一良，一良平时虽然不苟言笑，此时捏着烟锅掏来掏去就是挖不出烟来。磨金只顾拨弄火盆，一双手揉揉搓搓好像总也烤不热。是啊，这事说大也大，说小也小。从大了说，人家日后要是告咱拐卖妇女，秋可要坐大牢；往小处说，男人若念救命之恩，说不定既往不咎，大事化小，小事化无。

第一个从零乱的局面中挣脱出来的是蛮子儿媳妇。她好像一点也不在乎，说："你们咋都怵成贼啦，自己吓自己呢？她又不是咱抢来的，又没给谁一分钱，没抢没夺没买没卖，是她饿极了自己找上门的，了不起领走就是。"

她又转而对秋说："明年我再给你寻一个过来，正儿八经地登记结婚给你生几个娃子。"说着自己哈哈笑了起来。

女人这席话拨云见日，一良磕着烟锅子说："是这个理，是这个理。"

秋也双眉舒展，却说："嫂子你别出息我了，一辈子打光棍也不再睡你们四川女人了！"

蛮子儿媳妇一听这话"晴转多云"，来劲了："你这是啥子话嘛，四川女子不照样烧锅燎灶下地干活，不照样给你们河南人生儿育女延续香火嘛。"说罢再次拉过孩子，当着他们的面就解怀喂奶。三个男人像听到口令一般，齐刷刷地把脸扭到了一边。

一良儿媳妇也是那个饥饿年代嫁到河南的，可公社里压着人家四川老家的结婚证明，如今俨然是河南人了，面对这事就理直气壮。她对秋说："俺和你家那位隔村不隔坡，她男人姓郭，会木工活儿，人称郭木匠，村里村外有点名气。那时我回老家探亲，她听说咱这里一季麦一季棉的，吃喝不愁，女人都被宠着、哄着、敬着、养着，不下地干活，就眼气了，非要跟我上河南。我嫌她已经结婚有儿有女，说啥子也没答应，谁知我回来时一下火车，她在车站门口就迎着我了，说等我几天了，像个叫花子，我只好把她领回来了。啥办法，饿极了啊。"说着又抽泣起来，很无奈、很冤枉、很可怜的样子。

秋说："嫂子你别伤心，我不怨你，我还得谢你，不是你我还不知道女人啥滋味呢。"

磨金听着这话别扭，瞥一眼秋，照他的腰窝就是一拳。

秋一愣，很快从磨金的怪笑里悟到失言，忙说："嫂子，你那老乡贤惠能干，可真是个好女人，就是我没福气。"一良儿媳妇破涕为笑，说这就过去瞧瞧，总是老乡嘛。

从一良家出来，磨金说："这女人也是个光脸傻子，听不出好坏话。"

秋如释重负，说："别看她一会儿风一会儿雨的，其实人家脑子好使。看来没有过不去的火焰山，就看你道行如何。"

此时天已黄昏，说着走着就分道回家了。秋拐过一户人家，径直向二顺家走去，他想自己是队里的人，瞒谁也不能瞒队长啊。

秋闪进二顺家的大门，队长的儿子法娃和狗都向他跑来，他抱起法娃转起了圈圈，孩子喜得嘎嘎乱叫。

秋放下孩子命令道："快叫，叫表爷。"

法娃乖乖地叫了。

二顺听见院里的动静，就靠着门框说："我猜你是要来的。"

秋一愣："咋传恁快！"

二顺说："没有不透风的墙。"

秋说："我窝囊，没逮着黄鼠狼惹一身臊。"

二顺说："你沾光。不花钱的女人你睡了恁长时间，人家男人不告你强占人妻就不错了。"

秋说："队长你别吓我，她也没说四川另有家室，是她主动往我被窝里钻的。"他把一良儿媳妇的话，拣重要的回了队长。

二顺说："也算因祸得福，若不是遇上饥荒年景，人家咋能跑几千里找上你这个穷光蛋。如今你救了她男人，也算一报还一报，扯平了。依我说，等那男人缓过劲来，咱备足盘缠送人家两口子走，免得夜长梦多，再生枝节。"

一番话说得秋云开雾散。他站起身，见队长堂屋的条几上有大半瓶酒，不打招呼揣到怀里就一脚跨出了门。二顺在后边笑着说："学主贵一点，今天晚上不能再和她睡一张床了。"

村子虽大，户连着户，门挨着门，有个风吹草动，比广播匣子传得还快，尤其是骚事、怪事、奇事。秋这桩事像是说书唱戏那般戏剧化，想把人嘴都捂着，难。

他走到水塘边时，就看见对面有几个人指指点点。有人说："浪急了，有兔子不逮，逮回来个冤家对头。"有人说："割驴球敬神，驴疼死了，神也得罪了。"秋觉得身后冷飕飕的，直想打战。

还没有进家，村里的大喇叭又响了："老少爷们听好了，接上级通知，谁家有外来女人，赶快到乡里说清楚，隐瞒不报者，一律按拐卖妇女论处……"秋又出了一身冷汗，遂自嘲道："雨夹雪，热闹。"

秋回到家时，郭木匠早已苏醒过来，女人正翻来覆去地烤着换下的湿衣服，两人眼泡子都红红的，想必已经哭了很长时间。郭木匠见秋进门就要起身，被他一把按住了。秋对女人说："你去做饭吧，收拾俩菜我和大哥喝两盅。"

　　眼前这个可怜的四川男人，对杨家来说就像饭锅里掉进的一只老鼠。二哥和二嫂也礼节性地来过，那表情，那眼神，传达出来的是一种复杂的感情。叶儿在帮助蛮子女人烧火做饭，只听锅碗瓢勺的响动，没有了往常姑嫂之间的说笑。老娘不时发出一声长叹，穿堂过室更加重了各人心头的凄然。对村里的一些人来说，杨秋是玩火自焚、引鬼上门！那些屋里有川嫂、川姐、川妹的人家，都把耳朵支棱了起来，静待着事态的发展，刺探着坑塘那边的情报，有一种"鬼子进村了"的紧张。秋的几个"连襟"凑在一起，大骂他是丧门星，弄得自己的女人也前途未卜，好像还有张木匠、李木匠、王木匠要找上他们家门来。

　　人们的惊慌失措并非空穴来风。早在半个月前，公社里的宣传车就在村里吆喝过了，说谁家来了外籍女人都要登记上报。领了结婚证的，政府承认是合法夫妻，否则就被视为非法，要问罪的。妇女主任还特意讲话给四川女人们听，说现在可不是前两年缺粮断炊饿死人的时候，你们那里也是风调雨顺、政通人和、稻米满仓呢，要是相中河南小伙子，就快快回家开证明，要是不办结婚手续，咱河南人可不知法犯法。

143　　　　　　　　　　　　　　　　　上部

这一宣传不打紧，有个四川蛮子当晚就不跟男人睡了，闹得全家人心惶惶。

　　晚饭是油旋馍炒鸡蛋，这在当时宛东农村已是上等招待了。秋咬开酒瓶盖子，咕咚咕咚地倒了半碗递到郭木匠面前，木匠抬抬屁股算是答谢了。

　　秋说："酒不好，比不上你们四川的尖庄大曲。"

　　木匠说："兄弟你要我了，我一个落难之人受用不起。"说着嗓子就发紧了。蛮子女人触景生情，钻到灶间再没露面。

　　秋说："大哥不必多心，咱们认识也是天意，只管吃好喝好，啥时候说走我亲自送你们两口子上汽车。"

　　木匠做梦也没有想到秋是这样一个明理爽快之人，站起身来就要跪谢。秋慌忙扶着，两个男人同时落下泪来。

　　原来这郭木匠也是一个本分善良之人。去年夏天他安顿好一双儿女，从一良儿媳妇娘家那里寻得地址，千里迢迢只身跑到河南来找他的女人。那是一个午后，村子里静悄悄的，男人们都午睡了，几个女人还在水塘边摇着扇子乘凉。他压低草帽，透过树丛，一眼便在女人堆里逮着了那个熟悉的身影，一阵紧张感袭来，他差点喊出声。可他不敢这样明目张胆地相认，他要想办法像贼一样把女人偷出来，掖起来，然后再一起逃走，像一个拐骗别人女人的流氓！也是阴差阳错，这时候他看到一个小儿一颠一颠地扑到女人怀里，几个半大的孩子围着那小东西嬉闹，木匠就没了主意，离家时所有的算计都用不上了。他想家里七八岁的孩子还嗷嗷要娘呢，我咋能忍心让她再抛下怀里的小儿，白来了，白来了。木匠一阵头晕目眩，含着眼泪离开了村子，决定等一两年，孩子长大了再来领女人。今年他不再顾忌，谁料此番一路饥寒交加，行至渠畔时原想稍事喘息，不想身不由己一头栽了下去，后来就迷迷糊糊大脑一片空白了。

秋听罢郭木匠的一番叙述，憋在心里的晦气消失得无影无踪。他觉得这木匠是个真男人，大丈夫，比自己高出一头，如果可能他甚至想和他八拜结交，生死永好。秋说："郭大哥你大肚能容，心如菩萨；兄弟占人妻室，罪当不赦，还请高抬贵手，放我一马。"那话里掺进一分戏文，多出一点儿滑稽，酒桌上的气氛就缓和了下来。秋换了口气说："有一点给郭大哥挑明，你女人跟我一场并未'开怀'。她身边的那个娃子，想来是我的侄儿，不信我立马把他喊来你再仔细看看。"木匠说："兄弟你这话就没意思了。女人生娃子是人家的本事，咱想生还生不出来呢。"两人就笑了，笑得又苦又涩又甜的样子。

当地人常说，三句好话当钱使，一个孬理打烂头。秋是一个吃软不吃硬的汉子，郭木匠像个知书达理的教书先生，两人之间再大的事儿也好商量，竟到了无话不说的地步。郭木匠说："不瞒兄弟你，我来河南找女人，是因为家里两个孩子天天盼娘。她出来时跟我商量过，我说你走吧，走了能省出一份口粮，俺爷仨都有救了，你也逃出一条活命，一箭双雕的事，虽然有点龌龊，总比一块等死好。离家时我想了，我一个人出门弄这事儿，遇上好人还罢了，要是遇上个恶人，我这一百多斤就扔在河南了。今天俺们夫妻见面，我把那边儿女的事儿跟她说了，要是你们离不开，我就把她给你留下，明天我就回四川，她跟了一个好人我也放心了。要是今天晚上你想害我，找个得劲的家伙一下给我成全了，别让我受罪，我受够了。"说着又端起了酒碗。

这时候女人从灶房里跑了出来，女人说："娃子他爹你莫讲醉话嘛，你要恨恨我，你看秋他是那种害人的人嘛。"

蛮子女人们说一口快节奏的川话，成了村子里的一群另类。但她们的勤劳能干，把当地女人比得很没面子，于是就用异样的眼神对人家评头论足，说这些飞来的野鸳鸯没有一个清白的，以此来排解吐不出来的郁气，两地女人之间形成了两个自然的阵营，曾生出不少的口舌。小琴是秋的初恋，两人因是是非非没能走到一起，蛮子女人一来却成了她的情敌，几次没事找事。秋说这是外地的尼姑会念经，本地的尼姑不想听，总有一天要散伙。然而随着光阴的流转，川女豪放的处事风格，豫女细致的爱怜柔肠，又把两地女人紧紧地糅在了一起。这些饿着肚子的四川女子进村都要找个人家，使得村里的老光棍、少光棍捡了便宜，也博得了本地女人的同情。这种饥荒年代的野合，合乎实情却悖于法纪，成了那个非常时期特有的无奈。

一阵汽车喇叭声打破了村子的平静，遣返川女的工作从调查登记到动员联络，今天正式进入摊牌的阶段，显得很是井然有序。村里人就像听懂了天气预报广播，虽然知道这一天的气候变化终究要来，可还是转不过弯，纷纷端着饭碗抱着孩子跑出家门，满脸惊恐地等待着将要发生的一切。

大客车在村部门口停下，从车上走下来一行男女，都是些穿四个兜或大翻领的国家干部，可除了公社的妇女主任，大家一个也不认识。

车两边挂着的红布上，贴着方块斜置的粉纸标语，一边是"川豫两省手拉手"，一边是"高高兴兴送亲人"。妇女主任笑眯眯地拉过身边的一个陌生男人说："我给老少爷们介绍一下，这位是四川万县民政局的领导，千里迢迢来看望你们啦。"她是想通过介绍换来一片掌声，以缓和可能发生的尴尬局面。不想村里人并不买账，一个个眼瞪得跟张飞一样。那领导很是识相，见此情景就又是鞠躬又是拱手，连声说："父老好，父老好。"好像他做了亏心事儿向老百姓认罪求饶一般。他说："这几年你们饿得东倒西歪，她们却活得好好的。这是什么精神，这是毫不利己专门利人的精神，她们会永远记住你们，记住河南，我向你们鞠躬了。"说着，他就俯下身子，久久没有站直。

147   上部

人群中有人大喊："好！好！"

正在这时，拐子天才和他的女人一颠一颠地来到车旁。女人头戴绿帽子，身穿绿布衫，肩背绿挎包，一手挽个小包袱，一手拎个竹篮子，屁股一扭一扭的，迈步就上了车。

村人们一看就议论开了。这个说："好歹也磨合恁些天了，她咋连一声热肠子的话也不跟咱说，抬屁股说走就走了呢？"

那个说："你看她那身打扮，跑来时好像穿的就是这一身。天才也真抠，一日夫妻百日恩呢，再穷也得给人家买身新衣裳啊，显得咱河南人不厚道。"

天才在一旁就接话了，说："她就是那种贱货，早几天我就上街给她买了身斜纹衣服，她不穿，说穿上就不像她了，要穿着出门时的衣裳回家见男人。"

真是人心难揣，想必她把天才家当成路边野店，卖卖身子，换个馍吃，第二天又赶路去了，好像什么也没发生过一样。

人生如戏，家道也在不断换场，时文时武，时富时穷，时喜时悲，时聚时散，从来都没有一成不变的人家。就说这拐子天才，"土改"的时候他家被划为中农，中农是不动财产的，加上父母会过日子，精于计划，除了地里又在宅基地上经营起一片梅园，一年光果子就能换回一车粮食，小日子富得流油。只是好景不长，父母先后故去，残疾人天才的家境便开始走下坡路，接着又赶上大饥荒，他却在路上拾了个没人愿意收留的四川女子，两人相互扶持刚刚苦尽甘来，又碰上这个大遣返，你说倒霉不倒霉！天才年过半百，他受不了这个打击，脸色惨白，浑身发抖，盯着一群干部，眼前一片茫然。

豆腐匠老邢也陪着女人缓缓走来。两人胳膊上各携一个包袱，不断和路边的人打招呼，样子像走亲戚，看不到凄楚也见不到祥和。而女人那双水灵灵的大眼睛，却不停地忽闪着，一眼便看见了全有妈。老太太是第一个发现她喝卤水的人，要不她早入土了，这样的大恩大德她终生难忘。女人把包袱塞给老邢，跑过来就跪倒在老人面前，抱着她的腿大喊恩人，大呼亲娘。这场哭戏立马引来众人围观，有的搀扶，有的解劝，有的陪着抽泣。

老太太搂着女人的头哭道："闺女你听我说，是你命大不该走那条路，快快起来，今儿个是你的喜日子，不能哭。"

女人站起来说："我妈死得早，您老不嫌弃就让我喊你一声妈，再给你磕个响头。"

女人说着又要跪下，慌得老人急忙抱住，说："中啊，中啊，你记住河南有个妈就是了。天南地北谁知道咱娘儿们啥时候才能再见面呀。"

这时女人止住了泪水，老太太却来了劲，一把鼻涕一把泪再也停不下来，一老一少又抱在了一起。

少顷，秀儿向男人摆摆手，解开递过来的包袱，拿出来一件小红衫，哭着说："妈呀，我给树儿做的这件衣服原想等他生日时寄过来，现在留下，算个纪念吧。"

临上车前，她在人群里逮到了磨金，二人对视了两秒钟，算是告别。

遣返是必须的、无奈的、痛苦的。对于非婚又有生育的人家来说，眼下就更有了生死离别的意味。

一声尖厉的哭声由远而近传来，那是柱子的女人。女人抱着孩子高一声低一声地号着，柱子和他嫂子在两边陪着，那样子就像出殡。来到汽车门前，柱子刚要接过孩子，孩子就哇哇大叫起来，他和嫂子再也忍不住了，侧过脸去泪如泉涌。女人一手扒着汽车门，一手拽着孩子的衣角，头在车门上碰得嘭嘭乱响，慌得柱子赶紧闪身去搂着。

女人哭着说："我作孽哟，我对不住哟，我舍不下哟。"撕心裂肺，痛不欲生，引得人群中又是一片抽泣之声。

跑到柱子家的这个女人姓姬，家住万县农村，已经两年多了。为了做好她的返乡工作，公社干部和村里支书恩威并施，嘴皮子都磨出了茧子。女人曾对柱子说："不是怕连累了你，那边两个娃子我也不要了。"

那边，这边，两边都是她的亲生骨肉，两边都让她难以割舍。无论抛弃哪边都将成为她终生的牵挂，都是一个母亲无法承受之痛。

人群里，一良儿媳妇显得那样茫然与忙乱。这个名正言顺的川籍媳妇，虽然早一天就和她的四川老乡有所走动，但还是一个不落地深情告别，一双眼没有干过。她的情感要比别人复杂得多。往日里都在的时候，姐妹们朝夕谋面，说不完的乡土话，忆不尽的故土情，眼下一个个如同起航的归燕，自己却成了落单者，这该是喜还是悲呢？

车要开动了，声声喇叭驱赶着围观的人们。

柱子女人一把扯下围巾，轻轻地围在孩子的脖子上，又把围巾的一角掖进孩子的袄襟里，女人的眼泪就又滴答滴答地掉了下来。女人像是自语："苗儿不哭，苗儿乖，过两天妈回来看苗儿。啊，啊……"

车开动了，女人趴在车窗上大声对柱子嘱咐着："苗苗的药在桌子上，记着按时喂啊。"

车走远了，柱子女人、秀以及她们身边的其他女人，还在贴着车后窗向村人招手。

这一招手成了一幅凝固的画。全村人都会永远地记着这一刻，记着四川，记着她们。有人又嘤嘤地哭了。而她们心里也一定烙印着苗苗、柱子、磨金、老干妈以及老老少少那些挥之不去的面容。两三年了，生死与共。当邻居端着一碗野菜与她们分享的时候，她们看见了中原人的心，那心是热乎乎的，她们也就融入他们之中了。

这应该是她们生命历程中刻骨铭心的一站，却又是十分荒唐的一段：当与另一个陌生男人同床共枕的时候，"妇道"又为何物？痛苦地饿死与艰难地挣扎哪个是对，哪个是错？一路遥遥北上是福，还是祸？

不管你承不承认，人生路上，历史给老秋、柱子他们这群野鸳鸯开了一个大玩笑。

全有妈回到家里，喜滋滋地给树儿试穿秀儿巧手缝制的新红衫，特别是那几对布纽扣，近看像苗儿，远看像蝴蝶。在拉抻前襟的时候，她发现口袋处有东西，用两个指头一探，夹出了一个折叠成花瓣样的纸片，好像得到了什么宝贝，大字不识一个的女人便大声呼道："他爹，他爹！"

全有爹吓了一跳，他颤抖着双手拆开一看，两行秀气的字展现在面前：我在万县汽车站遇到了树儿妈，她说家住涪西，树儿端午节生人，别的没说。秀。

夫妻俩如堕五里雾中。

半个月后，几封信陆陆续续从千里之外向毛庄飞来，其中一封挂号信是郭木匠两口给秋的，信上说的无非是感谢之类的话，主要目的是寄钱，说不如此就难以抚平他们心中的亏欠。

还有一封挂号信是寄给磨金的，信是这样写的——

磨金：

你好！

你救了我一命，今生无缘报恩，来世为你做牛做马。我拾了一双鞋，很臭，烧了。你穿上我给你做的鞋，一定能找到一个称心的女人。

秀

××年×月×日

磨金看罢来信，不知是激动还是自责，两只手竟哆嗦了起来。

干部们很漂亮地办完了他们该办的事，忙着去弄自己的其他工作了。留给村民的，除了柱子怀里那个没娘的孩子，就是那句千年绝唱：民以食为天。

十五

集中遣返川女的时候，杨秋没有去凑热闹。他先行一步，起了一个大早，趁人们还没有睡醒就神不知鬼不觉地把蛮子两口送到了车站，省去了许多可能想到的难堪，还受到了上面的表扬。

队长二顺说："秋中，秋识火色，不像柱子认死理，撞到南墙上不知道拐弯。"

临上车时秋把一卷东西塞到女人手里，女人低头看时，他一转身就淹没在人堆里了，弄得两个异乡口音满车站飘。车站的管事人还以为他们丢了孩子，忙跑过来询问，原来虚惊一场。

秋从汽车站贼一样地溜了出来，全身已是大汗淋漓。怕蛮子两口追寻过来，他往前紧走几步拐进了一条小巷，一屁股坐在路牙子上，长长地出了一口闷气，擦根火柴吸起烟来。

这是一条窄窄的胡同，弯弯曲曲像一条缰绳。眼前不断有挑担的、挎篮的、提兜的人晃过，可他没有看清一个面目，满脑子里还是蛮子两口。他想不明白，别人领个女人过两年不中走了算了，自己咋就恁些拐弯抹角的事呢！让人家男人找到家里（实际上是他亲自把那男人背到了家里），自己像孙子一样陪着，惹得全村人笑话，丢人现眼，悔恨之余就差一头撞上墙去。此刻他的意识里又闪现出另外两个女人：一个是茂林的表姐，可是没过够俩月，一觉醒来就再也见不着人了，为此差一点和茂林闹翻。另一个女人带个"犊子"——自己的口粮一个人还吃不饱呢，你叫我咋养活你们娘儿俩！又不欢而散。

　　秋正胡思乱想呢，一个卖豆浆的人一路吆喝着走了过来。秋这才回过神来。他抬眼一看，胡同两边的居家门楼似曾相识，这不是自己拉着粪车走过多少遍的医圣街吗？霎时换了心情。再往前走，果然就看见了医圣祠那红色的大门，酒精厂那高大的烟筒，河边上那一排半坡的茅厕，杜彪请吃的牛杂汤馆，那救人一命的小石桥，那半阴半阳的算命先生……旧地重现，面目依然，由物及人，眼前就开始晃悠着杜彪、五哥、翠姐的影子，就感到自己也是城里有朋友的人了。在村里，谁家城里有亲戚，有朋友，有熟人，那是一种身份。遇上难事，打个官司，买个便宜货，城里人比乡下人有能耐，有面子，说话有分量，别人是要高看一眼的。秋身不由己地走进他淘过粪的茅厕，百感交集，又动了再次进城拾粪的念头——如今蛮子一走，生活又回到了从前。杜彪曾经给他夸下海口，只要他想拾粪，他承揽过的那几处茅厕早晚都姓杨。这让他感到城里人的义气。

走在返乡的大路上，田野里到处是忙碌的人。送粪的，锄草的，打药的，挖沟泥培地边的，都是目不斜视、旁若无人，很难听到说话笑闹的声音。人们在土地上尽情地挥洒汗水，恨不得把心扒出来孝敬土地爷，为的就是多收一把粮食。

他越走越热，就一件一件地往下脱衣裳。他嗓子发痒，不由自主地吼起了曲子腔："陈妙常坐云楼泪如雨下，想起了蛮子……"他发现唱错了，应该是"张才相公"，咋挪到蛮子女人身上了。他苦笑一下，自我嘲道："蛮子你别笑话，我杨老三眼下是不如人，三十年河东，三十年河西，风水轮流转，说不定将来也能混出个人模狗样来。"秋在心里盘算着，再进城他要干大的，要在窑厂边建一个大粪场，他当厂长，磨金、茂林当副厂长，再把翠姐请来管账做饭，一年下来不整个千八百车不算本事，那才叫人物呢！

在秋的记忆里，长这么大他只碰上两次风光的事儿。

一次是当民兵时参加实弹射击，枪枪中靶，打得那个秃头反动派脑袋开花。武装部长说他是带着阶级感情扣的扳机，这让他很是激动了一回。发奖的时候，台下的小琴带头为他鼓掌，弄得他心怦怦直跳。她是他懂得男女之事后，对上眼的第一个姑娘。给他戴大红花的是一个很好看的女民兵，还朝他敬了一个五指并拢的大礼。说来也邪乎，别的事都淡淡的过去了，这一"礼"却让他记了好些年，直到现在想起来心里还甜蜜蜜的。

另一件事是和队长二顺一起到公社交公粮。在老家，乡亲们把交公粮、卖余粮说成是交皇粮，当成是天大的事。每当新粮上场，各家各户都把扬场时上风头籽粒饱满的粮食拢起来另放，然后一次次翻晒，一次次扬簸，一次次挑拣，最后放一粒到嘴里猛咬一下，要是听见"嘎嘣"一声，自己就算先替公家验收合格了。要是遇上连阴天，公粮不干会成为村人的一块心病。

国家国家，有国才有家啊。待日期排定，大家小户像过年一样，高高兴兴地把粮袋扛上牛车、马车、架子车、手推车，打上"喜交爱国粮"的横幅，敲锣打鼓，喜气洋洋，把一颗红心献给国家。有一年村里还打扮了十个童男童女，头扎白毛巾，腰勒红绸子，在粮库外面扭起了秧歌，很是热闹了一番。秋是这群孩子的大头儿，指挥着他的童子军，风光无限。中午吃饭的时候，他和小伙伴们还被粮库领导请进了灶房，把一拃长的猪肉条子夹在馍里分给大家。村里人都夸秋为村里长了脸、争了光。

往事历历，如同昨天，想着那些光彩的往事，忽觉面前天高地阔起来，蛮子女人的事说淡就淡了。肚子不饱，婚姻难好，老是掂着有啥意思啊。他想，要真能在郊区办个大粪场，他要把这些上好的肥料贱卖给全村的人，把所有的地都铺上半尺厚，秋后大家小户都缸满囤流，让老老少少一年四季都吃上白面馍馍，叫侄子们吃胖了、长高了也上学，将来也当干部，穿四个兜的布衫，和杜彪一样光宗耀祖。他还想到了再娶：三个女人都不欢而散是有点丢人，可那不是我的错，我这一条命还是养父母、生产队、解放军给捡回来的，不然早喂狗了。人靠衣裳马靠鞍，等以后吃饱了有钱了也弄几身"的确良"穿穿，到时候敢情从城里领一个回家拜天地，叫队长王二顺兑现杀老母猪待客的大话。

秋想着想着就笑出声来："这算不算大白天做梦，我是不是中邪了！"

下　部

一

　　老秋这一梦游历程，犹如一条羊肠小道，弯弯曲曲，坎坷不平。又像赶了一场年集，瞅瞅看看，挤挤抗抗，半晌才从街这头游到街那头。又像一出大戏——《三哭殿》：主角是他杨秋，陪唱的是磨金、茂林和二顺，摇旗呐喊的是全村老少爷们。一会儿哭，一会儿笑，一会儿吵，一会儿闹，好不容易才熬到头。

　　老秋醒过来的时候，日上头顶，已是中午时分。养父母坟头上的香火已燃尽，只有那包蛋糕还成"品"字样供着。他很累，想趁暖和再眯瞪一会儿，补补觉。可上下眼皮刚一碰，忽然就想起床上那个"没娘娃"：小东西虽然一上午不会饿死，可别让夜壶偷跑了，更别让老鼠盯上了。想到这里他忽地来了精神，撑起身架，踉踉跄跄地蹬上车子就往村里赶。

辞别坟里双亲时，他重重地向他们磕了头。

好晴朗的天气，好亲近的邻舍，好温馨的氛围。炊烟携着油炸葱花的味儿，从各家灶房里飘出来，浮在林间不肯散去，半拉村子好像裹上了一层缠绵的香纱。全有妈扯着嗓子喊贪玩的孙子回家吃饭，把一群鸭子惊得飞进了池塘。今天不少人家都有肉吃。那些从坟上带回来的祭品——整鸡、整鸭、整块的刀头肉，那边的人只收孝心，祭品原封未动地退了回来，让这边的子孙们美美地过一回嘴瘾。

老秋庆幸没碰着那几个不识火色的家伙，要不还得与他们磨牙斗嘴。他直奔床边，小家伙看见他就扇着翅膀张大了口。他伺候完小燕子，本该也烧锅燎灶，但是没心情，头还大，里边好像塞进去了什么东西，不想吃，光想睡。可还没等摸着枕头，队长王有法就一脸冰霜地推开了他虚掩的门。

有法说："表爷，王三揣死了，没进家，已经拉到地里了。"

老秋头一紧问："你说啥？"

有法前言不搭后语道："你虽贵为'朝臣'，总是二队'子民'。三揣这一死不打紧，乡亲们那几万块钱算是打水漂了，叫我咋整，您老不能见死不救啊。"

对于联产承包责任制，村里人说这是第二次"土改"，老老少少不知怎样感恩国家才好。饲养员王全有的妈当姑娘时是秧歌队队长，她约着几个老太太找到村主任，非要把老手艺捡回来热闹一回，说咱再把城里的老记者请回来，让他录了像送到北京城，让领导们看看咱庄上的人吃的啥、穿的啥、住的啥、玩的啥。

村里人在土地里施展了全部的智慧，还改变了祖祖辈辈的种植习惯，改小麦的耧播为铲播，棉花的稀植为密植，芝麻、绿豆、花生这些小杂粮压产腾地，唯把红薯面积留足留够，说这东西救过咱的命，"红薯汤，红薯馍，离了红薯不能活"，那日子到啥时候也不能忘。老模式一改，"一季小麦吃全年，一季棉花不愁钱"的温饱生活，说实现就实现了。只是在以后的几年里，肥料却成了村人增产增收的拦路虎。上面划拨的那一点儿，到了村里跟抢"舍钱"一样，甚至争得邻里不和，急得磨金几个老家伙又想进城拾粪。队长王有法说："您老也不想想，还翻那老皇历，现在城里人屙尿都坐马桶了，你想闻臭味都没门。"

有道是"东方不亮西方亮"。正道供不上，暗道有高价。两年前的那个春末，正在人们抓耳挠腮的时候，村东头王三揣不知从哪里弄回了一拖拉机化肥，当天就被左邻右舍抢个精光。这可是瞌睡正缺枕头的时候，连村干部们也摸起了脑袋：王三揣，啥人啊？

市场开放以后，村子里有几个不安分的人，带着再次被割资本主义尾巴的恐惧，又蠢蠢欲动了。他们有的重操旧业，有的新起炉灶，很小心、很鲜活地游走在村落之间，加入到初级阶段的市场交换之中。前边有车，后边有辙，不到一年，劁猪娃的，抢菜刀的，吹糖人的，收破烂的，收猫狗的，掂瓦刀修房补漏的，找头发换针的，卖菜的，卖馍的，卖豆腐的，卖牛杂碎的，你方吆罢我方来，沉睡已久的村子就这样被叫卖声彻底喊醒了。只是和过去的吼嗓子不同，如今都换成了扩音小喇叭，进得村来，小电门一按，叫卖的人抽着烟跷着二郎腿，只等欲购者前来问价，一副小老板的做派。

撑死胆大的，饿死胆小的，出来倒腾者中有个叫毛石头的家伙，是村里第一个跑出去闯天下的人。此人窝家的时候，摸过邻居鸡子，赌过骨牌，掷过骰子，进过县城班房，是出名的无赖、三只手，任谁见了都躲着走，生怕沾上了邪气。可前几天竟衣锦还乡。嗬，坐着小汽车，戴着大墨镜，领着一个卷发女人，见谁都散烟，成盒成盒地散！成条成条地扔，似乎摇身一变，成了大款。

眼下的王三揣竟然也能弄来成车的化肥，还放言，他这个路子，只要钱跟上，要多少有多少。

村里人纳闷了：这是咋啦，癞蛤蟆咋都成精了呢？

这又让队长王有法想不明白。

王三揣，大号王三传，翠姐的弟弟，也是胡子一大把的人了。他是爹妈的老儿子，从小喜欢舞拳弄棒，惹是生非：小他的孩子他打了一个遍，大他的孩子他被打了一个遍。但这家伙有个长处——不记仇，无论在外边吃了亏还是占了便宜，他都自己扛着，第二天跟啥事没发生过一样。

这三揣常常干些不着调的事儿，令村里人大吐舌头。有人说他滑起来像泥鳅，皮起来刀枪不入，耍起聪明来眨眼就是见识。

　　小的时候，他哭着闹着随姐姐一起坐花轿出嫁，让老少爷们很是笑谈了一阵子；年轻时他偷小卖部的白糖，结果把老秋冤进了班房。那一年他害了场大病，感觉将不久于人世，就让家人把老秋请到床头，把亏心事说了出来。三传说："您老最后宽容我一次，以后你'过去'了，我给你看家护院提夜壶。"依着老秋的为人，他不可能和一个将死之人计较，可他最忌讳别人说他"看家护院"，那等于骂他是狗，狗才看家护院。气得老秋摔门而去。这时候三传的儿子正在外边玩陀螺，也是老秋走得风火，一鞭子正好抽在了他的趾骨神经上，又疼又酸又麻，啊的一声老秋捂着脚半天没有直起腰来。小孩子没见过这阵势，咧着嘴不知要哭还是吓傻了。老秋一看忙说："娃，娃，别怕，爷跟你玩呢。"摸摸孩子的脑袋吃个哑巴亏走了。再后来，这三传竟违背天伦，把同族一个远房孙辈女孩领上私奔了，人家不依，要告他拐卖妇女，最后挨了一顿打不说，又用一头牛才把事情摆平。那个时候牛比人金贵，赔去一头牛如同倾家荡产，从此家道一年不如一年。

　　有道是天无绝人之路。有一次赶集，他看到一个瞎子正在给人揣骨，边摸边说，一惊一乍的，一会儿就把那个人揣得泪流满面丢下一卷钱走了。瞎子出神入化的表演，看得三传目瞪口呆：天下竟有这样一本万利的生意，何不跟着他照葫芦画瓢，如走运，不出仨月，我那头牛不就挣回来了嘛。

三传本就聪明过人，正的歪的总能想出手段来。你看他，今天置个能遮半拉脸的大墨镜，明天弄个边沿脱毛的毡帽子，后天又翻出来他爹过年时才穿的长衫子，这般一打扮，一个穷酸斯文的秀才形象便映在了镜子里，逗得他自己也笑了起来。

岂料三传心如天大，命如纸薄，第一宗生意就砸在了他那淫心不死的本性上了。

宛东是一片崇尚儒家文化的沃土，孝道中的"二十四孝"，被不少人演绎过。而《易经》中的起名、测字、算卦、相面甚至后来延伸出的揣骨，在急功近利人那里，则被"活学活用"到了极致。真真假假，信口雌黄，把老祖宗留下的好东西糟蹋得不成样子。

那天正值邻镇物资交流大会，人山人海，喧嚣异常。三传在一个小树林里换上了行头，但他不敢在正会场支摊子。这可真是竖下招兵旗，就有吃粮人，一个少妇左顾右盼地向他走来。你看那女的，衣着随意，眼神忧伤，身材却是那样迷人。女人蹲下身来，张口就说："先生你给我算算，俺这命里到底有几个男人。"人们常说病不瞒医。可女人的无遮无拦，还是把三传吓了一跳。三传想，这女人肯定是个二百五，那初出茅庐的忐忑与紧张便消去了三分。待报过八字，道过际遇，一个很受伤的老闺女形象便鲜活了。原来这女人早年和一个驻村的知青好过，两人山盟海誓，差点弄出娃来。谁料知青回城以后，从此天各一方，再无下文。后来她又和邻村的一个泥瓦匠恋上了，但就是光睡不结婚，一拖又是好些年，她是哑巴吃黄连，有苦说不出。可是年岁不等人，她只好求助算命先生指点迷津。

三传说："我不算命，只揣骨：揣你婚姻，揣你前程，揣你贫富，揣你寿命。"

女人说："我一不揣穷富，二不揣寿命，只揣婚姻，眼看快三十了，还能等着进'老妮坟'不成！"

三传想，开张就遇上个憨啦吧唧的大闺女，一个字：吉。他喜不自禁，运动十指，从女人头顶开始摸将起来。这是一双游手好闲的嫩手，一双抡过拳头的恶手，也是一双摸过许多女人的脏手，时轻时重，运作起来虽无章法，却也如鱼得水，就是不知咋解咋说。女人迫不及待，立等先生开口，好像时运就在先生的十指之间。可先生心猿意马，浑身燥热，注意力早已不在指尖之上。女人说："你说话呀，我哪根骨头长错地儿了？"三传想，连我自己都一盆糨子，能给你说啥道道。怎奈欲望如火，遂胡乱诌道："你眉骨偏高，肩骨齐整，髋骨后翘，娘娘坯也。"说着说着，那一双手顺着女人脖颈便滑将下来，不偏不倚落在了女人的两座山上，一边揉搓一边念念有词："顶骨宽，抱金砖，将来……"女人如梦初醒，备感耻辱，哪里还有心思听他乱说胡诌，蹭地蹿将起来，不料竟狠狠地撞上了先生的下巴。先生正口吐莲花，半截巧舌险些被自己斩将下来。女人大喊："流氓，流氓，快来人啊，有人耍流氓！"霎时便招来一群带红袖圈的治安民兵，七手八脚地把三传扭到了大会治安室，一脚便把他踹进了黑屋。

有道是好事难出名，坏事传千里。不出几日，三传揣骨摸女人的事便传遍乡里，更有好事者把三传改名为"三揣"……

化肥就是粮食，就是票子。如今，这个劣迹斑斑的人竟有如此神通。可把钱交给这种人，到底有多大把握？村民们莫衷一是。

最后，队长王有法担保，把乡亲们凑下的三万多元化肥订购款，战战兢兢地交到了三揣手上。

自此以后，人们扳指头算着日子、掐着节令等待王三揣的化肥。一月，俩月……一年，两年，直到淡淡忘去。

村里人常说："泥鳅跟泥鳅一伙儿，黄伢跟黄伢一伙儿。"讲的是"物以类聚，人以群分"这个理儿。当年，毛石头和王三揣好得合穿一条裤子。后来，一起倒卖过牲口，一起开过饭馆，一起贩卖过棉花，都因为急功近利和坑蒙拐骗而赔钱。再后来两人商商量量出了远门，搞些啥名堂村里人就不得而知了，想不到这回能倒腾起化肥来。

有法说："表爷你别睡了，我觉得王三揣死得蹊跷，早前一点动静没有，拉回来不张扬也不陈殓，跟死个牲口差不多，咱这里没这规矩呀。"

老秋说："他娃小，女人呢？叔侄们呢？亲戚们呢？"这一连三问把自己也问住了。

有法从胯下摸出一张钱，说你去小卖部拿卷烧纸，算是给他吊个孝，主要是看看阵势，以后咱对上对下都好交代。

老秋腋下夹着烧纸还没出村，就撞上了羊倌夜壶。这家伙人小鬼大，急着当万元户，不知受哪位高人指点，从山里买了一只据说是外国进口的波尔山羊，"波尔"这几天正发情，苦于找不到同种的公羊。夜壶牵着羊正往村部找神通广大的老家院呢，不想半道碰上，就说："我正找你'跑羔'呢，怪巧怪巧。"

老秋以为夜壶骂他，遂道："夜壶你过谦了，你们老王家带'把'的成群，这种好事还能便宜别人！"

两人戏了几句，老秋说："你到葛家营找葛老六去，他家有这种公羊，就说是我让你去的。"老秋边说边走，末了还是没能管住自己的嘴，转过脸道："小子，听说那家伙骚得很，你可得把屁股捂紧了。"说罢便扬长而去。

宛东一带民俗，死了小孩子叫"丢了"，当天就随便埋了，并不声张；死了成年人，叫"不在了"或"老了"，那是要停尸三天大办丧事的。王三揸胡子都快挨着墩了，如此草草下葬，于情于理于俗，着实说不过去。

老秋出了村，邻居家的一条狗不知啥时候尾随而来，把他吓了一跳——犯忌，坟场上是禁狗的，这对死者是大不敬。他弯下腰摸摸它的头，又拍拍它的腰，说："回去。"狗摇摇尾巴，很听话地回村里了。老秋拐过一片庄稼地，一眼便看见坟场上停着一辆小卡车，几个人正从上边往下抬棺材。见老秋到来，三揣女人接过烧纸说："表爷你费心了。"小卖部的王贵也在帮忙，拿着烟就凑了过来，一边递烟一边小声说："没戴孝帽？"老秋吃个哑巴亏，掂起一张锨加入了帮忙的人群，细心地观察起来。

这是一口白茬棺，轻薄得像一个装器材的木匣子，中间还用几道铁丝拧着。棺材下边装着半车煤，不知是捎货还是为了压车。三揣的女人没有戴孝，看不出伤感也看不出别的表情，只是一个劲地要求人们挖深、挖深。两个未成年的孩子，大点的眼都哭红了，小点的手里拿个奥特曼，一脸茫然。几个本家卖力地挖着穴，却看不到一个连襟的亲戚。老秋想起了一出曲子戏——《寇准背靴》，便想起了"外穿孝衣内穿大红""老太太死了儿没见哭一声"那些唱词，心想如真玩个杨六郎装死，你王三揣可是缺八辈子德了——兔子还不吃窝边草呢，都是老亲旧眷，都是卖鸡蛋、卖粮食攒的血汗钱，化肥没拉回来，却拉回来个撑死鬼。

老秋只顾想心事，一锨碎土却撒在了三揣女人的卷发头上，女人拨拉几下嘟囔几声，拉着小儿子给她男人燃纸去了。

护送三揣棺木的人是毛石头。王三揣和他一起出外闯，收敛三揣尸骨理所当然。只是这一次毛石头一点也不风光，许是受一路风尘之苦，回到村里跟霜打了一样。

人们就议论开了，这个说："毛石头上回像个大老板，这回像个跑堂的，出门人一会儿风一会儿雨，跟玩把戏一样。"

那个说："他那个卷发头呢？啥像秘书，我看就是个鸡！"

有道是不知其人知其友。石头也是胡子拉碴满脸沟壑的人了。他的生父当年跑汉口贩猪，赚了钱后又从那里领回来一个女人做小老婆，生下了石头和他的姐姐。在他小的时候，生母和前房娘娘常年吵架，甚至大动干戈，气得生父挂了吊，从此他便成了一匹无人管教的野马，和三揣一样成了村里亲不得惹不得的刺猬。据毛石头说，三揣死于非命，他是一天夜里在啤酒摊上喝酒被当地流氓群殴而死，凶手是谁，没有下文。自己在电视上看到寻人启事，才雇车把他拉了回来，还赔上一千多块运费呢。

老秋回到村部，屋里已是狼烟四起。几个出资多的村民有的闷着头抽烟，有的抱着头想心事，有的正在述说着什么，内里就有磨金和茂林。见老家院进来，呼呼啦啦都站了起来。老秋看有法没发话，就说我中午还没吃呢，瞅了磨金一眼，转身钻灶房去了。

一连几天，村里的怨气像锅滚了一样。

二

半个月后，这只落单的乳燕，在老秋的日夜看护和调养下，羽翼丰满，歌声嘹亮。可小东西床上床下、屋里屋外地飞着、玩着，甚至还飞到老秋的肩上，衔着他的耳朵挠痒痒；飞到他的碗沿上抢食吃，就是不肯飞走，这让孤独的他大为开怀。羊倌夜壶知道了老秋的宝贝，这次干脆找上门来要花"重金"将其买下。

夜壶老调重弹："表爷，这'虫艺儿'放在你这儿糟蹋了，我能教它唱歌。"

老秋也老调重弹："你那嘴里能吐出象牙？"

话虽难听，却引起了老秋的警觉：不要说夜壶，落在熊孩子手里也必死无疑——该送它回老家了。这天，老秋怀着依依不舍的复杂心情，最后一次嘴对嘴让小乖乖吮了，捧着它直奔村外。

老秋说："你走吧，找个好人家，生儿育女去吧——有缘分咱还能见面呢。"

送走了小燕子，老秋一连几天都觉得空落落的。

队长王有法是老队长二顺的儿子。有法体态健硕，相貌堂堂，中学毕业就被一家私企老板挑去当了门卫，传言老板是看中了他的能耐和长相，有意栽培为上门女婿。只是人有旦夕祸福，二顺头天晚上还好好的，第二天早上竟下不来床了，还顺嘴角流口水——中风了。

那个时候村里人已不再愁温饱，大家憋着劲儿往小康路上奔，但害不起病，说别看手里攥俩钱，一病回到解放前，并非戏言。

二顺倒下，老秋焦心，有法惆怅，妹子香儿动不动就泪水涟涟。小院里一时间阴云密布，好像下了一场苦霜，没有一点生机。

王家是老秋的恩人，不是二顺当年出手相救，早饿死了，哪会有他的今天。

二顺得病以后，他隔三岔五总要过去坐坐，陪着老队长说些宽心话，尽可能地逗他开心。可病人还是呜啦呜啦的，没有一句囫囵话。老秋就骂他，说你那舌头连草都啃不着，就不能伸长了打几个来回，将来还指望你哄孙子呢。可逗归逗，要想让这个家再活泛起来，得有个长久之策，思来想去，老秋还是把眼睛盯在了有法身上。他想，自己跌倒自己爬，举家过日子，指望外人不长远。

几个月前，在二顺的病榻前，老秋说："法娃呀，我想叫你回来，接你爹的班。"这对于正在厂里当门卫，已经扒着金饭碗的二顺独子来说，是意料之中也是意料之外的规劝：他想过返家尽孝，没想过回家当"官"。

原来，市场开放以后，村里人有智的吃智，有力的吃力，或经商或打工，走得了的都出去"拔现"了。剩下的人，一心扑到地里向土地爷要"回扣"，没有人再稀罕那吃亏又不落好的村组干部了。而有法这个朝气蓬勃的"干部子弟",犹如一棵刚刚伸展腰肢的树苗子,后生可畏。"啥籽出啥苗,"老秋说,"说啥也要把他荐上去,这是件一举多得的好事。"

有法有点意外地接过了他爹的班。

家里有了主事人,老爹小妹愁眉舒展,连鸡鸭的叫声也欢快起来。

队里有了主心骨,老老少少就像吃了定心丸。尤其是那些家无主事人的人家,再不怕发生啥子意外了。

村组干部"官"不上品,可有法是个有想法的人。他经常关注媒体报道,史来贺、年广久等人的事迹,常常让他激动得热血沸腾。他对好友说:一个卖瓜子的人就能成为万元户,就能造福一方;一个倒腾鸡毛的人,就能让全村人脱贫致富。他们没有三头六臂,我也不会守着几亩责任田了此一生。可眼下呢?当上队长以后,他的那些朦胧的、有热度的想法变得更不现实,但他又欲罢不能。寝食难安的他决定去找他的伯乐吵上一架:你不能扶上马就不管了。

老秋几天没见二顺了。这天他从街上弄回一只王八,打算让香儿给他爹熬了喝。可还没进村,就碰上了几个放羊的人,一个是牛把式王全有,一个是老好人毛一良,另一个就是羊倌夜壶。夜壶今年发了羊财,十来只菜羊能换一台"小手扶"。还有那只"波尔",一窝就下了三只羔子,个个修长洁白,才满月就快过膝了,眼气得村里不少人都牵起了羊,可都是本地土羊,体量小卖不上价钱。

全有央求说："秋后说啥也得给我这两只'配'了，有财一起发。"

一良说："是的，要钱给钱，要粮给粮。"

夜壶叼着烟卷从嘴角挤出一句话："那可不一定，骑驴看唱本——走着说吧。"这话正好被路过的老秋听见了，道："这可真是王八有钱出气粗啊。"

夜壶扭头一看是老秋，不无夸张地笑道："呀，恩人，不是你老人家指点，我这一窝又是杂种。"说着忙从怀里掏出一盒帝豪牌香烟，抽出来一支递了过来。老秋没见过这种稀罕货，瞅瞅烟丝说怪黄。可刚送到嘴边又被夜壶叫停了，说别慌吸，再闻闻。老秋便闻了闻，说怪香。

夜壶说："这盒烟送你了。"

老秋前言不搭后语地说："娃子，葛老六那'波尔'种羊还是早前全有对我说的。看你刚才对人家说那话，过河拆桥，没人味！"

夜壶一愣。老秋接着说："亲帮亲，邻帮邻，过好日子修好坟，别只顾自己。"

夜壶听罢一边向全有二人道歉，一边哭丧着脸说："我不容易呀。你们不知道，昨儿夜里我差点叫人弄死了。"

老秋一愣。

夜壶接着说："半夜时我开门小解，一只脚还没迈过门槛，就被人用麻包捂住了头，还用胳膊肘夹着我的脖子，说：'别出声，喊了勒死你。'我心想，不就为那几只羊嘛，搭上性命划不来，就哼着指着圈羊的屋子。那人刚一松手，你猜咋着？我哥那只'四眼'不知从何处蹿了过来，一口就咬住了那家伙的肩膀，疼得他哎呀一声，甩开我拔腿就跑，'四眼'就在后边追。我搭眼一看，不是一个人，是一伙——夜里那一阵子狗叫你没听见？"

老秋说："娃子你弄得对，财去人安生，咋着也不能把命搭上。"

全有也说："现如今啥都好，就是不安生，别说夜里，大白天还有人开着摩托抢羊呢，弄得我妈也不敢在大路边放羊了。"

这时候夜壶才注意到老秋手里的王八，说："电视上说吃鳖大补，你没病没恙，想上街找'小姐'呀。"逗得老秋抬起胳膊就要打他，不想却把拿在手里的烟撒了一地。

老秋来到王家，香儿看见王八就说："表爷，你弄那乌鸡还没喝完，又买！"

老秋道："你没长嘴。"

香儿接过王八为难地说："我不会弄。"

老秋说："把它丢到热水锅里焯了，然后扒掉皮，开个口子摘除肚肠，记住留下苦胆，那东西去腥。添上水，大火烧开，小火熬俩时辰，吃肉喝汤。记住没有？多跟老子学两手，艺多不压身。"

就在这时，有法回来了，说："正准备找你呢，真是找人不如等人。"

老秋问："啥意思？"

有法就把他的苦恼、心焦、着急没遮没拦地说给了老秋听。

老秋说："你以为我那脑袋闲着啦。"

老秋在屋里拍着脑袋转着圈子替有法想主意。老秋说："不是有新官上任三把火一说嘛，按眼下的人心，这火必须烧在致富门路上，不然就是燎到屁股上了。"有法笑说："是，谁不想出门就抱个金娃娃回来。"两人就从种的、养的、地里、家里、本地的、外来的议起，该想的大小项目都想到了。

老秋说："咱得想点长远的，现抓不行，跟风更不行，悬！去年城里菠菜卖到肉价，村里家家户户都种，今年春上绿油油的一片，喜欢死人。可到季时一块钱一堆，末了连喂猪的都懒得来拉，不都掩在地里当肥料了，还差点儿误了茬口。牛羊值钱，可就是难看管，老印家的牛圈可是砖墙，不照样被贼人破墙偷走了。村里最少还有四五家，都差点弄出人命。"就把夜壶家昨儿遭贼的事说了一遍。

老秋说："养畜牲人人都会，穷不离猪，富不离书，你发不发话家家户户照养。可你要办个大猪场，先看看邻村场子那个缺德样，屎啊尿啊，汤汤水水的，把方圆几个村的小沟大塘弄得寸草不生，熏得鸟都不敢近前飞。再说咱也没那腰劲。"

就在这时，茂林领着孙子拎着一兜水果进来了，以为两人在商量"国家大事"，扭头就要离开。

茂林现在是村里的首富，儿子媳妇做生意，闺女两口当公务员，老秋说他朝里朝外都是红人，舒坦得连做梦都会笑出声来，坐飞机卖灯草——轻上天了。

老秋瞥一眼说："咋着，怕沾上穷气啊！"

茂林就只好进屋，坐下，指着有法对孙子说："叫叔，法叔。"孩子就叫了。又指着老秋说："叫爷，秋爷。"孩子发音不准，就叫了一声球爷，话刚落音，屋里的人便开怀大笑起来。孩子不知哪儿错了，把头钻到茂林怀里，差一点哭起来。

二顺听见茂林来了，在屋里呜啦起来，茂林闪身进去，把水果放在桌上，二人像打哑谜一样交流起来。外边老秋、有法二人急了，干脆也挪过来，在里边开起了小会。

听两人在讨论致富门路的事儿，茂林说："你们早时学驴叫去啦，害得我最近一直睡不安生。"

两人一愣。茂林说："前几天看电视，人家许昌鄢陵一带种风景树，卖到北京，还卖到了国外，都发大了。我为啥睡不宁，他们那一套我在学校都学过，在试验田里都种过，难不住我，只是现在力不从心，像我这把年纪，那些东西只好烂在肚里了，不甘心啊。"

村里不少人都知道茂林上过农校，还记得他那块出名的自留地，还有蛮子女人想吃黄瓜闹的笑话，可谁也不知道他肚里到底装了多少东西。老秋曾说过，茂林是新媳妇吃青杏——肚里有"货"。可那只是直觉，他一个大文盲，哪里懂得书本里的事。有法到底是八十年代的新青年，见识、思路和胆量都带着很强的时代印记，他说："茂林叔的意思是咱也搞个园艺场，也学着鄢陵挣大钱？"

茂林说："对，只要你娃子牵头，钱、技术都不是问题。还有你表爷，咱仨唱一出《桃园三结义》让人们看看。"茂林说着站了起来，挥舞着一只手说："上边有好政策，下边有好条件。如今你是一队之长，天时地利人和，有钱是早晚的事，我就不信羊娃不吃麦苗。"茂林越说越激动，好像他的梦想正在一步步实现，一个中国的米丘林站在了两人面前。

二顺嘴上说不清楚，脑袋却如一泓清水。他伸出大拇指，比在场的人还激动。

三人看见了二顺的表态，喜欢得差一点站起来。

老秋没见过茂林发表演讲时的模样，说："黄鼠狼立到神台上，你装的啥大蜡！"虽然嘴上这么说，心里却佩服得五体投地，老秋想这可比我当年梦想的大粪场排场多了，真到那个时候，我也跟着弄个小老板当当。

有法说："茂林叔你真是个老黄忠。我这个小官是赶鸭子上架，都是表爷给我挣的。可既然当上了，就好比骡马已经上套了，挨不挨鞭子都得往前奔。我想干出个名堂来，不枉父老们信我一场。"说着便立起身来，"你说那个想法我看中，要干，侄子愿给你当好马前卒，你指到哪里，我就拼到哪里，决不打退堂鼓。"

老秋说："对，三人一条心，黄土变成金。咱先试试水的深浅，蹚出路来有人跟。"

茂林说："开局三步棋，走好了下面就活了。"

老秋说："快说，俺们洗耳恭听。"

茂林说："现在最重要的是第一步：拼地。东一片西一片那叫天女散花，成不了大事，二十亩以内连片为好，再多了资金也是问题。还有一点，搞园艺不比种庄稼，随时随地得有水伺候着。"

种地人都懂得水肥的重要。二十多年前，老队长二顺两口领着全队男男女女百十号人，浩浩荡荡开进了"跃进二渠"水利工地，在那里他们奋战了一夏一秋一冬，虽然家里撂了荒，却把那明晃晃的增产水引到了地头。那时有法还没断奶，可为了早一天实现共产主义，有法妈含着泪把孩子撇给了婆婆，有法成为一名留守儿童。直到今天，那纵横交织的干渠、毛渠，依然流淌着当年修渠人的艰辛汗水与泪水，成了镌刻在宛东大地上的无字丰碑。如今，茂林要领着老朋友和老朋友的孩子干大事了，他们首先想到的还是水利。

二顺的床头柜上，放着一个小相框，里边装着夫妻俩和儿子的照片。有法妈一脸灿烂，二顺呆若木鸡，有法趴在妈妈腿上盯着镜头看。这是五哥当年的黑白作品，邻居家里差不多都有。眼下说到水利，照片里的夫妻忽然高大起来。

村里划分责任田的时候，不论肥瘠，不论远近，也不讲水利条件，公开公正，一律抓阄儿，人多抓一片，人少抓一线，抓到哪里是哪里，这就给三人出了一道难题。老秋有一溜地紧挨水渠，条件极好，可不到二亩，只有一亩八分八厘。有法家的地距老秋的不算远，四五亩，可隔着一道沟和一块羊倌夜壶的地，也有四五亩，如果撮合顺利，用茂林家的地和夜壶那块地对换，那该是天作之合了。只是夜壶是外队人，嘴上油腻精于算计，看不见兔子不撒鹰。这屋里几人，除了老秋，别人谁也奈何不了他。

老秋说："顺便说个事，要整这新玩意，有一个人咱得留意，那就是牛家老印，早晚也要拉他入伙。"

老印不算老，比有法大一轮的样子。人们喜欢这样称呼，明面上缘于他那一头白发，年纪轻轻像个老头儿。实乃此人面善老成，待人随和；说话不温不火，句句在理；做事不急不躁，见好就收。长此以往，就成了邻里眼中的判官、谋士、和事佬；更有过人厨艺在身，掂刀操勺，当师傅多年，村里红白喜事，哪家也离不了他。占着这两大优势，村里改选干部几次都被提上名单。只是这人淡泊名利，任你领导磨破嘴皮子，就是不肯点头。他觉着当官是个维持人也得罪人的"三花脸"角色，自己一辈子也表演不出来。

老秋来到夜壶家门前，敲了几遍门都没听见动静。正要离开，隔壁他哥发声了。他哥叫尾巴，老实得一脚踹不出个屁来，却是出名的势利眼。他俩不是亲兄弟。早年尾巴妈生下尾巴后，从此绝经，两口子怕儿子单枪匹马日后受人欺负，就从外村给尾巴抱回来这个弟弟，其间万般艰难自不必说。谁料几年以后，这女人竟又生下一个闺女。这下好了，儿女双全，让村里一些缺儿少女的女人很是忌妒了一阵子。

尾巴扒着墙喊："睡死啦！没听见表爷叫你。"

夜壶就把门打开了，手里还掂着半截砖。

夜壶说："我当谁又惦记上我的羊了，原来是领导。"

待坐定，夜壶说："你是稀客。打我记事，我奶死你来一回，我妈死你来一回。这是第三回。"

老秋说："无事不登三宝殿，还不快把好烟给老子拿出来。"

夜壶说："想得美，我就过了那一回'年'，半盒子都孝敬你了，心疼得我后悔了好几天。"两人说笑一会儿，老秋就把换地的事说了。这事来得太突然，夜壶做梦也想不到有人会在这事上算计他，是对是错？有利无利？是搬的梯子还是挖的坑？他半天没想明白。

夜壶说："我知道你是黄鼠狼给鸡拜年——没安好心。老茂那地拉屎都不长蛆，我那地一脚能踩出油来，他咋能说出嘴。"

老秋说："老茂那地主要是这几年没伺候好，一根地脉，肥瘦跟你那地一样。"

夜壶揉着头说："我总觉着哪儿不对劲，像是设计个套让我往里钻，对，是猴钻圈。"

老秋也不恼，说："不换也中，你拿地入份子中不中？不出力，光瞪着眼查钱咋样。"

夜壶有点眼放光："查钱？啥时候查？查多少？"

老秋："两年以后。"

夜壶说："那，两年以前我把脖子扎起来，你养活我？说句实在话，这羊我是养够了，半夜里听见一点动静我就不敢开门尿尿。等这一拨出手了，我也出去打工，家里城里两头挣钱，指望你们那事发财，不牢靠。咱们还是河南到湖北——'两省'吧。"

老秋碰了一鼻子灰，心想，这货俩眼只看见鼻子尖。临出门时却说："你再想想吧，我等你回话。"

在村里一些人的见识里，老秋半官半民。他虽然干些信使、"家奴"提茶倒水的差事，可离"主子"近，不少消息都是从他那里透出来的。有一年上边计划生育大检查，就是老秋透的信儿，让两个临产的大肚子女人躲过了一劫。只是世上没有不透风的墙，这事后来让上边查出来了，结果老秋落了个"奸臣"的罪名，弄得半年不敢往乡政府大院走动。伤筋动骨的事不敢干了，传个小道消息的事他没少干。老秋说："不为别的，树个威望，不然下通知传唤个人都没人理。"这招果然奏效，村里不少人都认为他老秋见多识广有身份，好像话里话外都隐藏着大事小情，于是有人就寻着巴结，半戏半真地呼他为"二支书""杨村副"，他也便半推半就接受了——就像方才夜壶也尊他为"领导"。

待老秋离开，尾巴一个鹞子翻身就跳进了夜壶的院里，进门就问："老家伙来干啥？"夜壶照实说了。尾巴说："难道他们还想扒坟掘墓不成。我可对你说，这人是得罪不起，可咱家是贫下中农，地是你的我管不着，但要是谁敢动咱祖坟上的一把土，我捏死你。"

划分责任田的时候，地是按人头分的，红头文件说三十年不变。当年尾巴已另门立户，妈和妹子原本跟着未成年的夜壶，妈死后妹子为了方便，就翻过墙与哥嫂同住，夜壶便继承了老人的那份土地，气得尾巴像哑巴吃黄连，虽然说不出口，隔阂却从此埋下。前边那一通狠话，明理暗刺都包括进去了。

拼地这事几天不见动静，急得"老家院"也拿这种榆木疙瘩没门。这天牛老印给他妈买药，路过村部被老秋看见了，老秋就喊："印，印。"老印折过身来，还没进屋，老秋打开床头柜就拎出一罐健力宝来，说："新玩意，叫你开开洋荤。"说着嘭的一声就拉开了拉环，吓得老印一个趔趄："啥家伙，手雷啊！"

老秋答非所问："几天没见，又上哪叨扰去了？"

老印说："东头，东头毛老四家过订物，整了两桌，刚忙完。"

"媒人是谁？女家哪庄？"老秋还没问完，老印一口下去喝得太猛，扑哧一声呛了老秋一脸白沫。

老秋用手一抹骂道："你个兔娃，老子好心没得好报。"

老印说："恁大劲，噎人，快攥上二锅头了。"

老秋和老印本来关系就好，两家又是近邻，老牛家日子富足，老杨家常年紧巴；老牛家忠厚传家，老杨家没少被接济。还有一层，老印是城里五哥的侄子。当年他和磨金在城里拾粪，不是五哥招呼，那苦可就大了。去年开春，老印亲自跑到城里把五哥请回来，给他拍了半个月电视，连乡里县里都惊动了。那个风光呀！论起辈分，老印叫老秋表叔——村里人约定成俗：因为老秋母亲姓王，王家晚辈及其联亲都喊他表老或表爷，其他姓氏则喊表叔表爷。

二人说笑一会儿，老秋就把和夜壶换地的烦恼事说了："你点子多，看用啥办法把这座堡垒攻下来。"其实老印已经知道了他们要搞园艺场的事。这年头谁都不安生，都想弄个新花样挣大钱，因此他并没有放在心上。刚听了老秋他们的打算，不由得暗暗叫好。

老印说："表叔你们整这事中，牢靠，长远。"正说着呢，茂林、有法一前一后跟了进来。两人也是一脸心事的样子，见了老印立马换了一副表情，双方又是寒暄又是让烟，多天未谋面一般，弄得老秋有点看不下去了，说："都坐下，坐下，老亲旧眷的，弄点实的。"

村里的人际关系，真是盘根错节，倒查几代，说不定就成亲戚了。茂林妈和老印奶是表姊妹，当年两人一起吃

下部

斋向佛，至亲一般。老印妈膝下无女，认有法妹子做了干闺女。

待坐定，老印说："在我看来，这世上的事，一是人情，二是钱情。夜壶这人顺杆子爬，光钱不中，填不满，认人。"

老秋问："谁中？"

老印笑笑："我试试。不过咱有言在先，办成了我不邀功，办砸了你们别埋怨。"

老秋道："比泥鳅还滑。"

俗话说，没有金刚钻，不揽瓷器活。屋里人谁也没想到牛老印会亲自出马——依着老印的秉性，不会轻易许人，这回敢于说大话，恐怕有硬料攥在手里。

老印媳妇和尾巴女人小琴是姑表姊妹。小琴手笨，不擅女红，常求表姐帮忙，感情日深，无话不说。一天，她把与夜壶的一桩丑事，也说给了表姐听。

居家过日子，磕磕碰碰在所难免。夜壶兄弟之所以分家，内里有个难言之隐，就是夜壶对他嫂子心怀不良。小琴说，他那双眼贼色贼色的，碰面的时候，盯着她的胸脯看，就是端碗吃饭，也是吃一口看一眼，吓得她在家也不敢穿单衣裳。农家灶房狭窄简陋，只要夜壶在里边，小琴饿着也不进去，不然他就想着法子往她身上蹭。躲过初一躲不过十五，一天小琴收拾洗晒的衣服，独独不见了自己的内裤。这种事寻问不得也吆喝不得，思忖片刻，就一脚踢开了夜壶的门，不料这家伙正用他那放羊鞭子，举着自己的花裤头在床上转圈儿玩呢！小琴恼羞成怒，一个箭步过去。夜壶以为嫂子跟他戏着玩呢，顺势把女人死死抱着再也不松开了。你看他满脸铁青，双目赤红，如同一头扑抓到猎物的野兽，恨不得一口将其囫囵吞下。夜壶撕扯下女人的衣裤，小院里的一桩家丑就这样在争斗中发生了。

身单力薄的小琴，抄起棍子，将夜壶的锅碗瓢勺砸了个稀巴烂。

小琴受辱差一点喝农药。她不敢给男人说，怕弟兄俩打起来，那就等于昭告天下，可真生不如死了，于是就把表姐当成了唯一可倾诉的人。表姐也气不过，就对自家男人说了。老印是个息事宁人的主儿，笑笑说："肥水没流外人田——这是家事，外人一插嘴就乱。"就此没了下文。眼下老秋他们为和夜壶换地一事作难，善于思谋的老印心里就有了谱儿：他让女人到表妹家走一趟，依着小琴攥在手里的把柄，压一压夜壶的气焰，说不定事就成了。

夜壶做过一次，就想着下一次，那眼神就愈加放肆。小琴不是淫乱的人，不要说看见，想起夜壶当时那德行就恶心，就在心里发下暗誓：挨千刀的夜壶呀，小心我一把老鼠药弄死你！可偏偏表姐这时候来相托，还说是秋的意思，就只好咽下恶气忍辱负重了。

一天，趁着男人不在家，小琴就扒着墙朝那边喊："滚出来！"

夜壶一听嫂子传唤，龇着牙窜了出来。他想入非非，两手搓着屁股不知下边说啥。

女人说："过来。"

夜壶一个箭步就要翻墙，却被女人胳膊一抬挡了回去。

女人问："换地那事你咋想？"

夜壶云里雾里，答："与你何干？"

女人说："这事没啥再商量，我让他们再给你点好处，敢再反水，你心里清楚，小心你哥一镢头砸死你。"言毕转身隐去。

夜壶呆在原地半天没动，末了喏嚅道："家贼！"

最后还是老秋出面，老印作保，以每年每亩地五十元的加价，拼下了夜壶的四亩多地，使用期五年。按手印的时候，夜壶哭丧着脸说："地你们种，不能动俺祖坟上的土，动了我哥要捏死我呢。"说得大伙都笑了。

老印说："兄弟你好好想想，都是老亲旧眷，不会坑你。"

夜壶走后，有法说："印哥你这回可是立了头功。"

三

那个时候各地都在"大干快上"，说是为了把"文革"那十年损失补回来，人们憋着劲要直奔小康。你看啊，四乡八镇，有的种桑养蚕，有的广植桃梨，有的遍地药材，有的旱地改水田。既不实地论证，也无所谓民意，上边一拍脑袋，下边就赶进度，好像前边就是金山银山，不久便出现了这"之乡"，那"之乡"，平畴沃野一时百花齐放，再一次没有了五谷的芳香。只是好景不长，因为水土不服，因为缺少技术，因为品种差，差不多所有的梦想都被市场挤对出局。老百姓连骂娘都找不到地方，官员却因此有的调任有的升迁。村里人好生感慨，老年人说："我的蚂蚱爷呀，差一步又跑进了'大跃进'那会儿了！全天下就咱老农民最听话了。"

靠着茂林的一肚子学问，几个人集中智慧，园艺场说成形就成形了。

这天，茂林给城里的女儿打了个电话，说："闺女呀，爹想你了，回来记着给我带两万块钱，别的礼就免了。"

他用同样的话又给儿子打了电话，不过这一回要的是三万。

闺女生疑，就给哥哥打电话问情况，说："爹是不是要给咱娶后妈呀？"

哥说："你回去看看不就清楚了吗，傻大姐。"

老秋的一亩八分多地因为紧挨着水渠，被开辟成苗木繁育基地，播的是塔松、香樟、玉兰、刺柏。那条横亘在里边的大沟，原来被看成累赘，现在重新复垦，扦插下垂柳、月季、葡萄等速生花木、果木。其余大面积平整开溪，有的植下了外购的观赏苗木，有的待茬移栽。为了不误茬

189

口，算着日子插播一季粮蔬，光菠菜和大葱就种植了五亩多。

老秋说："这个整法中，还可以养点鸡，栽点红薯，啥时候也不能丢了粮食。"

茂林说："这可真叫挠痒逮虱——一举两得。"

说来也是命里该有，那年光大葱就卖了几头猪钱，有点开门红的吉兆。

这天老秋唤过有法、茂林，商量把老印抓紧接纳过来的事。

老秋说："我听说他儿子在城里弄了个水泵厂，与人合伙，他要是一拍屁股走了，咱再说合就张不开嘴了。千军不顶一将，戏上早说了。"

茂林说："这事不用商量，我去。"

老秋说："你我都不合适，法娃去。老印妈有病，带上礼，进门只管喊干娘。"

晚饭后，有法手里提着一兜水果，径直钻进干娘屋里。老太太说："香儿呢？香儿忙啥呢？"有法只好说："她给我爹煎药呢，说晚时再过来看干娘。我找印哥有事，顺便过来看看干娘。我给你买点水果，新品种，您老尝尝。"

老太太说："他在前院，正作难呢，你来得正好。"

前院里有一对大白鹅，听见响动嘎嘎叫了两声算是通知了主人。前段时间，乡村里偷狗成风，据说那些毛贼配制了一种药丸，又腥又香又甜，对狗很有诱惑力，只要一嗅便一命呜呼。鹅不仅能在偷狗贼出现时通风报信，还是偷鸡贼黄鼠狼的克星，一只鹅可以保护一院子家禽，于是不少家庭都养起了鹅。

老印夫妻有两个儿子。小的在南方打工，另一个就是在城里筹备办厂的老大。他原本要进城帮助儿子，可突然接到儿子的电话，说媳妇怀孕了，要他妈过去伺候。家里要添丁增口，又是头生，应是大喜，可老印却喜忧参半：女人进城，家里就剩他和娘了。老娘年已古稀，这就等于把他绑在娘身上、绑在村里了。有法他们的邀请，孝道、财道两不误，像是瞌睡遇上枕头，老印就爽快地答应了。

老印说："多谢兄弟不嫌弃，可我那地和你们的园艺场不沾边。"

有法说："那是以后的事。印哥你只管过来，亏不了你。"

有法在沟边搭起了一个起架屋，犹如村里的两层小楼，又把铺盖日用从家里全搬了过来。

茂林儿子听说老子办园艺场，开始想不明白：衣食无忧，钱供着花，一大把年纪了，折腾坏身体叫俺兄妹咋忍心。后来知道是给有法当顾问，才知道他要钱的用意，就把儿子接进城了。送走了孙子，茂林连饭也不做了，干脆在有法家搭起了伙。老秋两头忙，既然是村里的通信员，就不能误了正事，只能一天到晚死绑在村部。

两年以后，那横竖成行的苗木，如雨后春笋，一天一个模样。

　　一天，老秋正在村部闲得无聊，磨金趿拉着鞋溜了进来。老友见面没有礼数，老秋张口就说："你先别慌着开口，我给你找盒好烟再说不迟。"磨金不理，说："昨儿半夜有人敲我的门，你猜是谁？毛石头。他问我，整不整？不贵，十块。我一愣，还没反过来劲，他巴掌一拍，一个女人就从黑影里闪了出来。你猜咋样？还行，三十啷当岁……"

　　老秋打断问："你整啦？"

　　磨金说："差一点。不知道这算不算犯法，过来问问你。"

　　近段以来，乡下暗娼横行，老秋早有耳闻。那些男女皮条客，像流窜犯一样，挨村过筛子，把那些老少光棍的年龄、穷富情况、住址一一攥在手里，入夜便领着女人送上门，据说一个晚上能转几个村子。内里也有单干的，老秋就过过招——官身不自由啊，戏耍一番，扔俩小钱，打发她走人了事。眼前老伙计也遇上了这种事，心想一辈子没沾过女人的老光棍，也算遇上了"好时候"，不然白做了一回男人，遂巧妙地回道："兄弟，岁数不饶人，悠着点。"两人正说着笑话，两个戴大盖帽的人闯了进来。磨金立马脸色就变了，以为是派出所的公安，靠着墙脚偷偷溜走了。老秋见多识广，知道是收税的，忙起身相迎，心想又该谁倒霉了。

　　待茶水送上，来人说："你们这里有个新开的林场？

麻烦领着去一趟。"

老秋心里咯噔一下：这事八字还没一撇，就伸手要钱！他脑筋一转，唱戏词一样正色道："没有。清平世界，朗朗乾坤，照章纳税，天经地义。你俩肯定是记错地方了。中午别走，我招待。"

自从老秋在村部谋上差事，半官半民的他就认为自己是公家人了。他把村部当成家，当成迎来送往的公馆、驿站，整日座椅摆得像列队迎宾的仪仗队，茶具擦得能照见人影，四个八升装的大水瓶永远热腾腾的能泡熟鸡蛋。里里外外，窗明几净，连乡里的领导都说毛庄村部有个好管家。可他就是见不得不公，看不得不平，认起死理来不依不饶，为此没少挨村主任的骂，说他是一条道走到头的犟驴。老秋后来慢慢学能了，学精了，就不再与谁硬碰硬：官大一级压死人呢。明里不中咱暗里来，只要不往我眼里吹沙子。

老秋没事的时候喜欢做两件事：捡蚂蚱（烟蒂）和擦玻璃。他说干部们不知道东西金贵，多好的"帝豪"抽半截都甩了，从烟苗到烟卷得费多少功夫啊。为此他特意买了个铜烟锅子，闲来无事便吸烟蒂里的末子，这也成了村里小孩子眼中的一景。老秋心细，只要刮大风，就是老天爷安排活了，里里外外要忙活半天。一天他正站在凳子上擦窗户，被路过的羊倌夜壶看见了。夜壶像个半大孩子，因为疏于管教，满身流气。你看他，一只手握住鞭子，一只手挪开嘴角叼着的烟卷，边喷圈儿边怪怪地说："你又洗墙呢。"

老秋没拿正眼看他，说："你娃子一撅屁股，老子就知道要拉啥屎。别挖苦，这伺候人的活还轮不着你。"

夜壶说："不一定，啥时候咱也找个粗腿抱抱，弄不准还坐小汽车呢。"说罢并不恋战，一个响鞭闪过墙去。

夜壶讥讽老秋"抱粗腿"并非毫无来由。当过兵的二顺过去曾兼职过村治保主任，因为救过老秋的命，两人成为知己，传说拜过把子。老秋能在村部当通信员，有些老家伙便把这件陈年旧事联系了起来，到了夜壶嘴里就酸溜溜的变味了。

老秋上任以后制造了一桩轰动全乡的大新闻。

二十世纪后半叶，为了加强基层政权的领导力量，不少村里都进驻了下派干部。来本村的这位，据说是县政府多经办的陈股长，专门来为村人找生财门路的。这可是个好消息。村民说，现在啥都不缺，就缺钱。缺钱盖楼房，缺钱娶媳妇，缺钱买彩电，缺钱看大病。听说此人是财神，走到哪里都被围得不透风。陈股长说："我调查了，现在城里人的饮食讲究营养搭配，根据咱村的土质，可以大种桃树。有道是'桃三杏四梨五年'，三年以后，让你查票子查得手脖子酸。"人们哄的一声就笑了起来，说这有点像一九五八年了。那一年先叫砍树炼钢铁，后叫学湖北种水稻，又叫种苹果和花椒……这不又成了张书记栽，李书记拔，王书记来了干咬牙！不中，不中，想起来头皮麻。又有人说："那东西种得少了不够偷，种得多了卖给谁啊。再说了……"陈股长忙打断说："不想大换茬，那就搞养殖吧，波尔山羊，安哥拉长毛兔，三黄鸡，秦川黄牛……"都是村人闻所未闻的新鲜玩意，听得人们直瞪眼，可谁组织？到哪儿买？没钱咋办？最后一样也没有落到实处，加之这老兄两个轮子城里乡里来去无踪，渐渐地，村人们便把他忘了。

当地流传一句老话："千里去做官，图的吃和穿。"让人没想到的是，这话在陈股长身上应验了。

老秋说："这人一般上午十一点进村部，车子往那儿一扎就问：老秋，中午吃啥？人家是国家干部，咱不能不敬，更不能得罪。我就请示村主任，每顿饭都是鸡蛋捞面条子，隔三岔五还给他烙张油旋。在咱乡下，'炒鸡蛋，烙油旋'这该是不错的招待了。只是没吃几天他就有点腻烦了，说：'老秋你知道不，鸡蛋吃多了胆固醇高。'就这样，一开始咱让着他吃，后来他挑着吃、要着吃，要肉要酒还要烟，弄得左邻右舍一听见鸡叫就知道老陈又来了。开始那几天我陪着吃，陪着喝，有点天天过年的感觉，后来觉着不对劲，买肉和酒的钱可都是从乡亲们交的'三款'中支出的，从此就只给他做，看着他吃，并偷偷记上账，还请他签名做证：'陈同志啊，你看咱这些酒和肉，你得给我个字据，不然我不好交差。'他说可以，大大方方地在开销单上写上了他的大名。今天写一个，明天写一个，他肚里没底，我心里有数，到年底一算，老天爷呀，八百多块，一头猪的价钱！"

老秋把一沓子白条拿给村主任看，村主任气得脸都青了，说："看你老家伙红光满面的，原来你是天天过年啊。"

老秋说："主任你别冤枉我，这些东西都吃到狗肚里了。你放心，我不会让乡亲们花一分冤枉钱。"说罢就走了。

村主任在后边喊："别着急，让我想想咋整。"

老秋辞别了村主任，已是张灯时分。一路上跌跌撞撞，回到村部倒头便睡，可辗转半夜难以入眠。八百多块，一头猪钱，差不多一家人全年的收入。所幸当初留个心眼，那账原本是准备洗刷自己的，银子钱惹是非，不然到较真时浑身是嘴也说不清楚。现在既然村里为难，这钱就该由他老陈出：羊毛出在羊身上，出在猪身上就是不合理了。老秋越想理越直，越想越觉着得赶快有个善终，没等天明就穿衣起床，抓起一个凉馍，推上那辆26型新车子，风风火火地出了村。

自从谋上官差，老秋可没少进乡政府、县政府的大门，见谁都是先笑后说话，特别是那些门卫。老秋认为，别看他们穿着制服，掖着警棍，其实和自己一个级别。级同威不同，县衙门卫见了皇宫门卫照样得下跪呢。

老秋顺利通过大门，此时正是上班高峰，男的女的，胖的瘦的，提兜的夹包的，都是干干净净的。老秋心想，大机关看着就是有板有眼，可私底下天知道谁是吃货、谁是贪货、谁是忠心为国的名相良臣呢，就像陈股长，就像杨站长（杨站长是计生办的人，据说他把收的罚款装错兜了，上个月才进去）。

经人指点，老秋径直来到县政府多种经营办公室，可他不识字，明明站在会计室的牌子下，却还憋着脸向人打听。被问的人警惕了，上下打量老秋一番，吭吭哧哧转身走了，再问另一个，还是那种眼神。老秋明白了，他们把自己当成上访的了。正在为难，一个小青年到了他的跟前："老秋！"吓得他一个趔趄，以为抓他来了。定睛一看——小刘。小刘是司机，送老陈去过村里，老秋的热情周到给他留下了好感。小刘说："你咋来啦？"老秋如瞌睡拽着了枕头，喜滋滋地和小刘一起见到了会计。

小刘出车走了。老秋从怀里掏出那沓捂得热烘烘的白条子，双手恭恭敬敬地递到会计面前。

老秋说："姑娘，你好！陈股长让你把这东西换成现钱，有劳你了。"

会计是个四十多岁的女人，听老秋这么一称呼，扑哧笑了。因为有小刘的引见，又有陈股长的签名，很快会计就把一沓崭新的票子递到了老秋的手上，说："你再点点。"老秋说："不用，不用。"说完喜滋滋地把钱揣到怀里。老秋又说："乡下空气好，有空了去俺那里转转，我给你们炖小鸡吃。"算是告别。

老秋走出会计室，一颗悬着的心仍在怦怦乱跳，他像做了贼，恨不得一步逃出城去。他也没想到事情办得如此顺当，这得感谢司机小刘，下次再见非给他炖小鸡吃不可。正想着如何报恩呢，冷不防被人从身后把肩膀扳着了。那手就像铁爪子，恨不得抠进他的肩胛缝里，疼得老秋差一点叫出声来。扭过头一看——老陈。

真是冤家路窄！

陈股长说："你来也不打个招呼，有失远迎。"

老秋说："我当你又下乡了，罪过，罪过。"

陈股长苦笑一下说："我玩了大半辈子猴，末了叫你给耍了。"

老秋说："见笑，见笑。你是老江湖，拔根汗毛比俺们脖子都粗，让你出点血，算是挠挠痒。"

陈股长一脸冰霜地问："谁叫你来的？"

老秋头皮一紧，打个马虎说："轻车熟路，欢迎再去，我还给你炖小鸡吃。"说罢忙骑上车扬长而去。

老秋挣脱了陈股长的铁爪，肩胛骨处还在隐隐作痛，好像那里边嵌着老陈的满腔怨恨。

一阵乐器声传来，老秋抬眼看见一家商场门外人头攒动，几个闪着前胸露着大腿的美女扯着嗓子在推销商品，骚得一些人张着嘴吆喝。老秋眼里看着女人心里却翻江倒海起来：是不是自己把事弄过头了！时下哪里不是吃吃喝喝、唱唱睡睡，不然镇上的饭馆和酒店咋会越办越多、越开越气派，那些装疯卖傻、见女人腿就软的家伙，有几个是咱老农民！

老秋有点后悔，有点晕头转向了，一个上午都在提心吊胆，原想买根冰棍润润嗓子、压压心火，这会儿啥也不想了，骑上车子就飞出城去。

时至初秋，庄稼苗像浇了油一样疯长。四野里苍翠欲滴，煞是喜人，看来今年丰收已是定局。现在种地不像过去，那时是"锄禾日当午，汗滴禾下土"。如今啥都讲科学，配方施肥，普及良种，一喷三防，自流灌溉。一桶除草剂洒下去，光长庄稼不长草。那些靠在墙上的长锄、短耙成了摆设。触景生情，老秋不由得想起一个人来。此人就是乡农技站的头头，大号梁增，外号"一碗端"。

老梁好像一年四季都在地里走动，看看庄稼，扒扒坷垃，问问种啥，有问必答——打药生怕搞错了配比，施肥生怕搞错了配方，播种生怕搞错了品种——搞错了耽误一季子呢。这人下乡吃派饭不习惯坐桌，有时他还端着碗凑饭场，介绍起新东西来饭都忘了。村里招待人从来就是一碗捞面条，弄得支书和主任很是过意不去。他不光在农技上惠及村人，牲畜上的事也不含糊。有一年赵老四家的牛难产，急得女人抱着牛头直哭，正好让路过的老梁看见了。这老梁二话没说，甩掉上衣撸起袖子就把手臂伸进了牛肚子。他让老四钻到牛肚子下用力顶着，一个扎步就把小牛犊拽了出来。想是用力过猛，那母牛同时把一泡稀粪喷将出来，不偏不倚正好喷在了老梁的脸上，把他那副近视眼镜都冲出老远，惊得一圈人目瞪口呆。再看老梁，一声怨言也没有，只吩咐二十四小时不断熏艾，洗把脸抖抖衣裳一口热水也没喝，走了。

这件事让赵家多年感恩不说，连老秋现在想起来心里还是热乎乎的。人与人不同，木与木不同，老梁与老陈，人与人的差距就是大啊。

老秋回到村里，直奔会计室交钱。会计摸着头想了一会儿说："这账没法下，我当会计这些年，没收过一宗干部的饭钱，又不是小数。"两人一起去见村主任，正好支书也在。

村主任说："这一整不打紧，传扬出去以后谁还敢来咱村理事。"

老秋急了，说："弓是弯的，理是直的，有理走遍天下，打官司我去。"

支书说："你老别来劲，这事他陈股长不光彩，不会张扬。再说了，公归公，私归私，该来的还来，不该来的请也不会来。"支书也是个戏迷，就打圆场说，"不是有出戏叫《讨荆州》嘛，我看你比鲁子敬有能耐。"说罢自己先笑起来。

这事很快传扬开来。村里人都夸老秋一片忠心，连乡里管事的都说老秋"是个人物"。

老秋待人实诚，乡里七所八站的职工下乡往往首选毛庄村，这为村干部挣下不少面子。但有两家单位的领导对他"有看法"，一个是计生办，一个是税务所。计生办的专干骂他是"奸臣"，税务所的领导骂他是"球皮"。

那些年计划生育抓得紧，上边层层包干，下边户户筛查，育龄妇女吓得连饭也不敢吃饱，弄不好就要被叫走挨一番折腾呢。上边分派到村里的计生专干叫李莉，别看这女子一脸孩子气，讲起避孕知识来连老女人都脸红。比如经期三注意、行房先洗浴、戴套防漏气、不勃不能戴、彼此咋帮助……还比比画画地示范，臊得女人们不敢正眼看。刚开始的时候，发下来的套套没人用，被小孩子偷出来当气球吹、当皮球踢。后来李莉知道了，结果害得育龄女人们又验了一遍尿，提着裤子也没少让妇女主任骂娘。一天老秋下通知刚回来，屁股还没挨着座儿就被妇女主任叫住了。

主任说："有个事你得帮忙。"

老秋说："啥事你说。"

主任说："媳妇要生产了，捎信让我过去伺候几天。我一走没人发这东西了，找不着可靠人啊。"

老秋说："这事我能干，累不着人。"

主任一口一个老哥地叫着，把一个塑料袋子提溜了出来。

主任瞪大眼睛一五一十地数套套，老秋闭着眼睛扳着指头记人名。

主任说："一个月十个足够了。"

老秋说："要是我一个也用不着。"

主任说："别大意啊，弄不好一票否决呢。"

老秋说："知道是国策，打死也不能拿你的官帽当儿戏。"

农村里，"兴旺"这个词被看作时来运转的喜兆。人丁兴旺，槽头兴旺，财运兴旺，祖祖辈辈都被这两个字没边没沿地影响着。而人旺，其实是男丁兴旺，被上升到德行的高度。哪家要是生不出男孩，宁可倾家荡产也不会罢休。

老秋接过任务，深知这活儿马虎不得，除了大面上按时例行公事，还挨着门头排查出了几个危险户：

二狗家俩闺女，缺个男娃。

王棒槌半瓶子，连吃饭都不知饥饱他还能记住套套？

鸭子娃愣头青，只知道快活不知道后果。

这一排查，老秋意识里的那根弦就绷得更紧了。为了万无一失，他想了个绝招，入夜便学着打更人的做派，对着一些马大哈大声吆喝："小心灯火，注意套套！小心灯火，注意套套！"

这一吆喝不打紧，第二天就成了村里的笑话。

这个说："老秋昨夜里喝醉了，半夜三更发套套。"

那个说："小李要是知道了，非给他发奖状不可。"

数羊倌夜壶最来劲："他那是受不了了，要是我，早跑街上找'小姐'去了。"有人接着夜壶的话茬抬杠说:"你连电灯都舍不得用,能舍得花钱找'小姐'?"夜壶说:"你可好,恁有钱就是不养活你妈。"两人你来我往,专找疼地方挠,戏耍老秋变成了一场对骂。眼看就要动粗,偏在这时,不该到场的老秋出现了,就拤着腰呵道:"听见你们都放的啥屁啦。都给我听清了,'办事'的时候谨慎点,谁敢计划外怀上了,开你们手扶、扒你们门楼、拉你们黄牛。"

于是各自闭上嘴巴,悻悻散去。夜壶不服,走几步扭过脖子瞪着老秋,嘟囔道:"你算哪棵葱,啥都管,烧的。"

一晃几个月过去了。一天妇女主任领着李莉回访育龄妇女,来到王棒槌家,喊了几遍就是没人应声。李莉生疑,丢个眼色给主任。主任嘴上说没事,兴许睡死过去了,心里却七上八下。正要拍门,那门吱的一声闪出一条缝来,正好容下棒槌那光溜溜的脑袋,问:"啥事?"还没等到回活,那门嘭的一声又关上了。

真是做贼心虚,这就等于告诉来人,女人计划外怀孕了。

村里一些小户人家,给孩子起名字不讲究,有的图个好唤,有的说能压灾,随意得很。女孩子多是花、草、春、秋、桃、丽……男孩子就更粗俗,数叫狗的最多——张狗、李狗、黑狗、白狗、大狗、二狗、小狗,还有狗蛋、狗剩、尾巴……不过成人以后,户口本上的名字大都文明了起来。

只是这棒槌有点例外。其实棒槌小名大号都叫仁义，是他老子在世时请老斋公起的名，希望儿子一生平平安安。不想某一天跟小伙伴们下塘洗澡，有个家伙看见他下边出奇地大，就指着笑着喊："棒槌，棒槌。"从此以后，他再也不敢和众人一起洗澡了。可越是如此，人们越好奇。有一次趁他不备，几个同龄人扒了他的裤子：果然与众不同，说他那"玩意儿"走路能碰大腿！棒槌这个外号，因为叫起来充满情趣，就传开了。

村里抓国策出了问题，支书、主任都挨了批评，责令棒槌女人马上人工流产，定在今夜十点抓人，就是到月了要生了也不中。乡里行动队马上就到，村主任要求老秋好烟好茶伺候着，接待上再不许出现一点偏差。老秋不忍心足月的孩子被拿掉，觉得这和杀人差不多，决意救人一命，自己无官一身轻，了不起通信员不干。怎奈分身无术，急得他憋出了一身冷汗。情急之下，他以去小卖部买烟为由溜了出来，出了门便向棒槌家跑去，隔着一道沟就吆喝起来："棒槌快跑，小分队抓人来了。"连喊几声竟没人应，老秋气得直咬牙，心想活该，活该。这时忽地一道电光扫来，老秋忙抬胳膊挡着，还没来得及发作，对方一句狠话就砸了过来："奸臣！"

老秋听出来是李莉，自知理亏，换个笑脸就忙迎了上去，说："同志息怒，我给你们做先行官来了。不信你看，话落音就跑人，能是孙悟空他妈啊。"

计生专干扑了个空，自然拿老秋出气。老秋以攻为守说："早时你干啥去了，现在肚子大得出房檐了，是条命了，你们来劲了。再说人家头胎是闺女，政策允许生二胎，虽然间隔不够，活人不能叫尿憋死，法外开恩啊。"专干的手下人说："那就罚款！"老秋说："别人家我不知道，就王棒槌家，除了三间平房一张床，屋里空得能翻跟头。一没牲口二没钱，你把人拉去还得管饭呢。"妇女主任黑着脸一句话没吭。老秋觉得该给梯子下了，给主任丢个眼色，主任就温和地说："小李啊，都是女人，抬抬胳膊让她过去吧。明年你扣个生育指标就是，误不了你的前程。结扎的事包在我身上，打死我也不让你再作难了。"

　　送走李莉他们，老秋就坐在床上发起了呆。棒槌这货是土地爷托生啊！明明一眨眼的工夫，土遁了？正纳闷着，棒槌把头伸进了门缝。他这人就这德行，到谁家都是先伸头探听一番再决定进退。老秋一见火就冒了上来，正准备找他出气呢，送上门了，就开骂："你个兔孙子，天天喊你戴套套，就是不听，这回可把妇女主任坑苦了。"

　　棒槌脖子一拧说："戴啦，掉啦！"

　　老秋一听扑哧笑了："死猪不怕开水烫的东西，没法子跟你这种人论高低。"遂转移话题道，"喊你咋不应声？"

　　棒槌说："我藏人呢。"

　　老秋问："藏哪儿了？"

　　棒槌说："我把她塞红薯窖里了。"

老秋一听打了个冷战："你就不怕把人憋死。"

棒槌说："没往那儿想，没事。"

老秋抽了口烟，叹了一口气，以长者的姿态语重心长地说："公家的话好比圣旨，不能不听。你这事放在过去是杀头之罪。"

棒槌没听明白老秋的唠叨，怕忘了女人的嘱咐回去挨骂，就捡重要的说："俺那口子说了，过年给你割块肉。"

老秋抬头看了他一眼，棒槌马上补充说："真的，还说等娃满月了认你当干老子呢。"

这时赵老四一脸冰霜地闯了进来。

老四带着哭腔说："兄弟你得帮我，我那铡草机让税务所的人没收了。"

自从实行联产承包责任制，农村很快就恢复了元气。当地人自豪地说："一季小麦吃全年，芝麻棉花好换钱。"连年的好政策，一年比一年惠民，没过几年就草房变瓦房，瓦房变楼房，连门楼子都越盖越气派了。"紫气东来""家和万事兴""福星高照""更上层楼"……家家户户高耸的门楣上，张扬着少见的情怀与期许。

好政策催生好点子，有能耐的出门挣大钱，没条件的在家谋小钱，人们憋着气攒着劲要换一种活法。岂料收税的大盖帽成群，弄得老百姓哭笑不得：皇粮国税，古来有之，不交咱还愧得慌呢。后来又添加了"三款"，说是用于村部日常开销，也在理——过日子还有往来花费呢。再后来收税就没有章法了，老大爷卖把葱，老太太卖兜鸡蛋，经常被税务员追得满街跑。种瓜的，种莲的，养蚕的，养鱼的，剃头的，磨豆腐的，种果树的，甚至收头发换针的，都得交税，更别说喂猪、养牛、牵羊的了——吃了要交屠宰税，卖了要交营业税。过去杀年猪热热闹闹，现在都是半夜里动刀子，还得先把猪嘴捆住。

村西头这个赵老四，也想弄俩活钱补贴家用，借钱买了个铡草机。他把机器摞在架子车上，走街串巷，一天下来竟有十来块的进项，乐得他把两块钱的"白河桥"香烟换成了三块钱的"红旗渠"，夜里躺在床上还盘算着，一天十几，十天一百几，一年下来，比喂猪来得快。可是，一日他正灰头土脸地给人铡草，几个大盖帽就把他围住了，先审后算账，吓得他尿了一裤子。

大盖帽说："税是啥？国家命脉，交了是爱国，不交等于要国家的命，你看着办吧。"

赵老四说："我还没干够月呢，你们就狮子大开口，还讲理不？"

大盖帽说："没时间跟你磨牙，交不交？不交拉车子！"

带头的一挥手，俩随从就抬机器。这边护，那边拽，老四急了就往车上躺，想要赖。俩随从不吃这一套，抬着就把他扔到了地上，正好扔在了一块砖头上，不知真疼还是假疼，赵老四捂着腰满地打滚吆喝起来。

207   下部

这一幕让羊倌夜壶知道了，他就幸灾乐祸地说："这叫卤水点豆腐——一物降一物，要是你们都成了万元户，谁跟我做伴儿。"

老秋是个爱打抱不平的人。听了赵老四的絮叨，气得把半截子烟都甩了，还狠劲用脚跺了跺。按常规，这种涉公的纠纷，该由村干部出面调停，不料老秋两肋插刀把事拦了："老四你先回去，容我想想，明早上你在家等着。"

老秋第二天来到赵家，两人头对头地嘀咕起来。

老四哭丧着脸说："我没有死过，你有经验教教。"

老秋眼一瞪说："不会装死总会号吧。他们要问你哪里疼，摸头说头疼，摸肝说肝疼，摸哪儿哪儿疼，还嗷嗷，懂吗？"

老秋如此这般一交代，蹬上车子就直奔税所而去。

这世上有些人还真认蒙，不然咋有那句"不说假话办不成大事"呢！

老秋来到所长屋里，一圈人正在斗地主。所长大约手气不佳，脑门上贴了几张白条子。所长没少吃老秋的炖小鸡，自然熟不拘礼，他对老秋说："先坐下，桌上有烟，等我把这圈打完。"

就在这时，一个办事的慌慌张张地闯进来请示工作："湖北有辆装水蜜桃的车停在路边，没卖，咋办？"所长一听把手里的牌一甩，怒道："没卖你高兴个啥，找法犯啊。"牌局就此散伙。

老秋忙从怀里掏烟，恭恭敬敬地打火给所长点着，然后把赵老四因为铡草被他们人揍、伤得不轻卧床不起的事，添油加醋地说了一遍，又瞎掰道："所长你也知道，他外甥在电视台，老四说了，你们要不给他治伤，非去那里说事不中。"

所长说："讹人啊。"所长嘴里不屑，心里却打起了鼓：时下谁也没有电视台厉害，它虚张声势真真假假地晃你一枪，你趴下装鳖几年都别想动弹。

所长开始在屋里转圈子，老秋觉着这事有门。

所长说："所里穷得交不起电话费，哪里有钱给他治病疗伤——这都是装出来的吧？"

老秋没想到所长会杀回马枪，心一下便提到了嗓子眼里，便将计就计来个假殷勤："我是想着咱是熟人，不想看着事情弄大弄僵，不中我走啦。"

各怀鬼胎，老秋厮厮磨磨才要转身，就被所长叫住了。

所长说："你看这样好不好，我叫人把铡草机还给他，这事别再跟谁提了，你多做工作，有机会我请你撮一顿。"

老秋说："哪能让你破费，下回去村里早打招呼，我保证把小鸡炖得烂烂的。"

老秋笑着告别而去。所长咬着牙骂道："球皮！"

老秋为村里人讨公道不看门楼，办好事不讲大小。有一年夏天，饲养员全有家养的兔子脱毛，一百多只兔子一夜之间变成了一窝"红烧肉兔"，急得两口子直跺脚。老秋知道了，跑到桐河街兽医站寻了个对症下药的偏方，回来后用一挑子生石灰就把脱毛的问题解决了。后来这事被村里的文化人编成故事，名字叫《老家院取义救财神》，且发表在当地的日报上，老秋一时名扬四乡。那个时候养兔成业，这小东西投资少见效快，一把草就打发了。城里的小贩看准了商机，偏僻的村子常年飘荡着"收兔毛""收肉兔"的吆喝声。有人送票子上门，村里人从此就不缺零花钱了。老秋这一出名了不得，无论本乡邻县，谁家兔子生病了，就稀里糊涂找上门来，弄得他哭笑不得。

老秋名望嗖嗖地往上涨，连目中无人的羊倌夜壶也变得见面先笑后说话。有事无事，大伙凑在一起就免不了拿他说事。

有的说："下次选村主任投他一票。"

有人就诧异了："胡子都挨着墩了，他要能当村主任，我能当乡长。"

归根到底，还是老秋自己说过的那句话：年轻时没赶上好时候，现在只能做个好人了。

四

老秋送走了大盖帽，锁上门就往地里跑，谁知半道上遇到了尾巴。尾巴说："表老，我正找你呢，你说话'压秤'（有分量），跟妇女主任说说，再给我个生育指标，你看我也是奔五十的人了，再不抓紧生个男娃，恐怕我这一门要绝了。"

老秋心里想着那两个税务员，不想让人缠着，说话烟里夹生的："你要指标找错门了，我又不当家，找支书去！"闪身离去。尾巴在身后喊："你不能见死不救啊，你们拼地那事还是我先点头同意的。"

老秋心想：这事弄的，馍没蒸出来要供飨的都来了。

一波接着一波，老秋还没到地里，那两个大盖帽已站在有法面前了。

大盖帽说："按税法 × 章 × 款 × 条之规定，你这属农林特产税，百分之五征收。"

有法就问："百分之五是多少？"

对方语塞。是啊，这一大片苗木看着喜人，可就像一只没煮熟的鸭子，飞不了也吃不成，没法算呀。

大盖帽想了想说："那先预支吧，先交五千块。"

有法一听脑袋大了，有点挨一闷棍的感觉，说："你让我想想。预支就像打比方嘛，那我也打个比方，好比你女人生了个大老板，日后一年挣几百万几千万，你现在就按百分之五把税预交了，算你对国家忠心不贰，中不中？"

大盖帽们一看没戏，僵持一会儿后只好说："那就后会有期。"走了。

收税的刚刚离去，有法就蹲在地上抱住了头，他再也控制不住委屈，呜呜地哭了起来。老秋趋前还没张嘴，有法像个孩子，抱着他的腿放任地抽搐起来。

老秋说："娃子，这算啥，饿不死的兵，晒不死的葱，当年我死几回都没死成，还不是遇上了好心人。共产党一大好就是让人说话，你那一排子话我听得心服口服。咱这事算有希望了。"

老秋冷静下来，这才想起刚才不该对尾巴发火。不看僧面看佛面，他女人也算和我杨秋恩爱过一场，得罪他事小，伤了小琴于心不忍。可他就是忌讳别人当着面说"绝了"。你"绝了"，我呢，我不也"绝了"！

尾巴女人小琴，原是老秋的初恋。二十年前，也就是他离开尚家刚回到原籍的时候，有一年民兵打靶，老秋成绩优秀，武装部长夸他是带着阶级感情扣的扳机。上台领奖的时候，台下的小琴把手都拍红了，比他还激动。这让秋如梦初醒：原来女人看男人并不都是盯着脸蛋。从此小琴便闯入了他的生活、他的梦境。在水利工地包干挖泥巴时，身单力薄的小琴总是得到杨秋的帮助。为此茂林他们几个同龄人嘲笑他是黄鼠狼给鸡拜年——没安好心。小琴想扯几尺花布做褂子，不问她妈，先找杨秋商量：碎花好看还是大花好看？粉色好还是玉兰好？一来二去，两人的关系竟发展到海誓山盟的地步。

有一回杨秋问小琴："你是喜欢我个子矮，还是相中我长得黑？"

小琴笑着说："我喜欢你的眉毛，也喜欢你的嘴。"杨秋一愣。

小琴说："你眉毛往上一挑，我的心就跟着跳一下；你一张嘴说话，我就觉着跟着你一辈子不会憋死。"

可到了谈婚论嫁的时候，一个"穷"字却把他挡在了婚姻门槛之外。

那个时候找对象的聘礼是"三转一响"——车子、手表、缝纫机和收音机。不久水涨船高，又加了一码：三间瓦房过风脊，缺少一样不登记。杨秋一"转"都没有，更没过风脊的瓦房，想娶心仪的小琴等于白日做梦。这时候，开小卖部的王贵趁火打劫，三天两头地掂着大礼往小琴家跑，靠着殷实的家底，凭着三间大瓦房，小琴父母晕头转向了。小琴呢，因为门不当户不对，头发都快急白了也没想出良策，她和杨秋两人还是被撕成了两半。在父母的恩威下，末了还是走进了王贵家的门楼，成了他的儿媳妇。杨秋气得差一点喝农药。队长二顺就骂他没出息，说为个女人寻死觅活的，死了阎王爷都没法收。杨秋还是无法释怀，就去找茂林喝对头酒，茂林说："你也不用给我诉，天下女人都是豌豆心，说滚就滚了。等你腰里有了银子，好女人有的是。"

老秋嗫嚅着："银子，钱，那就等吧……"

王贵娶了个贤惠的儿媳妇，从此不再烧锅燎灶，见人没被胳肢就笑了，比他儿子还受用。可好景不长，乡下人婚嫁，把传宗接代当成头等大事。一年两年过去了，小琴的肚子总没动静，王贵的脸就一天比一天难看。一天夜里，小两口为这事在被窝里吵架，被住在上房的王贵听到了。女人说："怀不上怨你不中用。"男人说："我那家具能吊起半截砖，是你不争气。"女人说："我妈叫我嫂子捎话了，说行房完了蹾蹾，还让仰着睡。"两人谨遵教诲，照章行事。也是初活初干没有分寸，竟像打夯一样把女人蹾得嗷嗷直叫，叫得房檐掉土。半夜三更的，王贵怕外人听了丢人，就咳嗽了两声，小两口这才偃旗息鼓。后来，这对夫妻经过谈判，以命里相克、脾气不和为由离婚了。

瞒过众人瞒不过老秋，王贵对他说："我上辈子干啥缺德事了，这辈子要断香火了！"

有道是，天有不测风云，人有旦夕祸福。单身的小琴让三十多岁的尾巴捡了个便宜。媒人上门说合的时候他很纠结，说是"剩货"，嫌没面子，想要"原装"的。躺在病床上的老爹不依，说："娃呀，啥圆的方的，就是有老闺女你也说不起，将就吧。"谁料这女人一挪窝就下蛋，不到两年就给他生了个漂亮闺女，喜得妹子青儿夜里睡觉还搂着不放，小院里从此笑声不断。

小琴心地善良，婚姻上的遭际又把她折磨得几无棱角。她和尾巴只能算是凑合过日子，不如此又该如何！她把所有的爱都转移到女儿和小姑子的身上，对青儿大有老嫂比母之态。妹子青儿也聪明，整天"嫂、嫂"地叫个不停，心里肚里啥事都给嫂说，内里就有她对有法的心仪。嫂子也不把她当外人，把过去她跟杨秋的故事说给妹子听，嫂子说："我没你有福气，赶上了好时候，由着自己的心意找男人，一定能白头到老。"说着说着就伤感起来。青儿对嫂子的不幸婚姻深表同情，忙伸手把嫂子脸上的泪痕抹去，小琴就破涕为笑了。多少年了，这事原本翻篇了，可偏偏这女人就是放不下杨秋，不是见了面多瞅几眼，就是偷偷往他屋送吃的。杨秋心知肚明，想这女人还算有良心，便每每想起两人的海誓山盟来。

俗话说蠓虫飞过还有影呢，一次女人正往老秋屋里塞鸡蛋，被羊倌夜壶看个清楚，回家就跟他哥禀报了。

哥问："你看见啥啦？"

夜壶说："看见她推门。"

哥问："然后呢？"

夜壶说："没然后。"

哥说："没然后你大惊小怪的啥，滚吧。"话虽这样说，尾巴却从此存下了戒心，只要女人出门就远远盯着，时间一长，女人有所察觉，就不敢再妄为了。

小琴生下闺女后，又害了场病，好像就此刹车，几年过去她的肚子就再也没有鼓起来过，这成了尾巴的头等心事，小院里又开始阴云密布。尾巴想，眼看自己快要跨过五十岁的门槛，恐怕再努力也是枉然，况且也努力不起来了。"不孝有三，无后为大"，难道我真成了忤逆之辈？这一门真要断子绝孙？家产真要流入外姓人？这是绝对不甘心的，打死也不甘心！他开始带着小琴四处求医，还寻民间偏方，还到桐河街山陕庙里抠了送子观音怀里的泥巴小孩的鸡鸡，害得女人几个月来把药当饭吃，结果仍毫无迹象。后来又听说城里医圣爷特灵，就狠着心咬咬牙买了一捆香表供了，焚了。他像一个虔诚的信徒，长跪不起，喃喃自语，竟流下一行清泪来。旁边一个老太太看到这一幕，很为他的"孝心"感动，说："有你这样的儿子，何愁双亲不长寿！"尾巴知道老人猜错了，说："我是求儿子的——老子求儿子。"

好心的老太太知道自己猜错了、说错了，将错就错地说："你到外边去，红墙根有个算卦老头，对这种事很有办法，不妨试试。"尾巴抓起一把香灰包好揣进怀里，谢过老太太，就去找那位神算。

相面、算卦、测字，既坑人又骗人的把戏，政府早已禁止。只是这些勾当阴魂不散，又不上刑，稍一松手就会卷土重来，更主要的是有市场。你看那些穿着鲜亮的女人、派头十足的男士，往往就是卦摊上的主顾。算卦先生一身江湖气息，见啥人说啥话，靠着三寸不烂之舌，总能让你无怨无悔地掏银子。老秋说，当年挑大粪的杜彪，为博取前程，不是连眼都不眨一下就扔给算卦先生两块钱吗？买成盐一年都吃不完。其实，红墙根这位先生，就是当年给杜彪算过命的那位。

尾巴来到算卦先生面前，因为有老太太的铺垫，也是求儿心切，竟弯下腰深深鞠了一躬。先生很少受此礼遇，竟也抬抬屁股迎了，说："兄弟问啥？"尾巴就照实说了。先生说："把手伸过来。"尾巴激动得不知是伸左手还是伸右手，干脆两只手同时伸了过去，那样子像接东西，有点滑稽，先生说："男左女右。"先生掰着他的手先看后摸再问生辰八字，然后说："你要求子传宗接代，路有两条，一是再娶，医圣爷他爹八十岁娶他妈生他，你说神不？二是……我说出来你别生气——借种。除此两条，神仙也救不了你。"

尾巴怀疑，说："你说这些，都在手上写着哩吗？"

先生说："信不信由你。"收下佣金，再无下文。

尾巴离开先生想大哭一场，人多，没哭出来。

尾巴的心病越来越严重，想起算命先生的教诲，一天他背着脸对女人说："小琴啊，我也不知道咋着了，再努力也是瞎子点灯——白费蜡。我也想开了，啥脸不脸啊，趁你'墒好'，只要能捣鼓个娃，你看着办吧。"女人没想到男人能说出这样的话来，骂他不是人、不知羞、不要脸，说天下有几个男人给自己女人找野男人，骂着骂着两行委屈的眼泪便滚落下来。男人忙说："再说，再说吧。"

尾巴无计可施，女人心里却打开了一扇门。

当年她和杨秋情投意合，不是爹妈强按牛头喝水，娃子早该上中学了。杨秋呢？小琴离婚，本来可以跟进，再续前缘，可当初是女人背信弃义，再加上人言可畏，倔强的他几次拒绝了女人的相求，叫人匪夷所思。时下女人要突破尊严，这没皮没脸的臊事，咋好迈出第一步啊。其实，女人骚起来好比洪水猛兽，前面就是刀山火海也敢纵身一跳。一日，女人从箱子里拎出一件新衣裳穿了，又对着镜子扒拉几下凌乱的头发，见四下无人，轻车熟路一头便钻进杨秋屋里，一把就搂着了他的后腰，带着哭腔说："秋哥救我，你得跟我睡个娃子，不然我要跳井。"说完一步来到床前，甩掉碎花粉衫，一对丰乳便蹦了出来。这事来得猝不及防。开始时杨秋以为是梦境，片刻之后又觉着是真的，吓得他倒吸一口冷气，心中小琴的形象消失得无影无踪，说："你疯了，中邪了，大白天勾引男人你不嫌丢人我还做人呢，哪来哪走，滚！"气呼呼地摔门走了。

女人像挨了一闷棍，依着两人情分，做梦也没想到如此下场，羞、怒、悔、恨一齐涌上心头，趴在床沿上委屈地抽泣起来。

女人回到家里装起病来。

杨秋脑子里乱成一锅粥。他思前想后，小琴不是那种轻浮的女人。她上过学，孝敬公婆，亲善邻里，能持家立事。尾巴兄弟不懂得人情世故，嫁过来后那个家才慢慢被人高看一眼。女人没有生育，听她说那意思，不是寻欢，像是借种。这是没有办法的办法，需要多大的勇气啊！多少次背着家人给我送吃送喝，见了面，那眼里全是情分，明明在说我是她没拜天地的男人，她是我没拜天地的女人，自己咋就没往这一层上想呀。负心汉，不是人，没人味！杨秋悔得想扇自己嘴巴。

尾巴家门前有一眼古井，井口铺就的青石上，被岁月勒出了一道道凹痕，诉说着周而复始的农家日子。井壁上长满了绿苔，过滤着晶莹剔透的水珠，据说民国三十二年天下大旱都没干过。井上架着辘轳，系着水桶，一年四季摇动着村里人的一日三餐。一棵数人才能合抱的老槐浓荫如盖，成了人们炎夏乘凉休憩的不二之选。尾巴女人地利独享，有事无事就拎上小椅坐在大树荫下做针线。也是合该有事，这天杨秋误了晨起挑水，鬼使神差地挑着水桶来到井上，看见女人就想把一肚子亏心话说给她听。女人误会了杨秋那一双讨好的眼神，想起那次刻骨铭心的羞辱，拎上椅子就往家走。杨秋紧随着来到院内，还没来得及开口女人就吆喝上了，直骂杨秋不要脸。尾巴正在睡觉，听见女人吵闹，光着身子就蹿出门来。女人指着杨秋对男人说："他调戏我！"男人一听新仇旧怨纠在一起，心想你个老东西欺人太甚，竟敢大白天调戏我女人，天理何在！王法何在！举起扁担就发狠朝杨秋打下去。尾巴哪里是杨秋的对手，杨秋夺过扁担指着女人洗刷清白："贱货，明明是她勾引我在先，你问她。"说罢转身离去，顺便一脚把那根扁担踢飞到夜壶院里。尾巴一头雾水，照着女人屁股就是一脚，说："村里多少高条白净的不找，偏偏看上这个丑货，你真想败家啊！"

夜壶趴在墙头上已看清眉目，耍笑道："别丢人了，请回吧。"

女人两边受辱，窘得无地自容，披头散发地闯出门外直奔水井而去。

尾巴感到大事不好，一个箭步追将出来，却一把只抓着了女人的后衣襟。

女人死意已决，挣脱上衣光着膀子拨开井绳便纵身跳了下去，只听嘶的一声，尾巴如雷轰顶，嘶吼起来："快来人哪，小琴跳井啦……"

杨秋没走很远，开始没听清楚，继而吓了一跳，转身飞奔而来。

井里救人，不像河面救人那般纵身一跃，因为空间有限，只能绳系脚撑谨慎地溜下捞人。杨秋奔至井边，身后不断有人跑来。他拽过井绳勒在腰间，吆喝众人扳紧辘轳把就吊了下去。他把双脚撑向井壁，不料那绿苔像抹了油，磕磕碰碰就滑到了井底，险些砸在女人身上。他手忙脚乱地把井绳绑在女人身上，大吼一声辘轳就吱吱地叫了起来。

此时的杨秋已是筋疲力尽，想起女人惨白的脸，一种莫名的期盼支撑他回到地面，躺在地上只有喘息的力气了。

女人趴在牛背上游走了半个时辰，面色渐渐红润过来。

杨秋的义举感动了不少村人，他们纷纷围过来，有人脱掉上衣盖在他的身上，有人给他倒了半碗烧酒，一脸敬重，如对功臣一般。

长久以来，在宛东乡间，遇上解不开的死结时，男人上吊，女人跳井，连死法也是约定成俗，听起来有点荒唐，实际上年年发生，人们说起来只不过一声叹息罢了。而小琴，由于是杨秋出手相救，议论自然风生水起，想把人们的嘴缝上都难。

这可以归纳成两个结论：一曰缘分，二曰孽债。

这天夜里，秋屋里挤满了人，茂林、磨金、有法、老印、赵老四。几杆短枪同时开火，把不抽烟的茂林折磨得眼泪汪汪。大家聚来只是象征性地表示一下关怀，说说笑笑，谁也不提救人这一话题。

在尾巴家，从园艺场赶回来的青儿，一怒之下将他哥的枕头甩到地上，几天几夜没有离开一步地陪着嫂子，生怕这个不幸的女人再做傻事。尾巴真成了一只落水狗，见谁都低着头。

夜壶时不时把头伸过墙来，赶羊出圈连鞭子也不敢甩了，更不敢串人场，好像所有人的眼光都带着刺，都带有挑战性，让他无法招架。

夜色清朗，百虫躁动，苦蝉竞鸣，搅得杨秋辗转难眠。自己这半辈子为啥总和这个女人恩恩怨怨，扯不断，理还乱。这女人到底该睡不该睡，没睡就快闹出人命，睡了还不天塌地陷。人说漂亮女人是红颜祸水，乡下粗糙女人也不是省油灯啊！

221

单身的杨秋总有女人惦记，但好景都不长。

吃食堂那几年，茂林说合的他表妹，俩月不到就跟别人跑了；瓦店的张寡妇不该带个犊子。后来，王一良的儿媳妇给他介绍了一个四川老乡，也是没过几年，日子好了以后又被她男人找上门来领走，给他撇下一段长长的思念。

走就走了吧，偏偏有人爱拿这事跟他开涮，羊倌夜壶就说他是骡子，不然恁好的"墒"几年下来连一男半女也没生养呢！茂林说他不懂女人：小琴伤过你，也是身不由己。后来日子好了，他却老了，也一个人过惯了，懒得再理会这种事，成了村子里的老光棍。再后来，城里当记者的五哥，依据他的传奇人生，拍了一部名叫《杨家老三》的纪录片，并在省内外播出。他的苦难经历，他的笑对人生，他的菩萨心肠，搅得一些丧偶的女人蠢蠢欲动。只是求婚者不是丑就是老，气得他锁上房门躲到城里看戏了。这一走可给村人留下了新话题。队长二顺骂他是屎壳郎滚到神桌上——装供飨。夜壶幸灾乐祸地说："看看，咋样，我说他是骡子你们还不信！他不敢，他'打发'不了。"这话到底传到了杨秋耳朵里。这天两人相遇，老秋一个扫堂腿就把夜壶掀翻在地，接着就扒他的裤子，说老子今天要是不能把你整上，我那三间平房给你！吓得羊倌连连求饶，说："玩呢玩呢，算我夜壶输，过年给你送只羊腿中了吧？"再后来，村里干部鉴于他勤快"会事"的好人品，又心疼他一个人太孤单，就给他安排了一份通信员的肥差，每月按时发工资，很有点国家机关干部的架势，这令村里几个处境不佳的老头很是羡慕嫉妒恨，笑骂他是老驴卖个马价钱，于是他也就越活越精神了。

五

自从有法搬到园里，他那座小阁楼便有了人气。一拨同龄人从村里撵到村外，除了说些男女之间的那点事，寻得一时刺激，议的多是外出谋事，说要想娶女人就得手里有攥的，现在过个"订物"就要几百块，指望那几亩地引不来女人。还有人说要当兵，可豆大的雨点也淋不到咱头上，干部们还争不过来呢。最后总结还是外出打工，说这是无本买卖，省心，就是两头牵挂：没女人的牵挂老人，有女人的不放心——嘴上不好意思明说，心里像吃个蝇子。说者无意听者有心，哥弟们的牢骚话直刺有法的心窝，更坚定了他改变村里现状的决心，不然这"官"算白当了——就好比误茬庄稼，坑害的岂止是他们几个人。

夏粮收完后，宛东大地由一片金黄变成一片惨淡。秋播种子从发芽破土到覆盖地皮，少说也得半月二十天，尽管地下生命灵动，地上还是多见麦茬少见嫩绿。绿色是生命的底色，眼前有法他们那片青绿，便成了原野里最蓬勃的生机，吸引着一群一群好看的鸟儿驻足歌唱。

毁麦茬是麦收后的一项农事，意在斩断根系，保墒保肥，给未来的秋苗创造好的生存环境。这是老祖宗传下的活路，多年以来，村里人坚持不弃，但这却是一项比割麦还难受的活儿。

这天，尾巴的妹子青儿和嫂子小琴也在毁麦茬。青儿说："撅得胳膊麻，歇会儿。"撂下锄就四处找阴凉地儿，一眼就看到了有法的那片树林。青儿指了指说："嫂，咱去那儿中不中？"嫂说："魂儿勾跑了吧？我回去保证不跟你哥说。"怕妹子不信，又道："说了是鳖孙。"青儿一看嫂子戏耍，捡起一块坷垃就佯装生气。嫂子赶紧求饶："不说了，往后我再也不说了。"

青儿和夜壶不一样，她和尾巴是一奶同胞的兄妹，骨肉连襟呢。父母故去以后，未成年的妹子就成了他唯一的亲人，百般照料，千般呵护，生怕遇到三长两短，对不住老娘临咽气时的托付。青儿衣服旧了，尾巴就赶着买新的，为了给她买连衣裙，一家人连鸡蛋都舍不得吃。青儿上中学时，为了交学费，尾巴把院里长了几十年的梧桐树都锯倒卖了，为此还惹得女人哭了一场。尾巴就对女人说："谁敢委屈我妹子，我就不饶谁。"女人说："我不是舍不得钱，是心疼树，以后院里没阴凉了。"

毛庄是个大村子，七八个村组，一二里长，有法和青儿住东西两头，却同在一个教室读过书。乡村里的小学生年龄差距很大，前排的六七岁，后排的十一二岁甚至更大。前排的扎着小辫吸溜着鼻涕话都说不清楚，后排的留着刺头张牙舞爪大有王者之风。那时青儿坐第一排，有法靠着后墙。一天快下课时，青儿后边的一个同学用吐沫把一个纸片粘在了她的后背上，这一幕被坐在后排的高个子有法看得一清二楚。下课后，一圈小朋友围着青儿嘻哈，得知自己背个王八时，青儿哇哇地哭了起来。那个时候青儿邋遢又腼腆，个子又小，常被人欺负，有法看不下去，跑过来揪了那个干坏事人的耳朵，非要他向青儿道歉才松手。这是很多年前的事，可青儿还记着，并由此长出了后来的敬慕之情。

成年之后，两人亦有谋面，只是礼数多于交情，虽没越过禁区半步，却有一次刻骨铭心的接触。那时有法在镇上当门卫，青儿在镇上读高中，也是命中注定，一天两人路上相遇，有法吱的一声就来了个急刹车，把摩托车停在了青儿身边。此时的有法相貌堂堂，青儿亦如出水芙蓉，站在一起金童玉女一般。

有法说："上来，我带你。"青儿一点思想准备都没有，坐与不坐，一时没了主意。有法看着要落没趣，说："你嫌弃我？"青儿没了退路，抬腿就跨上了摩托车的后座，有法一脚油门就蹿了出去，吓得青儿立马搂紧了有法的腰。由于路面坑洼，车子颠簸，有法只觉得后背上有两个宝宝在厮磨，浑身上下顿时热血沸腾。青儿第一次贴着男人，迷醉于这种感觉，又羞又怕，就干脆闭上眼睛把头埋在有法宽大的后背上。只听耳边风声呼呼，晕晕乎乎的，坐花

下部

轿一般。青儿心想，嫂说过，骑马蹾，坐轿晕，这可是我坐上有法的花轿了吗？

上中学的青儿，穿着校服，留着学生头，挎着花肩包，坐有坐相，站有站相，喜得她哥尾巴逢人就夸妹子是个才女，将来家族要靠她发扬光大。可夜壶没想恁远，夜壶只想妹子待在家里，有朝一日给他"换"个女人。

当地换亲成俗。张家的姑娘嫁李家，李家的姑娘嫁张家，村里人说这叫鸡蛋换盐，各不找钱。这种婚配方式尤其风行于困难时期，不知打碎了多少青年男女的好梦。青儿高考落榜那阵子，夜壶放羊都哼着曲儿，只等秋后卖了羊掂上钱到哥嫂屋里去求情。青儿落榜对她哥尾巴的打击可不小，担心妹子想不开，想起自己逢人就说的大话，恨得直想拧自己的嘴。为了安抚这个老幺，他央人在镇上安排妹子在烙画厂当临时工，管吃管住一个月还给三十块零花钱。但要签一纸合同，学成后五年不能脱离工厂，否则赔偿一切费用开支。他想，女孩子学个手艺，一辈子不愁吃喝，也算给地下的老娘一个交代。凭着妹子那脸蛋儿，将来再给她找个好婆家，我这一辈子的大事也算办完了。

尾巴春风得意，俩指头捏着那张纸在妹子脸前晃了又晃，好像是一张高校通知书。

青儿一把抓过，看一眼脸就变色了，说："这不是一张卖身契嘛，哥你咋把我卖了啊。"

嫂子也忙从灶房里跑了过来，不知出了啥事。尾巴怎么也没想到会是这样的结果，张着嘴半天说不出话，转身出门了。

这个一年四季风平浪静的小院，因为青儿，闹出了一场风波。

凡事都有人欢喜有人愁。青儿不肯外出打工，跟她哥生了一场气，跑到她妈坟上哭了起来。悲悲切切，如怨如诉，令不少路人注目，人们开始议论纷纷。女人对尾巴说："外人知道的，是为她好；不知道的，还以为你欺负她了。亲妹子呢，由着她吧。"其实女人知道，青儿不肯远走，那是恋着有法，这是青儿前几天对她说的，只是气不圆，馍不熟，还没到跟男人捅破窗户纸的时候。眼下男人蒙在鼓里，骑虎难下，就把真情对他说了。

尾巴一听这事不靠谱，说："嫁过去伺候老瘫子啊！真是猪脑子，只要我不死，没门。"

夜壶听了缘由，就大着胆子对他哥说："我看这事中，郎才女貌，就是得跟法娃说清楚——换亲，他得把香儿嫁给我。"

尾巴正在气头上，说："也不撒泡尿照照自己，啥光景（年龄）啥墨水（长相）！你不害臊我还害臊呢。"

夜壶一听也恼了："你不想养活，今儿就让她搬我这里来，总比听闲话好。"

尾巴正有气没处撒，摸着棍子就要揍他。夜壶从小怕他哥，翻过墙钻到自己屋里去了。

这事无疾而终。尾巴按兵不动，夜壶隔墙观火，姑嫂同病相怜，小院又回到了从前。

六月的天像小孩子的脸，一会儿哭一会儿笑，让人捉摸不透。刚才还是晴天大日头呢，一片乌云过来，大雨便瓢泼下来了。人们叫着跳着笑着，顶着雷声，踩着雨点往能躲雨的地方跑，那样子像老天爷在跟人们玩老鹰抓小鸡的游戏似的。

青儿混在几个女人里，一手拿着锄一手拽着嫂子，一头就闯进了有法的阁楼里。女人们淋了雨隐私大现，或羊奶或布袋或馒头，在湿衣服里边露峥嵘，一点也不害臊。有法一看这架势不便多待，脱了上衣一甩手跳到了雨地里，说要淋个冷水澡。有意思的是，他那团上衣不偏不倚正好甩到青儿的怀里，女人们没注意，青儿就把它紧紧地搂住了。有法在雨里擦洗，他那两块硕大的胸肌看得女人们目瞪口呆，咻咻地笑个不停。有法蒙在鼓里，青儿却看不下去了，冒着雨把衣服送到了有法面前，说："穿上吧，她们看你笑话呢。"许是紧张，话虽这样说，衣服却还紧紧抱在怀里。有法伸手去拿，也是用劲过了，手竟插到了青儿的两个峰峦之间，羞得两人同时脸红脖子粗。好在青儿背对众人，不过还是有两人看得真切：一个是嫂子，嫂子懂得妹子心意，嫂子为妹子高兴；一个是躲在阁楼上的茂林，他看把戏一样捂着嘴笑。

老秋 228

几个女人一脸茫然。

有人小声笑说："这一对'金童玉女'，般配着哩。"

茂林和老秋一样，巴不得有法早早有个相好的，瞅个机会便找老秋去了。

老秋是附近出名的月下老人。他说媒一不图吃喝，二不图钱财，只为积德。他说我上半辈子受罪，下半辈子光棍，膝下无子，不如多结善缘，到阎王爷那儿有理说。不过这多是戏话，过过嘴瘾罢了。他骨子里是感恩，感许多人的救命之恩，感共产党的解放之恩，感乡亲们的不弃之恩。只是他不敢在人场里"喷"，怕人们笑话他是猴子上树——顺杆子爬，鼻子里插大葱——装象。还是见啥人说啥话牢靠——他想。

老秋说媒不当牛经纪当诸葛亮，他不仅能把乡下姑娘说进城里，还能把城里姑娘说到乡下。

饲养员王全有的弟弟王树，上过老山前线，立过大功。送喜报的时候，全村连同农场的男男女女都敲锣打鼓地出来迎接，轰动一时。第二年王树回家探亲，农场里请他作了一场报告，从猫耳洞坚守到丛林拼杀，再到村野中计，感动得这群热血青年心潮澎湃，泪眼汪汪。其中有个叫小月的姑娘，从小就对英雄顶礼膜拜，时下英雄近在咫尺，不仅巴掌拍得最响，还把笔记本捧到王树面前，留下了珍贵的签名和地址。两人在交往中感情迅速升温，逢年过节，小月还跑到王家嘘寒问暖，一时成为村里的佳话，都说老王家人财两旺，不费劲拾了个"王银环"。

纸包不住火，这事还是被小月的父母知道了。

小月爸在外贸局当领导，统管国内外家用电器。村里人说："想买台电视机她爸不点头没戏。"这天，两口子坐着小吉普一溜风尘地开进场部，拽上闺女又一溜风尘地扬长而去。几天以后，小月像害场大病一样回到场里，从此只干活不说话。一天，小月找着老秋，哭诉爸妈嫌弃农村娃，命令她不准再和王树来往，否则就不安排工作。

小月说："秋叔你得帮我，不中我就跳河。"

老秋说："闺女别想不开，天下没有办不成的事，容我想想。"

这天老秋早早起床洗浴，用香胰子把全身抹了个遍。从箱子里捞出一件的确良衬衣，把领口、袖口全扣紧，再把腰间皮带扎紧，脚上鞋带绑紧，鸡蛋篮子拴紧，跨上车子就往城里赶。其实他心里七上八下的，要么满足小月的心愿，要么热脸蹭个冷屁股。不管成败，他想让城里人看看，今天的老农民不都是一身土腥味，一脸土坷垃，一头耙缨子。

来到外贸局大院，传出一个"请"字后，老秋心里一热：官就是官，文气。不像乡下的"来啦"，俗气，遂添一分信心。待登堂入室，那台大彩电先把他镇住了。小月爸笑眯眯地移前两步，扶着老秋肩膀说："辛苦辛苦。"老秋受宠若惊，慌乱中脱口回："彼此彼此。"那心里便有了两分信心。小月爸吩咐手下道："把我那香片给老同志沏上。"手下便慌忙打开柜子，掂出了一个明晃晃的盒子来。老秋想，有门。心里便有了三分信心。

小月爸示意手下回避，老秋就急急地打开话匣子，欲盖弥彰道："我不是来说媒的，我是来向领导汇报情况的，老王家几代贫农，王树又是战斗英雄，人也标致壮实，两人又合得来，像这样的天作之合……"话还没有说完，老秋瞥见领导脸色已渐渐黯淡下来。领导说："儿女终身大事，自然儿女做主。至于我家小月，要过妈妈、奶奶、姥姥这一关。我再做工作，再做工作。"老秋欲插话，领导却没给机会，说："谢谢你大老远跑来提亲，我还有会，不陪了。这是二十块钱，到饭店……"

老秋不防领导恁会演戏，迷迷糊糊地让人耍了，又左右在理，这就是官啊。领教，领教。老秋感觉受了奇耻大辱，没等领导把话讲完，抬腿迈出了屋门，遂将一口带响的口水啐在了地上。

老秋大步流星往前走，领导手下马不停蹄地急喊："大伯，大伯，你的鸡蛋，你的鸡蛋。"

走在返家的大路上，老秋越想越生气："这个官看着人五人六，咋就不通人性啊。"便想出了一个馊主意，要出出这口恶气。

老秋对官原本心存敬意，把他们看成脱了军装的解放军——是解放军把自己彻底救活的，岂能忘恩负义！为此，凡是吃公粮的，凡是穿四个兜的，都视为官，都毕恭毕敬地以礼相待。只是千不该万不该，后来那个漂亮的供销社女售货员不该诬他是贼，让他平白无故遭了一场皮肉之苦，让他领教了官的可怕、可恨，一度对官敬而远之，唯恐再遭不测。至于小月她爸，老秋很是纠结了一番。

一天他对小月说："闺女我给你出个主意，马上春节了，等王树回来探亲，你先住到王家来，再照张合影相，让人觉得生米已做成了熟饭……"

老秋越说越认真，小月越听脸越红，说："秋叔你这是叫俺俩犯法呀，毁王树前程呀。"

老秋说："你真是实心眼，你以为是真的呀，是让你拿着照片哄你爸。到时候没了退路，你俩这婚事就算成了。"

这是一步险棋，还有点下作。老秋想，事到如今，也只好出此下策了

岂料这一招还真灵，几个月后，两人终成眷属。

王树不负众望，从此一年一个台阶，一直升到南方某部队后勤部部长的宝座上，比老丈人还高出半截子。

老秋从此也名声远扬，尤其费脑筋的媒事，好像非他莫属。

茂林见着老秋，按不住激动情绪，张嘴就把亲眼所见笑着说了："赶紧趁热打铁，小心夜长梦多！"

两人说笑一阵，老秋说："这事我早觉察了，只是急

不得，火候不到。"

茂林说："啥？"

老秋语气低沉："这人哪，有的爱财，有的爱色，有的爱面子，有的爱结交。说媒跟种树不一样，种树有水就能活，说媒得看人——就尾巴那德行，你没银子，白磨牙，你有钱，他敢把女人让给你。"

茂林鬼着脸抢话道："你领教过？"

老秋说："正经点。你怕煮熟的鸭子飞了？不会。青儿跟她俩哥不是一类人，青儿知书达理，念想也新，为跟有法和俩哥都闹翻了，难道你不知道？既然两人都亲热了，法娃不是没脚后跟的人。"

冬去春来，一年又一年。这两年老秋虽不常走动，可凭着半官半民的身份，对外边的世界略知一二，对前头的好日子也早有判定：光减免"七捐八税"这事，就足以让想发家的人们搂着老婆笑半夜。一句话：涉农的好政策接二连三地放开，治馋的金箍一天一天地收紧，他的直接感受是，肚里的油水大不如前了。过去三天两头有接待，乡里的，县里的，政府的，部门的，吃得塘里没大鱼，吃得村里没打鸣鸡，一个月光拌凉菜的小磨油都得好几瓶。这还不算，村里吃腻了吃镇里，镇里吃腻了吃城里，吃火了街镇上的大酒店小饭馆，吃穷了村里的提留款小金库。光吃喝还不过瘾，还要唱歌、跳舞、摸麻将，好烟好茶伺候着，还要装孙子想法子让领导多赢些，不为别的，就为领导笔尖上施点恩——这一点对领导来说是毛毛雨,可对咱老百姓来说却是瓢泼大雨。

上级下了禁酒令,老秋便没了吃"下水"的机会。一天,他对茂林感叹道:"老伙计,你信不信,自打上边踩了刹车,我那里老鼠也少了。"

茂林说:"老鼠没少,不知又钻到哪里打洞了,除非再来一次'除四害'。"

有法的花木一年一个样,郁郁葱葱,花香四溢,有的已经可以出圃了。一天他和茂林正在修枝,一个陌生人推着三轮车闯进了园子,张口就问:有没有观赏花草要卖?这可真是有苗不愁长,货俏不愁卖。对有法他们来说,先不说能不能成交,这就是这个吉兆。

让座,敬烟,倒水,像迎接贵宾。

有法搓着手说:"大哥你先吸着喝着,待会儿我领你去园里看看。"

茂林也忙递笑脸:"兄弟大老远来到,真是稀客,稀客。"

来人受此礼遇,一时乱了方寸,说:"两位别客气,我是不是走到舅家了?多少年没走动,我舅家就是东乡这一带的。"双方说着说着就论起亲来。

有道是:亲不亲,看缘分。来人姓杜,腿有点瘸,外号杜瘸子,是城郊一位闲散市民,靠做小生意为生。生意人随市面供求而动,这阵子花草吃香,人们访友庆生看病号，花束、花瓶、花篮子代替了鸡蛋、挂面、果盒子，又时兴又排场，他就放下果摊生意卖起花来，很是赚了一把。只是时下货源吃紧，瞄着旺林就转到有法这里了。

杜瘸子在园里瞅了个遍，除了几墩已经盛开的玫瑰，几乎没有市面所需。

杜瘸子说："俺们做生意就知道随行就市，你们种园子咋不懂得就市随行呢？"于是就把时下城里人的时尚对两人说道起来。君子兰、碧玉、水仙、海棠、三角梅……一口气报了十几种名，听得有法目瞪口呆。茂林也拍着脑袋说："对呀，咱就盯着大香樟、四季桂，咋就忘了长短结合呢！"三人由苗木说到引种，由缘分议到合作，越说越对眼，越说越来劲，有一种相见恨晚的愉快和亲热。

这时候老秋叼着烟卷歪着头走了过来，那样子像个大人物。

杜瘸子见了慌忙站起，问茂林道："这位领导如何称呼？"

茂林笑道："他呀，村部公干，人称杨村副。"杜瘸子一时没听懂。

老秋怨道："捣鸡毛（开玩笑）也不看对象，不分时候。"遂转身对来人说："我就是村部那个提茶、送水、倒夜壶的老家院。"大家正说笑呢，老秋问："兄弟是哪庄的，有点面熟。"

老杜说："城东五里铺的。"

老秋一听五里铺有了兴趣："五里铺，可知道有个叫杜彪的人？"

杜瘸子一愣，说："你俩认识？他是俺叔伯兄弟，现在是环卫处的领导。"

老秋喜道："哎呀，这可真叫'不是一家人，不进一家门'。当年我在城里拾粪你兄弟可帮了大忙。"遂转身向园子里大声喊道："牛老印，快过来，你表叔来了。"

老秋和杜瘸子说起了与杜彪相识、相认、相帮的故事，包括医圣祠门前撞粪挑子险些打架的那一幕，还有糊里糊涂整出个全城推广的啥啥联盟……

老杜和老印，祖上是姑表亲戚，今日相认，自然喜从天降。老杜指着那些香樟、雪松说："该出圃了，粗一点的，千把块；三把以上的，一头牛的价钱。"

老印说："表叔知道得真多。"

杜瘸子蒙道："你忘了，你二表叔和城建是一条线，咱有内参。"

这天中午，阁楼里酒肉齐上，招待财神爷一般。

老秋指着餐桌说："鸡是园里养的，菜是园里种的，不成敬意，心到神知。"说得一圈人都笑了。

酒过三巡。老杜说："你们这叫朝阳产业，迎合了城市的大发展。销售方面，我可以助你们一臂之力——这话有点儿大呀，醉话，醉话。"

老秋说："谦虚，谦虚。"

老杜接着说："你们没做到长短结合，主要是信息不灵，这不中。现在要做大事，得眼观六路，耳听八方，闷着头那叫盲干。电视是个好东西，还有报纸广播，这是千里眼、顺风耳。"

有法说："是的，俺整这事还是茂林叔看电视受的启发呢。"

老秋说："是啊，你们城里人就是会见风使舵。"

茂林一听捂着嘴怪笑。

老秋说："咋？我说错了。"

老杜解嘲说："是这个理。"

老杜离开时，老秋慌慌张张地拎来了一筐子咸鸭蛋，有点儿不好意思地对老杜说："兄弟呀，当年我对公子……"他发觉自己说顺了，不礼貌，忙改口，"当年我对杜领导说，要给他弄一筐咱老东乡的咸鸭蛋尝尝。可那时候是啥日子啊，吃糠咽菜的，饿死了不少人。现在好了，别说一筐子，一架子车也不是问题。"

老杜说："二十年前的随口一说，你还记着，可敬可敬。"

老秋说："君子一言，驷马难追嘛。"言毕大家都笑了。

最终，由见多识广的杜瘸子出面进行花草引种、销售，三七分成，城乡展开了第一次合作。

不久，君子兰、文新兰、黄金雀、红掌、铁树、绿萝、水仙等相继试种成功，园子里绿肥红瘦，引来不少彩蝶闹春。忙坏了有法，也乐坏了杜瘸子。

花草生意的顺利开张，预示着园子渐成气候，就像麦梢由绿变黄，期望和繁忙随后就到。二十几亩地的园子，一天比一天费工劳神，时下再指望他们仨，累死也忙不过来。以前缺劳力时，张嘴就有人来，现在男人进城务工成风，大都把农活撂给了家里的女人，急得老秋也挠起头来。他说："现在城里人都疯了，楼盖得像竹林，进城都找不着老路，连边界都没了。"茂林说："是，可人家是早上点名晚上点钱，现拔现，咱哪有那个能力。"

解决人手不足这事，多亏了香儿。

香儿是二顺的闺女，豆蔻年华，聪慧过人，有点"穷人孩子早当家"的韧劲。这闺女从小不喜欢读书，中学没毕业就辍学回家跟着他爹种庄稼。二顺中年丧妻，闺女更成了宝贝疙瘩，攥着怕碎，暖着怕热，只好任她由着性子。老爹中风以后，香儿忽然长大了，刷锅燎灶，伺候病人，饲养家畜，缝缝补补，哥哥指望不上，她就成了内当家的。一天她去园子送饭，连喊几声"哥"都没人应，一听正枕着边沟打鼾呢，心痛得她直想掉眼泪。有法和青儿的事，香儿早有耳闻，心想着要是青儿能和哥好，定能助他管好园子。只是人家家里人嫌贫爱富，女孩子家家羞大于勇，哪敢亲自上门求人，就去找老秋。

香儿说："表爷，你看我哥跟青儿那事，咋办？"

看着香儿心焦火燎的样子，老秋佯怪道："不害臊。

是你急了还是替你哥着急了？"

香儿脸唰的一下就红了，跺着脚叫道："臭爷，人家才多大呀。"

老秋哈哈笑起来，遂宽慰道："闺女，这就叫气不圆，馍不熟——放心伺候你爹去，你兄妹俩的婚事，有我跟你茂林叔呢。"

香儿仍怪道："说我哥呢，扯我。"

老秋意犹未尽："你也不打听打听，得罪了老子，叫你一辈子嫁不出去。哈哈哈……"

秋爷夸了海口，就是老不见动静。

香儿和青儿面对面说话，是在去村卫生室的路上。

尾巴女人怀上二胎了。按说不算犯法：她头生是个闺女，农村优惠政策可以再生一个，只是没生育指标。那天求老秋帮忙时其实已经怀上了，怕被"计划"掉只好虚晃一枪，还挨老秋一顿戏耍。女人对这次怀孕有点疑惑：难道医圣爷的香灰真有神灵，还是那泥巴鸡鸡就是送子观音？尾巴喜得想买一串鞭炮放放，可他没那胆量，心想：到时候再说，要是个男孩，倾家荡产都中。谁想女人这次妊娠反应厉害，吃啥吐啥，死去活来，家神不安。尾巴求儿心切，就问女人："你想吃酸还是甜，酸男辣女灵验着呢。"女人一会儿说酸一会儿说甜，尾巴一怒不理她了，心想不能惯，女人越惯越横，到时候要是生个男娃，别说上脸，就是叫我喊声妈都中！就一边悄悄观察等待去了。

青儿看在眼里，骂哥哥说："没见过你这号不负责任、不要良心、不讲情分的男人，嫂子的眼窝都塌下去了，也不找先生瞧瞧。"

姑嫂情深，青儿只好自己去了。

香儿那天去卫生室是为了有法。昨儿有法侍弄花圃，不小心让蜈蚣咬了一口。男子汉不计较磕磕碰碰，谁料第二天肿到了手脖子上，吓得妹子放下碗就找医生了。

说来也巧，香儿刚从卫生室出来，迎面便撞上了青儿，许是早有心事，那心口竟突突跳个不停。两人同时一愣，好像都听到了"立正"的口令。

这真是一对姊妹花，青儿俊美匀称，香儿亭亭玉立，彼此虽然生疏，心里却各有位置。青儿到底年长几岁，就先开口破了僵局。

青儿问："你来看病？"

香儿答："不是我，是俺哥让蜈蚣叮了。"

香儿真是心直口快，她轻轻说出，青儿重重入怀。青儿读过化学，知道酸碱中和的道理，片刻后说："回去和些碱水，让他把手放进去泡泡。"香儿没看懂青儿脸上的变化，只把她说的方法牢牢记在了心里。

香儿说："我记着了，姐。"

香儿这个"姐"字一出口，像一团火，叫得青儿有点恍惚，半天没有回过神来。

有初一就有十五。两个姑娘的邂逅，打开了一桩紧闭的大门，从此香儿成了青儿家的常客，地里、家里的大事小情全告诉了青儿。

香儿的频繁出现，引起了尾巴兄弟的注意。自从坏了妹子和有法的好事，连女人都骂他是老法海；烙画厂那事自作主张，逼得妹子跑到老娘坟上大哭一场，差一点寻了短见，从此尾巴对妹子再也不敢轻举妄动，只能提高警惕。夜壶内心复杂，他巴不得香儿常来，虽说连搭句话都没机会，多看两眼也是福气。

香儿把青儿对哥哥的一片心意原原本本地传给了有法，弄得有法辗转反侧几夜没得安生。有法心里清楚，不管青儿心里咋有自己，手里没钱，尾巴兄弟那德行，到时还是丢人现眼。树要皮，人要脸，人穷舌头不能短啊。

青儿呢，要想走近心上人，去园子帮工可算一举两得。这却要攻下两座堡垒。大哥的弱脉她已经摸透了，他若不点头就使性子，了不起再去老娘坟上哭一场，或是找表爷老秋吓唬他，或是让嫂子唠叨他。二哥呢，这桩婚事原本与他不相干，可他那张臭嘴，腌臜起人来不讲场合、不看对象、不分轻重，脸皮薄的有法哪里承受得起。可天无绝人之路。但凡男人，遇上倾心的女人就神魂颠倒。夜壶遇上香儿，竟能达到不识东西南北的境界。

青儿决定拿香儿下套。

尾巴门前有棵老槐树，时至春末，白里透黄的花穗儿开得很热闹，引来成群的蜜蜂上下翻飞。香儿几天没见青儿姐了。园子里情况依旧，她想请青儿出面，在她们组里也找几个半大女孩帮帮工，这才提上篮子揣着理由敲开了尾巴家的门。青儿正在帮嫂子喂猪，猪食里掺了许多槐花，大猪小崽们吃起来就像过年。香儿笑说："姐真是会过日子的人，咋想着用槐花喂猪呢。"尾巴女人吃过妹子买的药，脸色渐渐好看起来，便抢过话茬说："那是。发不发，内当家，谁娶了俺家妹子，穷日子算过到头了。"边说话边给香儿搬座、倒水，对待客人一般。青儿心里明镜一样，就笑说："嫂你还真把她当亲戚了。"嫂说："早晚的事，当我傻啊。"香儿心里就不是滋味了：一圈人都知道结果，可就是干打雷下不下雨。

两个女孩都装着心事，掩上门就到老槐树下撸起槐花来。

香儿说："姐呀，我哥那里快撑不住了，弄地浇水，整枝嫁接，还得招呼卖花生意，忙得成天脚不沾地……"

青儿打断她："他那指头消肿没有？还疼不疼？"

香儿答："我哥说了，你那个姐可真会心疼人，手往碱水里一浸立马就不痛了。姐，你真有本事。"

青儿说："我有啥本事，书上说的。"

两人正聊得开心，夜壶赶着羊挤出了栅栏。这群"波尔"时下足有二十多只，个个毛色如雪，体态健硕，看见树下散落的青叶子，不要命地往前冲。两姊妹躲闪不及，几只羊头伸了过来，半篮子刚撸的槐花眨眼间被吞噬一空。

夜壶见状知道犯了错，抡起鞭子就是一声脆响。一只贪吃的"波尔"受到惊吓，来不及缩头顶着篮子狂奔起来。香儿一看忙去追讨篮子，不料一只好斗的公羊，立起前身拧着脖子扬着双角朝她冲来。香儿哪里遇到过这阵势，一声尖叫扭头就跑，却和前来救驾的夜壶撞在了一起。青儿见状慌忙跑来，一把搂住又惊又羞的香儿。香儿抽泣不止，一边朝着羊倌重重高骂："挨千刀的夜壶，不得好死！"一边对着青儿轻轻耳语："他摸我。"青儿惊讶之余怒涌心头，抓起一块坷垃就向夜壶砸去。

夜壶一跳躲过袭击，憨笑着说："多大事啊。"一个响鞭扬长而去。

香儿还在啜嚅，看着羊群远去，只好作罢。

两姐妹坐在沟沿上说起了正事。青儿说："找几个女孩不难。就说邻居欣儿，她爹重男轻女，不让上学，非让进城打工，可满脸孩子气，不几日就被老板退了回来。眼下我倒是得赶快过去，帮帮她。"

香儿真是个孩子，说话间就多云转晴天了，说："不光帮。"

青儿脸一红，顺手掐了香儿一下，两人就笑起来了。

一阵微风拂过，花香伴着鸟鸣，撩起了一双流海儿，把春的美好演绎殆尽。风儿还掀起了涟漪，还有青儿那颗躁动的心。

青儿说："俺家那俩主，我谁也不怕，就怕二哥那张臭嘴。不分场合，不知轻重，不懂利害，伤了你哥的名声我心不忍，就想找你商量个法子捏住他，让他服服帖帖闭上嘴。"

香儿说："为了我哥，你也没少动心思呢。"

青儿说："今儿这事来得巧，真是狗改不了吃屎，跟演电影一样。"

香儿佯怒："你耍我！"

青儿拍着她的胸口说："现在好了，他有把柄攥在你手里，禁不住一吓唬，他就安生了。"

香儿一听慌了："姐，这可不中，说出去多丢人啊！"

青儿笑说："那是万不得已。他不是喜欢你嘛，你不能躲他，还要近他，让他迷糊，真假难分，这比撕破脸好，到底以后还是亲戚呢。"

香儿说："姐你要美人计啊，不中，不中，我看见他就恶心。"

青儿说："你想多了，我不会把你往火坑里推。凡事往远处想，长处看，算姐求你了。"

几天以后，青儿领着一拨半大女孩，赶会一样涌进了有法的园子。姑娘们谁也没见过恁多奇花异草，兴奋得一惊一乍的，她们还说："在这儿干活比逛公园强，逛公园还得往城里跑呢"

有法兄妹早早候在路旁，迎候新人花轿一般。

茂林搓着手一直在笑，说："好，好，花好月圆。"

香儿攥着青儿的手，脸却扭向了茂林，说："你看看老叔，喜欢得不知说啥好了。"

有法瞟了一眼青儿，眼都挤成了一条缝，说："都先进棚歇着，我去扛箱'健力宝'。"

青儿今天素衣素面，却把那个花肩包斜挎在肩上。她就是挎着这个包，勇敢地跨上了有法的摩托车，平生第一次抱紧了这个男人的腰。这一抱不打紧，抱下了多少相思，多少苦愁。

青儿这擅作妄为，分明是找王有法谈恋爱去了，这让平静的小院再起风波。只是这次不似以往，此番争论多于争吵，有点权衡利弊的商量口气。尾巴是一家之主，有着绝对的权威和决定权。凭着他的观察，有法的园子要成气候！果真那样，妹子嫁过去也受不了苦。他心里这样想，却磨不开面子："闺女大了不中留，留来留去结冤仇呀。"女人知道男人的那点能耐，就偷着给妹子递个眼色。夜壶原本梦想拿妹子换亲，一看当家的想服软，就把火发到香儿身上："那死妮子跑来跑去，是黄鼠狼给鸡拜年——没安好心！"青儿一看夜壶要张狂，指着他的鼻子怒道："你说说，你干的啥恶心事！不是我说情，人家要告你耍流氓。"夜壶一听慌了神，说："妹你恼啥，随你，随你。我认，我认。"掖着衣襟翻墙走了。尾巴一听妹子话里有话，要问个究竟。青儿说："不关你事。"转身回房去了。

六

园艺场缺人手，早该过来入伙的人是刘磨金。老秋已几次提醒："老王家对咱有恩，不念后情念前情，人都有求人的时候。"可他只肯过来帮几天忙，对入伙不点头也不摇头，老秋骂他可真成"筋"了。

原来事出有因：他想翠姐了，要出一趟远门，啥时候回来，难说。

一天，他从信用社里取完了存款，又以借盘缠为名来见老秋，说要进城看看翠姐，回来就把铺盖弄到阁楼和茂林做伴。老秋骂他得相思病了，看来病入膏肓，得准备"后事"了。

磨金真的去找翠姐了，但不是进城，而是去了新疆。

村里人对新疆的感情由来已久。二十世纪五十年代，政府号召支援边疆，"天苍苍，野茫茫，风吹草低见牛羊"的迷人景象，异域风情，不知倾倒了多少青年男女。他们踌躇满志，希望借机跳出农门，改写人生。毛石头的同父异母姐姐，就是其中之一。三年困难时期，又有不少人流向新疆，只是他们不像"支边"那样风光，大都靠扒火车成行。"文化大革命"期间，有人以串联的名义，揣着地址到新疆认亲，毛石头就是在建设兵团找到姐姐的。近些年更是往来频繁，甚至坐上了专列，不图别的，只为摘棉花挣钱——人们戏称"捞钱军团"。

磨金坐汽车抵达西安，再乘火车进入新疆，再坐汽车、拖拉机一路风尘地来到目的地——奎屯。他是第一次坐火车，人那个多呀，门口挤，窗口爬，人挨人，包摞包，想动动都难。火车跑得那个快呀，车窗外的云彩像贴着地一样，电线杆飞一样地闪过。车厢里，臊膻味越来越重，花头巾越飘越多，不由幻出心中的翠姐——肯定也勒着花头巾。见了面先说啥？第一顿饭会不会整个烤羊腿？第一晚上咋睡，这一回说啥也要尽兴……

　　不久前，磨金收到翠姐的一封信，说她又来新疆摘棉花了，好着呢。你要想来玩玩，尽早。她是他的女神，在城里拾粪的时候，看戏被她误伤，两人因祸得福好上了。只是伤的不是地方，让两人错过了肌肤之亲。此后天各一方，但情思未了，天赐良机，岂肯善罢甘休。磨金一路憧憬，所有艰辛都值得，所有美好都像是真的。可一旦来到奎屯，除了大片大片的棉田，星星点点的酸枣秧子，一个接着一个裹着沙粒的旋风，不要说灯红酒绿的镇街景象，连个像样的村落都没有，更别说"风吹草低见牛羊"了，一根羊毛也没见着。

　　磨金开始往怀里摸信，他想：只要有地址就能见着人，只要见着人，管它牛羊不牛羊呢。

　　一个兜，两个兜，三个兜，摸着摸着汗就出来了。再摸一遍，一个兜，两个兜，三个兜，摸着摸着手就抖起来了。再找，捏捏裤头，按按衣襟，搜搜行李，彻底失望了，犹如五雷轰顶，一屁股坐在地上："混账挨千刀的刘磨金，你慌着挨枪子啊，啥都没忘，偏偏把信落家了。"

他恨得想扇自己的嘴巴："这么个鬼不下蛋的地方，没了地址，荒无人烟，东西南北都分不清，叫我上哪儿找女人啊。"

磨金陷入极度绝望。

他想大哭一场，但没哭成，想着发泄也得有对象啊。

磨金出生在一个殷实人家，不像老秋，他从小没受过委屈，如此举目无亲的境遇，连要饭都找不到人家，可真让他欲哭无泪。

磨金辗转来到一处院落，几条恶犬龇牙咧嘴的，吓得他不敢近前。

一个满脸胡子的维吾尔族汉子和一个勒花头巾的小女孩先后从屋里出来。时下棉田正缺人手，他们视磨金为应招劳工，就热情起来。

磨金却说："请问你这里可有个叫王翠的女人？"

维吾尔族汉子笑了，说："你找人啊。这地方找狼容易，找人难！"

磨金再无想头，一屁股坐在了地上。

汉子看看手表说："时候不早了，先住下吧，这地方不像中原，乱跑有危险。"

磨金激动得差一点给这个好心人跪下。

他只好为其打工混饭。只要饿不死，冻不死，不喂狼，等攒够路费，打道回府。

几个月后。小暑已至，雨水渐渐丰盈起来。玉米开始拔节，棉花初蕾渐现，小荷峥嵘可见，草木一派生机。磨金离家时，小棉袄还裹着，在新疆，不是好心的大哥给张羊皮裹着，早就冻死了。此刻，他开始一件一件地往下剥衣服，下身无衣可脱，只好任由热汗搅腿。一路上他愁肠百转，和出门时的心情天上地下。

磨金回到家时，小院里已是杂草丛生，蜘蛛网把门都遮着了。有意思的是，他前脚进院，一个送"时候"的人后脚就跟了进来，张口就咏："三星照中堂，府门降吉祥。善家生贵子，文武状元郎。"咏完将一片印有猴子形象的木刻画粘在了门框上。

这真是绝妙的讽刺，弄得磨金哭笑不得。

近些年，农村里钻出来一些巧要钱的主儿。有的架上弦子自拉自唱，有的扮成小丑弄拳舞棒，连久违的"莲花落"也出现了。吃饱穿暖以后的村民爱听吉祥话，结果正中那些人的下怀，小钱讨起来便相当容易，据说几个村子串下来，能挣十几块呢。

磨金不善言辞，甚至有些结巴，却是村里的几大美男之一，怎奈生不逢时，婚事和老秋如出一辙。他一生与两个女人演绎过精彩故事，一个是翠姐，一个是秀。如今两个女人都打了水漂，这让感情细腻的他更加空虚起来。

夜空如洗，天上人间一样洁净，唯有几只留恋潮湿的萤火虫，在老屋窗外探头探脑，不知是问候还是嘲笑。他想起在城里拾粪时的情景：就是这样的夜晚，他搂着翠姐的肩膀，嘴对嘴没有离开过。半辈子没碰过女人，难得的机会都让自己下边的伤耽误了。第二个女人秀，豆腐匠的少"妻"，一个四川女子，温柔得像碗水。俩人有意多时，可到钻热被窝时，女人误事，阴差阳错，不是秋和茂林两肋插刀相救，差一点进了班房。人啊，啥叫背？这才叫倒八辈子霉呢。

老秋看见磨金那副狼狈样时，心疼得眼都湿了："有句老话：'命里只有八合米，走遍天下不满升。'你呀，还没走完天下呢，等遇着合适的，我成全你。"

一番开导加戏耍后，刘磨金像条落水狗，夹着铺盖找茂林入伙去了。

城市里，大楼越盖越高，马路越修越长，边界越拉越大。乡村里，土地越来越少，房屋越住越空，人口越来越稀。女人们说："这就像咱们摊煎饼，越摊越大。"不过这倒成就了有法的园艺场：一来可以挑着好地租用，二来苗木一直紧俏。不到一个月，成景的观赏树全部挖完，还接了一笔不小的订金。

二顺床头柜上全家福的旁边，堆放着一大捆现钞，好像有法妈是看着它才一脸灿烂的。

屋子里几个人在讨论分红的事，有点破天荒的况味。

手里有了足够多的银子，有法憋了很长时间的心结就解开了，他说："两位长辈日夜操劳，就算是打工，一年也能挣一万两万的，可几年来分文未进，弄得我吃饭都不香。这几天出圃的苗木，加上订金，再办个园艺场也花不完。这些钱咋处理，你俩说说吧。"

　　老秋说："我活了恁大岁数没见过恁些钱。花不花看着舒坦，踏实。"

　　茂林说："天时地利人和，有你挣的钱。这钱咋处理（他看一眼老秋），你是队长，又是厂长，你先说。"

　　老秋笑笑说："是这个理儿。"

　　有法笑着说："作难的时候你们往前冲，护犊子一样；有钱了你们往后退，留家产一样。我提三条：第一，交税，不是和谁斗气，是正事。第二，拿一部分扩大园子，备足后路。第三，留足你们俩的养老钱。"

　　老秋说："国家国家，没有国就没有家，没有钱你娃子也成不了家。"

　　茂林笑说："这都哪儿跟哪儿呀。"

　　老秋说："我是说这几个事都重要。养老钱嘛，老茂，你说。"

　　茂林说："我不需要，我有的是养老钱。"

　　老秋有点狡诈地说："我需要，不过得先存到你这里，我还指望你养老送终呢。"

　　有法一听站了起来，他掰着指头认真地说："表爷呀，茂林叔呀，我是这样想的，不光给你们俩发钱，还要给刘叔、印哥发，给青儿和她那一帮小姊妹发，数量和在城里打工差不多。除此之外，还要张榜公布，让村里人知道，在家门口也能打工挣钱，这对谁都有好处。我说过，我干队长不是光为我一个人，一个家，要是那样还不如在厂里不回来，省心。我要把大家带到小康路上去。我妈地下有知，也会笑口常开。"

老秋两人几乎同时说："好，好，以后全听你的。"

三个人都笑了起来。

有法说："我才不相信你这话呢。"

当晚，老秋揣着一沓子红彤彤的百元新钞，敲开了尾巴家的门。

果然不出老秋所料，尾巴兄弟见钱眼开，有法和青儿的亲事想不到地顺当。

只是有法不准备近期结婚，他说："再等等，再等等。"

园子里娘子军成了主力。青儿有文化、有热情、有期待，嫁接、疏芽、修枝、定型这些技术含量很高的细活，一学就会，很快成了茂林的左膀右臂，喜得他非要认青儿当干闺女不可，说："我肚里这点东西，屋里那半箱子书，总算找到地方放了。"

青儿又当学生又当老师，掰着指头示范给她那群小姐妹。

青儿和有法不再眉来眼去，说话做事一家人一样随和。两人感情嗖嗖地升温，连中午饭也在园里与有法、茂林他们同吃。

夏夜里晴空万里，繁星点点，几颗大点的，不断地眨着眼睛，好像在窃窃私语，又好像在指指点点，嘻嘻笑笑。林荫下的暗影里，一对情侣忘形恣肆，把影儿都摇乱了。疯够，笑够，有法说："还记得摩托车上吗？还记得雨地儿吗？还记得碱水那事吗？你早把我的魂勾走了，你早就是我的女人了，你早……"青儿不语，忙用嘴堵住了有法的嘴，两行热泪就唰唰地砸在了有法滚烫的脸上。

一道电光不择时候地扫来，两人同时一愣。

对方说："你们忙，你们忙，我啥也没看见。接着，接着。"说话间便没了影儿。

原来是老秋在巡夜。

有法佯怪："这老东西！"

看着灯光远去，青儿问："你咋不想结婚？"

有法把搂着青儿的双臂紧了紧说："我做梦都想，只是不是现在。我要把园子弄大弄成气候，我要把它弄成全队的家产，我要把左邻右舍都弄过来当工人，到那时你男人才是真正的大男人，到那时咱再风风光光地结婚，到那时再把你嫂子接过来给咱哄孩子——我给她发双份工资。"

听着有法的慷慨陈词，青儿扑哧笑出声来，就像猛然打一个响喷嚏。有法听懂青儿笑里有笑，正色道："要不咱明天去领证，生了孩子把你绑在家里当保姆。"

眼见勺星东移，青儿边笑边拉起有法说：“你呀，心大着呢。”

　　半官半民的老秋，身在半乡半衙的村部，迎来送往中，没少听正道、小道的消息。倒是那些刺激末梢神经的东西，最是村人茶余饭后的所爱。比如街镇上的舞厅，说跳舞的人不分等级，不分男女，不分老少，不分俊丑，只要腰里有钱就中。还说那里边的灯会转圈，能晃得分不清男女，能暗得看不见五指，而且中间还要关灯熄火，接下来他老秋自然知道该唱哪出了。还有物美价廉的：说某某三岔路口，饭店简陋，嫖客不少。但凡来人，先送一杯扎啤、两碟小菜，到火候时便有小姐前来搭话，只要对眼，可以讨价还价，安全得很。老秋听得多了，心里犯痒痒，想起了磨金跟他说的那事。老秋想，磨金窝囊，串一夜的鸡子不要钱我也不碰，恶心！老秋打定主意找机会尝尝鲜，不然亏了。

　　老秋所在的村子，处在两县三个乡镇之间。这天想来无事，他决定到那个远点的外县镇街桐河走走，想这样会更合适。老秋不信弄那事犯法，现在开放，兴这个，就怕村里人知道——也算爷辈了，传出去丢人。

　　桐河是一条老街。当年水旱码头，山陕会馆，五里市面，南茶北马，人称小武汉。那个时候他还在养父母家，打油买盐蹚过河就到了。老秋印象深刻的是每年三月二十八的庙会。每当会期到来，养父就领着他和姐姐钻会

对方说:"你们忙,你们忙,我啥也没看见。接着,接着。"

场看大戏。看戏人多，一会儿挤过来，一会儿挤过去，一波连着一波，戏台子都跟着摇晃，好玩着呢。可养父不放心，生怕两个孩子有啥闪失，就拉着儿女往外撤，花两分钱买根甘蔗，从中间一刀两断，把前半段给姐姐，把后半段更甜的递给儿子。姐姐从不跟他计较，姐姐有时候只嚼点甘蔗梢，把甜的留给弟弟。

老秋去年又换了一辆新车，飞鸽牌，28型。那辆26型坤车，孙辈们说他骑着像个女人，他就让它提前退休了。人靠衣裳马靠鞍，青风裹着河岸芦苇的清香迎面扑来，掀起他的衣角，让他又闻到了久违的清新水韵，顿时振奋起来，遂琢磨起怎样迈出那龌龊的一步。

老秋进得街来，左瞅右瞧再也找不到昔日的繁华，连闻名四乡的大戏楼也不见了踪影。说来也是，自从有了国道、省道，与通衢无缘的桐河老街便风光不再，这让念旧的老秋多了几分失望。没了喧嚣不等于冷清，饭馆、酒肆、发廊、舞厅一样不少，只是有些土气，没有想象中的气派。有道是天高皇帝远，这倒给了他寻欢作乐的勇气。老秋来到十字路口，把车子往地上一扎，大大方方地跨进了一家饭店，开口就喊："老板，捡最贵的啤酒给我拿两瓶。"

老秋话刚落音，屏风后面便闪出了一个半老徐娘。女人迎得快却应得慢，一双好看的、会说话的眼睛从上到下把来客扫了个遍，觉得咋着看也不像个说大话的主儿，迟疑了片刻。老秋感到女人的眼光像软刀子，不疼不痒就是不舒服，两人就对起眼来。

女人问："方才是你要酒？"

老秋答："是啊。"

女人说："我这儿有'青岛拉'，一罐十五块。"

老秋说："来两罐。"

女人说："三十，拿来。"

这哪里是个生意人，分明是条狗——狗眼看人低。隔门缝看人，胖子也被她看瘦了。

老秋出门是想潇洒一次，谁料头一个回合就让她扫了兴。要是过去，老秋也就忍了，但现在腰里有的是银子，不阔绰一把，她不知道王二哥贵姓！想到这里，顺手从兜里掏出一叠大钞，抽出一张，啪的一声拍在了桌上，说："再给我整两荤两素，一瓶光肚玉液，快点，马上。"

女老板一看这阵势，知道自己犯错误了。难怪有人说："如今这世道，花里胡哨不一定有钱，有钱的人不一定摆阔；地摊上的衣裳老板穿了，就是世界名牌；世界名牌老农民穿了，就是地摊货。"老板娘遂款步来到老秋面前，满脸堆笑道："哥哥有所不知，咱这地方想喝的人不少，给现钱的人不多，不怕你笑话，我看见穿制服的人进来就心跳，钱柜里白条子比现金还多呢。"说着捏起那张百元大钞，对着灯泡照了一下喊道："小红下来，伺候客人。"

女人这一声吆喝，让老秋为之一振。

老秋静候着小红——这名字听起来就叫人幻想多多，

顺便留意起饭店里外来。对门的屏风黑里透红，刻着一群穿着古戏装的女人，有个女人的脸上被好事者刺了八字胡须，看着不男不女的，怪怪的让人发笑。厅堂不大只有两张桌子。右手是账台，靠墙的壁架几乎被各种酒瓶占满。壁架一头挨着一副悬梯，想是通往二楼的通道，那上边是雅间、住室还是"鸡窝"就不得而知了。

老秋正胡思乱想，一个姑娘提着茶壶咚咚咚地从楼上旋到面前，很熟练地做完功课，再把茶杯往前送了送，轻轻叫了一声："伯，你慢用。"转身消失在屏风后面了。这叫老秋好生纳闷，此人如此做派，连一点骚味都没有，连一点说话机会都没给，连长的啥样穿的啥样都没看清楚。好比一块骨头，找不着下牙的地方，咋啃！原想越是偏僻的地方"野鸡"越媚，原来越偏僻越规矩，越偏僻越干净。其实他老秋年过半百，阅人无数，唯男女关系方面束手无策。就在这时，那姑娘一手托着一个盘子，碎步移到他的桌前。这回老秋看清楚了，这哪里是大姑娘、小媳妇，这分明还是一个胎毛没脱完的孩子，一个大眼睛尖下巴张嘴脸就红的小女孩。老秋夹着菜想着这张面孔，想着想着就把这张脸叠在了姐姐的脸上。小时候的姐就像她，她就是小时候的姐。只是那个时候吃上顿没下顿，姐的脸蜡黄蜡黄的，如今小姑娘生在盛世，说起话来像唱歌一样。老秋越想越感慨，越想越甩不掉姐姐的影子，哪里还有不轨的想法。草草填饱肚子，把那瓶未动的玉液往怀里一塞，推上车子急急而去。

259　　　　　　　　　　　下部

小姑娘在后边一路追喊："大伯，大伯，找你钱。"

老秋又是扭脸又是摆手："你留下买糖吃吧，闺女，再见。"

骑过十字路口，老秋在地摊上买了一兜咸鸭蛋，这可是出名的贡品——桐蛋。回去准备和老伙计茂林、磨金美美地醉上一回。老秋心想，生就小舅子的命，一辈子当不了姐夫；生就吃素的命，就离肉远点，往后说啥也不再胡思乱想了，丢人。

秋分已过，季节不等人。按往年，该是腾茬整地、拉车送粪准备播种冬小麦的时候，现在因为劳力不济，不少早熟地块的苞谷秆子、棉花棵子还戳在那里，于秋风秋雨中瑟瑟发抖。有的人家图省事，干脆把秸秆堆进地头或沟里，以备闲时再挪动；有的连同这秧子那茅子绞在一起，权作肥料就地点燃。一时间白天狼烟四起，夜里火光点点，成了一方土地上罕有的景象。

烟雾薄如轻纱，缠绕着树木、房屋，呛得人咳畜不宁，心痛得老秋直骂作孽。当年扫树叶铲草皮，站在锅前没米下、坐在灶前没柴烧的苦难经历又浮现在眼前。

七

村部院里来了两个年轻人。村主任毛华慌得让座倒茶，把老秋的角色都代替了。她面对高个子笑着说："你姓赵，学园艺的；又转向低个子说，你姓常，学生物的，一个学院毕业，都是高才生呢。"小赵笑说："毛主任可是公安出身？情报好准啊。"村主任说："我哪有那才干，乡长电话里透露的，还说你俩还都是单身呢——俺这里可是出漂亮姑娘的地方。"转脸笑指老秋："看上谁了跟他说，他可是出名的红娘。"言毕大家都笑了起来。老秋忙说："过奖，过奖。"猜想来人非同一般，打个圆场说你们先说着话，我去去就来，抽身准备食材去了。

老秋所在的乡镇，地处城市近郊，近两年来，成了学农、学林、学畜牧的学子们的向往之地。他们有的来短期实习，像候鸟一样飞来飞去；有的已经进入编制，到此谋求发展，像农技站、兽医站甚至计生站、卫生院，都进来了不少大学生。这些时尚又前沿人才的到来，打破了一直以来的沉闷格局，连老百姓都跟着振奋。也有镀金者，天知道他们有多大神通，将来又到哪座庙里受香火。

镇街距城市虽近，但老秋所在的村子，却处在两条通衢的夹角下面，有点"背"，离时尚文明总是晚半拍。人们常说的"老东乡"，直白一点，就是有点落后，自然不太受到候鸟们的特别关注。小赵和小常的到来，成了村里的大新闻。

小赵和小常毕业于本市农学院。那时青储饲料和农用沼气呼声甚高，乡领导通过酒桌，才把这两个宝贝从院领导手上要了过来。毛华主任和乡长私交不错，这才把两个及时雨请了过来。

在统一筹划下，村里先后建成了两个示范性沼气池，一个在村部，一个就在有法的园艺场。

沼气的功能是做饭和照明，从此老秋再不用锅上锅下地忙了。他还学着饭店里大厨的做派，不知从哪里弄来一顶镶蓝边的白帽子，凡来客一准戴上，提茶倒水、掌勺、炒菜、端盘子，看着就叫人舒服。村主任夸他越来越会赶时兴了，乡亲们却是褒贬不一。全有说："精神，干净。"王贵说："不配，老农民再花哨也是一身土腥气。"夜壶说："白天看像个孝帽，夜里看像个灯泡。"乡村里就这样，只要有一点异样，就少不了闲话，尤其像老秋这样爱笑骂的公众人物。

他本人倒无所谓，说："虱多不痒，老鼠还磨牙呢。"

园艺场要建沼气池，开始他们并不重视。有法认为是六个指头挖痒——多一道子。茂林也说："年三十逮个兔子——有它没它都过年。"可老秋不这样看，他说："这叫造声势，醉翁之意不在酒——沼气搞成以后，乡里、县里大小干部少不了参观，顺便也让他们瞅瞅，咱毛庄王有法也干成一件十里八村都没有的大事，不只给村主任乡长挣了面子，还能给咱传传名，将来卖树苗批化肥都有好处。"

砌池壁的时候，小赵在里边抹缝，小常在周边砸土，一个汗流浃背，一个干脆光着膀子，这让有法大为感动：都说书生百无一用，那是说干不了体力活，眼前这两位让他领教了啥叫新青年，不由心生敬意。老秋一见这场面，就想起农技站掏牛犊的"一碗端"梁增，不住嘴地说："好苗子，好苗子。"

池子建好以后，填料的糟粕是从一家猪场拉来的，酵力不够，小赵和小常就到农户茅厕去挖粪便。老秋不忍心，走在前边引路，当助手。他们到哪一家都先打招呼后说事，唯独到有法家没有打招呼就直奔茅厕。

香儿正在灶房刷锅，听见有人说话，就甩着手迈出门来，一看，老秋领着几个大男人正往那里边钻，惊道："表爷，弄啥呢吓我一跳？"老秋戏道："大惊小怪，帮你打扫卫生不中啊。"又转问，"你爹呢？"

两人正说着话儿，小赵挑着茅粪趄趄撞撞地趄出厕来。也是拐弯太猛，没注意把系在墙上的一根晾衣绳挂断了。那绳头像甩出去的鞭子，不偏不倚地抽在了香儿的身上。小赵一看吓坏了，扔掉担子跑将过来，他面红耳赤，犹如做错了事的小学生，站在老师面前手脚没处放。

香儿一看扑哧笑出声来，说："没事，你当我是你们城里的娇小姐呀？"

小赵一连声地说："不好意思，不好意思。"

看傻了的小常捂住嘴笑，看出点意思的老秋笑声更甜，转脸对香儿说："闺女，中午摊煎饼，多放香油，俺们都回来吃。"

沼气开通那天晚上，有法的阁楼里外灯火辉煌。村子

263

里的男女老少看大戏一样涌来，都说现在人真能，茅缸里的东西都成宝贝了。灯下新添置的沼气灶上，蒸腾的沸水袅袅娜娜，更增添了初夜的诗情画意。青儿和香儿进进出出，给老年人找凳子，给小孩子发糖块。嫂子小琴领着侄女也来了，好像还特意打扮过，头发又顺滑又明亮。嫂子耳语道："不知道的，还以为老王家娶媳妇呢。"姑嫂俩就笑。

小赵、小常两人也没闲着，一会儿跑到池子旁闻是否漏气，一会又用扳手螺丝刀这儿拧拧那儿紧紧，细微得让人咂舌。

这情景茂林和老秋都看到了。

茂林说："得想个法子拴着这俩主儿，这样有才又实在的人难遇。"

老秋听懂了茂林的意思，说："稀罕归稀罕，姻缘归姻缘，王宝钏看上薛平贵，靠的是缘分。想拴住这俩人，急了不中，得顺风顺水，也得给人家一个念想，凤凰还恋梧桐树呢！"

普及沼气的第一步迈得非常扎实，眼见为实的村民争相邀约，两个有学问的年轻人成了香饽饽。村主任毛华向乡长表态说："本村要在全乡建成第一个沼气村，把妇女们从千百年来烟熏火燎的灶房里解放出来。"沼气解放了女人，那两个外来的年轻人就成了她们闲聊的话题，甚至是心中的男神。姑娘们身在人间烟火之中，对这样的话题更敏感，更在意，心更易被搅动，只是羞于启齿罢了。

一天，青儿和香儿在园里修树枝，一对麻雀在她们面前嬉闹，又是亲嘴又是扇动翅膀逗着玩。

青儿说："妹，你看它们在弄啥？"

香儿看一眼没说话，再看一眼脸就红了，说："姐，你啥都懂还臊我。"

青儿说："妹啊，人和'虫艺儿'一个样，世上生物一个样，同性相斥异性相吸，这是本能，不足为怪，不然这世上都绝种了，没人烟了。"

青儿绕了一大圈子，就是没敢切入正题。乡村里有个怪俗，姑娘大了就怕嫂子提婚催嫁，明里关心，实里撺人。除非父母，除非她本人等不及了，何况自己还没和有法登记，还不算老王家的媳妇，说啥也得试探着来。

青儿想要说的，和茂林老秋想要"拴"的是一回事。

这些年开放，青年男女谈婚论嫁主要是对眼，并不太在意门当户对。早时有王树与小月，后来还有几桩乡里进城、城里下乡的婚姻，都是老秋撮合成的，为此老秋的声誉比村主任还高出一截子呢。谁料青儿还没绕到地方，香儿就拦住了。

香儿说："我知道你想说啥，俩老头嘀咕的啥我早听见了，靠我拴人家不般配，强按牛头不喝水。"

香儿嘴上一套心里一套。一想起小赵的标致健硕，小赵的文武双全，小赵那搓着手的憨劲儿，不知梦里笑醒了几回——姑娘心里不平静啊！

城市往外抻，绿化紧跟随，采购景观苗木的小车不断造访，只要尺寸树型合适，不管香樟、雪松、刺柏、玫瑰、玉兰、垂柳，一律现款采购，这让有法的园艺场再红火了一回。城里大兴土木，也让村里的男女劳动力逮着了好机会。他们说："钱来得那个快呀、顺呀，比种地强多了。"只是，大人往外跑，小孩没人带，家畜没人管，好端端的家庭像散了架，弄得看家的老人一筹莫展。有法从心里支持大家出门挣钱——肉肥汤也肥。可是，能干活的都走了，园里缺劳力不说，剩下的老弱病小，就等于托付给他了，他没理由不管。这让身为队长的有法暗暗着急，自己忙里忙外，不就是让老亲热邻换个活法嘛。就在这个时候，几个在城里养老的或帮衬儿女家务的老人先后回到村里，内中就有老印的妻子。

他们说："住楼，一刮风乱晃，不如住老屋踏实。"

他们说："没人说话，憋死了。"

也有人说："城中村改造，没处住了。"

有道是：药不在贵贱，治病就好。官不在大小，为民就好。

阁楼里两杆烟枪——老秋和磨金。茂林呛得直抹眼睛，骂他俩是两头冒烟——"老套筒"。牛老印也被请来，有点常委扩大会的意思。

老秋说："解决老少问题，说分内是分内，说分外是分外，像尽责也像积德。法娃想得远，这叫先修庙再请神，心诚。"几个人把眼前与长远，家里与地里，责任与担当，反反复复地议了个遍。

茂林指着老秋说："'三国'戏里不是有个火烧连营吗？咱也'连营'一回——把几户人家'绑'在一起，都是老亲热邻，相互照应应该不是问题。"

有法说："内里再指定一个热心肠的人罩着，这事准成。"

牛老印妻子一马当先，就近把五户邻居"连"了起来。她每天早晚必做三件事：早上到各家问问，缺不缺油盐米面或急需之物，需要时她都要给予帮助；晚上她要再走一遍，看看是否鸡进圈、牛上槽，直到各家插上门闩。最重要的，是关掉沼气总阀门。

"连营"很快传到乡里，乡长拉着有法的手说："真是高手在民间啊，你帮我解决了时下'空巢'的大矛盾。"有法受宠若惊，红着脸指着茂林和老秋说："是这俩戏迷出的点子。"村主任毛华一脸喜气，邀请乡长到各户走走看看。

这年秋天，不年不节的，几年没探家的王树带着夫人小月回来了。这可惊动了上边。下公路的时候，王树双臂一伸，来了个标准的军礼，把送行的车队"礼"了回去。

邻村的目睹者惊叹："毛庄出大官了。"

王树此番突然回南阳，是有军令在身的。国家从备战出发，要加大战时食品的开发与储备。王树作为军需机关里的一位后起之秀，受上级指派，回到"中原粮仓"河南考察选址建厂。

王树此前已去过豫东，在项城一带考察了当地名产"泛农花猪"。这种猪肉，脂肪里夹着瘦肉，瘦肉里隐着脂肪，是制作红烧肉的上好原料。只是当地肉牛有限，品质乏善可陈，总不能两地办厂，只作"备份"暂时搁置起来。在省城的时候，有关领导提到"南阳黄牛"，已被国家列入地方名产……当时王树心里为之一动：我小时候牵的，不就是这种牛嘛！后来小月又告诉他，在农场时，他们引进了一种叫"黑八眉"的良种猪，体壮如牛，肉质鲜美，不知后来发展如何。这两条信息，让他再一次认识到家乡这片沃土的伟大。

桑梓情深，如有可能，借助国家三农政策，为故乡振兴尽一份绵薄之力。

王树早先衣锦还乡时，孩子们围着他的"坐骑"看稀罕。随着园艺场知名度的升高，村里人对大小汽车习以为常。茂林曾对老秋说："早晚要给法娃也整一辆。"

老家院杨秋已接过通知："部队首长马上就到，领导不便近前，你可放开应酬，花多少钱乡里报销。"老秋对后边的话并不在意，上两次回来，都是牛老印掌的勺，可筷子还没动，就被一些人连请带拽地接走了，心疼得他妈直骂糟蹋东西。

王树在村口下车，第一个迎上去的就是老秋。夫妻俩面前的这位老邻如亲人，句句问候都带着深深的敬意。老秋是寒气腿，小月托人从云南给他买回了白药膏。王树问："还单身啊？年岁不饶人……"待寒暄过后，小月塞给老秋一卷钱，脸却转向司机说："你跟我叔去镇街一趟，买些现成的熟食。"老秋不忍接钱，推托再三，末了还是接住了。

排座次的时候，老秋执意不肯上坐，说："上一回就叫你们给我灌得鸡子不认得鸭子，这一回不上当了。"

全有说："表老若再推辞，没辈分了。"

席间，王树两人不怎么吃菜，都抱着一碗芝麻叶面条说好吃。

老秋夹起一块卤肉说："你俩尝尝，汉冢李家的，方圆没第二家。"

王树就吃了，说："是不俗，香而不腻。"

老秋说："这是'黑八眉'，别的猪不行——没这筋道劲儿。"

王树一听来了精神："这种猪在家时我就听说过，不知现在村里养得多不多？"

老秋答："多。这个品种比当年的'约克夏'好多了，西北山育的，耐粗饲，少病。"

小月说："当年农场也喂过，印象里脸很难看。"

全有插话："你看老叔这脸……心好。"饭桌上的人哄的一声笑了起来。

老秋笑骂道："狗嘴里吐不出象牙，你就盯着我这点长处。"

王树也很开心，仿佛又回到了入伍之前。

这时候，全有媳妇端着一碗吃的走进内室，小月也跟了进去——全有妈身体不佳。

估计吃得差不多时，村主任来了，支书来了，有法、茂林、磨金、老印都来了。王树比有法年长几岁，关系却铁得很——当年他爹病危，就是有法招呼几个小伙子，连夜把老人家抬到医院抢救的。

老秋舌头有点不灵，说："来得晚，三,三大碗……树儿，给他们一人倒一碗。"说罢却自己去抓酒瓶子。

…………

村主任毛华领着一行人到园艺场参观，路过老秋门前的大水塘时，王树注意到沿岸拴着的大黄牛，个个毛色鲜亮，膘肥体壮。

王树问："我在市里听说南阳黄牛发展得很快，是这样吗？"

毛华忙介绍说："这是种牛，个个吨重。一般菜牛，不超吨。"

王树问："养得可多？"

毛华说："这几年，上边提出'大杀大发展'的政策，还有奖励，有能力的户都喂，多少不等。"王树听了，自然喜上眉梢。

在园艺场，王树见到了青儿、香儿等一众女兵。看着满眼含翠的花木，连夸有法后生可畏，当刮目相看。老友见面，少不了调侃几句，王树搂着有法肩膀耳语道："看来你把青儿挖到手了。"

临别时，他拉着有法的手一本正经地说："我们可能要在咱老家搞个食品加工厂，如果实现了，需要你帮助。这事现在还是机密，我只向你透个信，你明白我的意思吗？"

王树回到家里，坐在老娘床前拉起了家常。

娘说："娃啊，不年不节的，咋说回来就回来了。"

王树说："妈，我有任务。"

娘说："那我不问了。只是有个事我得对你说了。"

王树说："啥事啊妈，神神道道的。"

老太太深情地看着儿子，又拉了他的手。王树有点莫名其妙……

老太太颤巍巍地拉过枕头，小心地从里边抽出一个小包，抖开了，是一件红色的小孩上衣。她把手指伸进兜里，夹出了一张纸片，抖着手递给王树。

王树接过，展开，上面写着：我在万县汽车站遇上了树儿妈，她说家住涪西，树儿端午节生人，别的没说。秀。

王树情绪急剧变化："妈，这到底是咋回事啊，啊……"

老太太把全有爹犁地时捡回他的经过，还有请秀儿做

271

衣服的事，一一说了。末了她茫然地说："娃啊，你说这事咋都恁巧啊，是不是老天爷有意安排的呀。"

王树泪流满面。

老太太接着说："妈这身子一天不如一天了，你爹在那边等着我呢。"

王树说："妈呀，别说了，歇歇吧……"

老太太说："我还没说完呢。这事压了我几十年，你爹走的时候对我说，等娃成家了再说，早了怕你分心。上次回来我就试了试，看你心情特好，就忍了。"

王树："妈……"

老太太上气不接下气，却表现出少有的执拗，她说："找时间回老家找找你亲妈吧。送你的那个人叫秀儿，卖豆腐邢家的女人，也是个可怜的孩子。那个时候，吃糠咽菜，饿死人……我后悔死了，咋就不问清楚呢，叫你日后作难。不过这事也不是死结，日后我叫你哥去邢家打听打听，看看能不能得个真信儿。"

老太太让树儿扶她躺下，意味深长地说："娃呀，找着你亲妈了也别埋怨他们，不把你送到咱家，活不活人，说不定。"

王树扑通一声跪下了，他声泪俱下地说："妈呀，那个时候你们都吃不饱，却养我长大，供我上学，送我参军，帮我成家。妈呀，树儿永远是你的儿子，你就是树儿的亲妈。妈呀，你知道不，直到现在，树儿闻到你身上的味儿就瞌睡，树儿一闲下来就想家，就想你，妈……"他像个孩子一样大哭起来，惊动了外边忙家务的人，小月、全有夫妇吓了一跳，掀帘进来。

次日，王树夫妇带上祭品，来到了养父坟前。他一边倒酒一边说："爹呀，妈把实情都告诉我了，我知道自己的祖上在四川，在涪西，你放心吧，儿子不会忘了祖宗，日后定会拜访的。爹呀，你含辛茹苦一辈子，却没享儿子的福，儿子心里愧呀。我一定让妈晚年幸福，树儿永远是你们的儿子……"

经过反复论证后，宛东平原第一个军办民助的食品厂项目落地，其中土地一项，由一、二队共同提供。

全国"两会"常在开春举行，有的代表来自基层，下边的相应会议，年底前就要完成。老秋所在的行政村来了个大换血，该上的上了，该下的下了，让人猝不及防。上级既有治软决心，更有选贤之意——这么好的区位优势，咋就年年成绩平平呢！民意是基础，王有法上下一边倒地当选为第五任村主任。授任时，领导握着他的手说："王有法同志，组织相信你会不负众望，把两千多口乡亲带到小康路上。你们村有后劲，你要走一步看两步，别把棋子丢乱了。"

领导又说："那个人称老家院的杨秋，人老心红，用好他，会成为你的左膀右臂。"

有法升官，在村里成了一言九鼎的人物。亲朋祝贺自不必说，连羊倌夜壶也手舞足蹈起来。一天他赶羊路过小卖部，王贵看见他羊群里多了几条狗，就说："老二，养恁些狗解闷啊。"夜壶叼着烟歪着头说："你不知道，眼下狗肉比羊肉贵。"说罢甩声响鞭走了。

王贵在后边不无嫉妒地说："烧的，一人当官，鸡犬升天！"

有法升官，老秋喜得半夜睡不着觉。他从床头柜里摸出一瓶好酒，磕磕绊绊地摸到茂林的住处，老弟兄们要喝个痛快。

老秋说："就法娃那个闯劲，心气那个高劲，人缘那个好劲，无人可比——公道自在人心。可你想过没有，《徐九经升官记》里唱了：'当官难，难当官。'他前边的路，要比弄个园艺场难得多。"

茂林说："现在不比办场，那时是独角戏，眼下是大舞台，就那个军地项目，上边操心的人不会少。"

老秋说："他是个使死牛不卸套的主儿，好胜心强，不知要得罪多少人。"说到这里，他觉得眼里有点发热了。也难怪，他和二顺是生死弟兄，当年不是二顺出手相救，自己早化为泥土了。自从二顺偏瘫倒下，他在心里就视有法两兄妹为亲生了。那次分红不接，就含着这层意思。

末了，两人都觉得肩上的担子更重了，就是拼上老命也不能让有法半道"打车"。

有法接任三天了，就是不见他的人影，这太出乎村人的意料。别人都是"骑马夸官",他却隐而不露,什么意思?

尾巴一家,小琴直说妹子命好福大,美得青儿只笑不语。尾巴说还是自己看得准。夜壶接话说:"你们还不知道吧,那货稀屎了,土遁了……"

青儿好恼:"你就不能说句人话!"言毕夺门而去。

村里不见主心骨儿,几个办事的急得抓耳挠腮。治安保卫联席会议轮到本村承办,治保主任一应事情要向村主任请示;上级妇联要来筛查计划生育,国策啊,出了差错谁来担责。会计怀里揣着村部大印,支入发票,无人执签等于血脉断流政权瘫痪。最着急的是老秋。他已经不止一次去王家找了,每次都被香儿支吾过去,难道真如夜壶所传:临阵脱逃了!

这天他再次来到王家,一脚踹开了王家的院门,拽着香儿的辫子就说:"小时候老子可没少背你抱你,你哥在哪儿,快说!"

香儿挣脱不开,歪着头指了指。

老秋会意,撒手向牛屋走去。香儿后边轻轻骂道:"死老头!"

老秋顺墙根溜到牛屋檐下,没想到青儿也在,两人头对头正说着话呢。

只听有法说:"这几个牵头的,除会计一人,其他都知根着底,能委以重任。"

青儿说："最好添俩女的，小心女人们骂你大男子主义。"

有法笑道："莫不是你想掺和？"两人就笑了。

老秋已听出些眉目，感觉来得不是时候，只好原路悄悄退回。

有法第一次主持村委扩大会议。面对熟悉又有点陌生的面孔，不知是紧张还是激动，脑门上微微沁出些许汗来。一双双有期待也有问号的眼睛，是那样的殷切与犀利。他从兜里摸出两张纸，双手一抹，摊在面前。这个朝气蓬勃的后起之秀，一发声便语惊四座。

人说新官上任"三把火"，他统揽全局，一口气安排了五项大事：

茂林总管的园艺场，争取明年完成已售订单，收回并储备下资金，酌情扩大规模；

由会计牵头，澄清各户田产及存栏牲畜，为入股备用；

由牛老印带队，可以高价收购育龄母猪和嫩口黄牛，资金不足暂由园艺场垫付；

以杨秋为主，动员全村男女劳动力回村报到，分派农事，预发工资，过期不候；

他本人和全有等，筹划猪场、牛场选址诸事宜，条件成熟，立即开建。

其他日常应酬不必设岗，村部上锁，手机号码上墙，业务归口。

安排已毕，这个书记、村主任一肩挑的年轻人，以晚辈的口气说："打虎亲兄弟，上阵父子兵。我王有法何德何能，要成事全靠在座各位，这里我向你们致礼了。"言毕便深深俯下头来，久久没有抬起，感动得大家不知所措，便狠狠鼓起掌来。这掌声既表达了对工作安排的肯定，也表达了对这位年轻人的期待。

有法说："秋表爷德高望重，特聘他为顾问，这也是上边的意思。"会议室里，再次响起少有的掌声。

老秋不无调侃地说："顾问顾问，顾着了问，顾不着不问。"引来一片笑声。

几个月后，部队方面占地款一次到账，那个数目，前所未有。

八

晚秋的村庄，虽然洋槐、苦楝开始落叶，但看上去还是金黄一片。所有的树木中，数枣树最为奇特：它发芽最晚，落叶最早，来不及掉落的些许果实，像妇人的红宝石耳坠，是一道别样风景。

各家的树杈上、墙头上、屋檐下都挂满了黄澄澄的玉米棒子，大户人家的平房上堆得小山一般。棉花、小辣椒这些作物，许是没有时间收摘，直接戳在沟边、场边、村边，等到冬闲时再慢慢倒腾。

这无疑又是一个丰收年。可随着土地不断被挤占，在保证主粮的情况下，芝麻绿豆这些小宗作物，恐怕要被挤对出局。多少代形成的种植模式，在村里发生着历史性变革。

一说到土地面积，老秋的脸就立马晴天转多云。"鸡能生蛋，蛋能生鸡，只要土地不能再生，那就得巧用，像自留地那样巧用。"老秋说。

和有法他们讨论了半夜工作，老秋困得眼皮打架。谁料正要掩门躺下，一颗头颅探了过来："表爷。"原来是王三揣！

尽管感觉到王三揣的死有猫腻，但还是把老秋吓得一屁股坐到床上。接着，毛石头也尾随而至，这才让老秋慢慢缓过劲来。

老秋有气无力地骂道："两个秃驴，还知道这是家啊。"

两人咚的一声，跪倒在老秋脚下，说："有罪，有罪，任您老发落。"言毕，三揣便从怀里掏出一沓钱来，上香一般，恭恭敬敬放在老秋的床上，说："连本带利，不够还有。"

有道是，杀人不过头点地。看着他俩不人不鬼的样子，老秋的心便软了下来，说："你俩先回去吧，深更半夜，不要吓着孩子。浪子回头金不换，隔天向邻居们做个交代。"

原来三揣二人是从遥远的新疆回村的。

毛石头的同父异母姐姐当年"支边"来到新疆，经组织撮合，嫁给了一个川籍兵团战士。这是一个不错的归宿。只是好景不长，毛石头的姐夫在"文化大革命"的一场武斗中死于非命。夫妻俩只有一个女儿。大串联时，女孩曾揣着地址寻亲，认下了她的舅舅毛石头，替妈妈完成了想回老家看看的心愿。有了落脚之地，在发财无门的情况下，毛石头便约上王三揣，直奔新疆而去。其间，利用外甥女在化肥厂工作的关系，干起了空手套白狼的营销勾当。拉回村里的那车化肥，就是他们给乡邻下的钓饵。

二人手里攒着村民的几万元预付款，本该上交化肥厂，却偷偷跑到城市边缘，购置压缩机等，操起了废品购销的生意，确实赚了一把。三揣对石头说："只整两年，还清两边钱后，回家过安生日子，不想过贼样生活了。"只是好景不长，这种低档次的生意，竟触犯了当地同行的利益，一场火拼差点丢了小命，连当地公安都惊动了。这场灾难被一位维吾尔族大爷看到了，他很为两个异乡人抱不平，把两人带到家里，指着一间偏房说："这里圈过牛羊，不嫌弃先住下。愿真主保佑……"

这位大爷就是改变王三揣人性的吐尔班。

真可谓人生如戏，戏如人生。

高原的夜晚静得出奇，三揣还是不能入眠。他思前想后，觉得自己对不起村人，对不起女人，还有一双儿女，罪不可恕。他甚至想到死——那一笔巨款，来世再还。石

下部

头也睡不安生，就劝他想开点："留着青山在，不怕没柴烧。"此言一出，三揣再也控制不住一汪泪水，竟呜呜哭出声来。两个男人像是遭到雷劈电击，绝望之下，就编出了那场龌龊的诈死闹剧。三揣说："你传话给我女人：村里的钱，我早晚会还。"

穷途末路的王三揣，对维吾尔族大爷不知怎样感恩才好。他像一个不停旋转的陀螺，没日没夜地帮助老人劈柴压水，配种接羔，围栏防害，省去了老人许多辛劳与寂寞。老人的儿子麦加朝圣去了，三揣的出现，似真主的馈赠，更增添了他的悲天悯人之心。这天老人特意制作了一只烤羊腿，又拿出一瓶上好的"雪莲"，要和三揣痛饮一回，以表谢意。维吾尔族大爷用不太准确的汉话说："晓合（小伙）子，这是我们维银（人）对贵客的招待。"三揣被大爷的真诚深深地感动着，两行热泪顺着下巴滴了下来。三揣说："大爷救俺于危难，大恩大德我一辈子不忘。"说罢竟哭出声来，慌得大爷急急趋前安抚，说："就在我这里干吧，我（他用一只手抚着胸口）不会亏待你。"言毕，转身去内室了。

维吾尔族大爷从忙乱中恢复了生活常态。

再后来，三揣把大爷的洗脚水也包了下来。大爷过意不去，一天他把三揣叫到面前说："我教你一门手艺——烤全羊。学会了，管你一辈子走南闯北吃穿不愁。"这可真是天上掉下来的好事！大爷说到做到，一边指挥三揣磨刀宰羊，拢火烧炭，一边把大包小坛的海盐、蜂蜜、迷迭香、胡椒粉等一应俱全地弄了出来。大爷脱去外衣，娴熟操持，从下探划肉、涂抹腌渍、火候把控、翻烤观色，一项不落，又做又讲十分认真。大爷说："味鲜肉香还不够功夫，还要外焦里嫩，筋断骨酥。"

末了，大爷拿起一包调料，说："这样药材别人不知，用上以后特能保鲜。我把一辈子的手艺全传给你，日后去了天堂也安心了。"

大爷的赤诚感天动地，大爷给他的何止技艺啊！

区域不断外延，使得原本的牧场也在节节后退。三揣两人（毛石头借故暂离）寄居的这个地方，国人洋人常有走动，现代气息朝夕可闻，菜市场、小门店、杂货摊渐露峥嵘，集市的形态正在显现。悲天悯人的吐尔班看到了商机，为帮助两个汉族青年摆脱窘境，说服三揣，并以他维吾尔族人的名义，注册了一家小店——"好再来烤羊肉"。

小店紧挨通衢，从选址到开张，老人倾其所能，精选精做，口碑日升。每当双休日，开车的、骑摩托车的、蹬自行车的，寻着香味纷至沓来。老人的儿子也常来帮忙。

两年之后，算算所挣所余，还清了化肥厂债务，留足了大爷所得，一身轻松的三揣两人跑到市里为大爷买了一顶狐皮帽子，为大爷的儿子买了时髦的围巾和一箱雪莲牌白酒，做足了回乡的准备。

这是一个风轻月冷的夜晚。卡拉OK的音乐从小镇深处随风裹来，时隐时现，犹如天籁。牲畜们悠闲地反刍着，把一天的过程又回忆了一遍；牧羊犬是那样尽职尽责，警惕着入侵者也护卫着它们自己。三揣触景生情，千里之外的那个竹篱茅舍，儿女们可在写作业，发妻是否还承受着冷眼的煎熬，那个家眼下还算个家吗？这时，吐尔班从礼拜室轻移外间，虔诚的神色还没从皱褶里完全退去，两个年轻人咚的一声就跪倒在老人面前。两人除了千恩万谢，三揣还像伊斯兰教徒一样，声泪俱下地向他的恩人、他的真主忏悔了他曾经的过错。老人对他们的去意早有察觉，便颤颤巍巍地说道："孩子，去吧，真主不会让悔过者下地狱的，去吧……"

三揣将老人的照片揣在怀里，含着泪转身离去。

边疆的气温不像中原，走在朦胧的旷野里，他们再次领教到了"早穿皮袄午穿纱"的滋味。毛石头说："受了几年窝囊，长了几年见识，回家有的喷了。"三揣心里没有石头轻松，他要面对许多尴尬。是先去村里还钱，还是先回家看看？派出所会不会找他？这些都要事先谋划好。

亲情难舍。梦里的妻儿，熟悉的村落，纵横的阡陌，如画的田园，好像都散发出了浓浓的气息，缠绕着、引导着、簇拥着他们两人上车、下车，过桥跳沟，直到推开老秋的"衙门"……

第二次村委扩大会上，各路人马再聚首。村子里空前的大动作，惊得一些老年人目瞪口呆。老人们说："'大跃进'那会儿说的比做的多，现在好像反个个儿。"

村民的普遍说法是：事是好，有点吹！

小卖部王贵说："莫不是又要刮'五风'啊。"

赵老四说："真能弄成，我那猪、牛，随意定夺。"

羊倌夜壶最刻薄："刮大风吃炒面——小心噎死！"这人总是刻薄，还乐于掺和，甚至有点犯贱，不知是不是为了出风头。人们硌硬他又有点少不了他，就像五味调料中的某一味。

倒是三揣拍手叫好。三揣在乡邻面前做了一次痛哭流涕的忏悔，事过境迁，大伙也就原谅了他。三揣被村里的新形势吓了一跳，说："你们根本不知道外边的情况，不光是城市变了，好些农村也有小洋楼小轿车。我敢说，要不了几年，咱村也有小洋楼小轿车，站在家门口说风凉话，那叫井底的蛤蟆——没见过大天。"夜壶以为三揣是冲他来的，说："你不光见得多，还摸得多。"依着三揣的脾气，要是在过去，两人非动武不行，可这次他只咧了咧嘴，忍住了。

有人咕哝道："三揣变仁义了。"

会上，有法同老秋商量再三，提出了一个发展猪牛的"双千"工程。有法说："这算第一期。两个场址都选在跃进二渠西边，地广近水，距312国道不远，能和军方的加工厂连成一片，形成气候。"

老秋意味深长地说："好，好，只盼王树他们天遂人愿。"他还把外联务工村人的情势做了报告："因为有钱铺路，他们都将陆续返乡。"

接着，会计把田产及存栏牲畜情况，茂林把园艺场扩展情况，牛老印把母畜收购情况，都一一做了汇报。一场前所未有的大建设、大动作，就要彻底改变这块土地的容颜。

万事开头难。在土地、牲畜、劳动力定档确股的工作中，矛盾不断，争吵不断，对峙不断。比如牲畜：品种不同，雌雄不同，膘情不同，大小不同，育龄不同，壮弱不同，档次就不一样。档次决定股值，股值决定资本，争执就产生了。有个村组，把大集体时的工分花名册都翻了出来做参考。只是，这种认粗不认细的评判，你越细化，他越较真，几近停滞。一些顾全大局的村民，比如赵老四就说："过去卖牛，牛经纪在袖筒里摸个数，成交。你知道亏不亏赚不赚？现在要办大事了，却钻起牛角尖来，丢人啊。"但赵老四不代表所有人，老秋便成了最后的判官，忙得他日夜不安生，人都瘦了一圈。还有更较劲的人，像羊倌夜壶。当初因为没听老秋的话将土地入股，肠子都悔青了，不然现在也成万元户了。后来他听说狗值钱，就花两百块钱买来一条大母狗，没出一年两窝下了十来只小崽，每当赶羊到家，一片白一片黄，羊叫狗吠那个热闹呀，扰得四邻不安，气得他哥隔着墙撂砖头。

这回他缠着老秋说："表爷，我没牛没猪，可有羊有狗，看在当初拼你地的分儿上，高抬贵手，咋着也要给多折几股。"

老秋讥骂道："羊会考虑，狗没道理啊。"

夜壶说："中也得中，不中也得中，不然我告你们强占耕地，得把这几年的分红还给我。"

豆腐匠老邢和夜壶的家境差不多，也是一人吃饱全家不饿。可仗着磨豆腐的手艺，就和老秋争论高低："咱好赖也是科技人才，国家还开大会奖励呢——不要多，定个棒劳动力档咋样？"

老秋听罢哭笑不得，说："你咋不说还会发面蒸馍呢！咱村篾匠、木匠、油匠、剃头匠、泥瓦匠多得数不过来，照你这说法，老太太也是科技人才——会绣花。"

随着各个项目的展开，男女劳动力也在有序中分派开来。有法、老秋、茂林、老印、磨金、会计这些主干，忙得按下葫芦浮起瓢，只好把一批新人派上指挥前哨，王全有、赵老四，下派技术员小赵、小常，还有女将青儿，这些新手被委以重任后，领导才能被激发出来，老秋感叹："蚂蚱爷呀，原来咱们窝了一群老虎娃啊。"

园艺不只是个力气活儿，灌溉、施肥、修剪、打杈、整形、疏花、防病治病、激素实施，这些都需要技能，还需要一双发现美、留住美的眼睛。

园艺场扩大规模以后，茂林有些力不从心。青儿说："叔，姑娘、媳妇们花都能绣，你办个讲堂，我保证你以后只当甩手客官。"一句话提醒了茂林，又是翻资料，又是列提纲，从"三主枝"修剪到外芽去留，从侧枝预留到艺术造型，从24-D保花到矮壮素配比，茂林恨不得把一肚子的学问全倒出来。白天实践，夜晚理论，沼气灯下，男男女女一双双求知若渴的眼睛，连夜壶也凑了过来，激动得茂林额上湿漉漉的。

夜壶近来常以有法小舅子自居，到处说："我家妹子的婚事，快啦，快啦。"然后一个响鞭，惹得人们跟着嬉笑。在沼气灯下，夜壶的眼睛总是看错地方。这晚他有意无意地挨近香儿坐下，吓得香儿一下攥紧了青儿的手。青儿没在意他二哥那双眼，耳语道："别怕，人往高处走。"

规模化种植，需要大量苗木，除了自育，外采势在必行。有些品种价格昂贵，这就把场里的家底支出得所剩无几。军方的占地巨款，原本可以动用，为了避嫌，有法坚持大局面形成以后再做安排。于是想到了让村民自愿借款。岂料三揣骗款的余患尚在，不少人揣着钱还是战战兢兢的。豆腐匠老邢有钱，可送过来时手都是抖的。

老秋一看说："算啦，贷款吧，我担保。"

有法说："有我在，这事轮不着你，表爷。"

这天上午，村部开进来两辆军车，一声令下，呼呼啦啦从车上跳下来几十位军人。接着，又有几辆大车滚滚而来，上面装满了机械。多少年了，自从当年解放大军路过此地，村里的老人再也没见过恁多军人。

村外一些人更是惊呼:"毛庄驻部队了,还有'大炮'!"

地方政府积极支援,大米、白面成车地拉来。有法、老秋及一应村干,脚不沾地儿地前后照应着,生怕接待上出了疏漏,对不起亲人,对不起王树。

老秋忽然想起一件大事,大声吆喝牛老印:"快通知王全有,杀两头'八眉',宰两只肥羊,越快越好。"

在前期招标的基础上,大型养猪场、养牛场和军方罐头厂同时开工了。

这比过年热闹多了,锣鼓喧天,彩旗招展,绶带飞舞,鞭炮震天。各路"大神"纷纷前来祝贺,光花篮就摆了一溜子。村里男女老少,还有邻村的看客,赶会一样涌来。毛庄风光了,毛庄出名了,跑在了全乡的前头。

工地一旁的渠埂上,每天都有一拨拨看热闹的人,有的老年人一蹲就是半天。他们互相指认着机械,抒发着感慨:"那台挖土机,要是开到当年的水利工地,不知要替下多少笆筐、抬杠、独轮车!你看那开沟机,过一趟半人深,要是人挖,得撅着屁股吭哧一晌。那是啥啊,跟在水里打皮牛(陀螺)一样,把土都旋飞了。"

老秋几乎天天跑来看进度,还要到军方指挥棚里问一遍:"有啥需要的,千万别藏着掖着,军民一家人呢。"上边也派来了驻村干部,旨在为部队解决村里解决不了的事。地方这边有时遇到了难题,比如机器故障,部队就派人过来，往往连零件都白送了。双方互助互敬互爱，鱼水情深，工程进度更快了。

村里把部队需要的肉类全包了下来，可他们给的价钱常常比市场价还高，这让老秋和有法无所适从。时下，村里"八眉"的存栏不少，但多是优良种猪、仔猪。未来的形势隐约可见：必须加大"八眉"储备，以应对提前出现的局面。

村里诸项工作，虽然分兵把口进展有序，但是，对初挑大梁的村主任王有法来说，犹如千斤重担压一身，人瘦得小眼变成大眼了。他不是担心自己的仕途，是害怕弄砸了祸害上下。他没有忘记接任时领导对他的殷殷期望，更没有忘记父老们那一双双渴求小康的眼睛。在第一次村委会上他就说过，干不好一年后还在这个地方谢罪辞职。

有法的身体状况深深地触动着老秋，这天他再一次来到有法家催婚，连劝带威胁地说："叫你结婚，是借梯子上楼。你现在要是倒下了，坑的不是你一家，是两千多口父老！"

有法说："忙得晕头转向，这个时候结婚，不怕人笑话。"

老秋说："青儿过来，等于你的左膀右臂，生活上女人比男人会调理。"

其实有法何尝不想结婚。青儿的文化，青儿的漂亮，青儿的善解人意，青儿的贤惠善良……只因上下如火如荼，且青儿总管着园艺场，那一摊子非同小可，有法着实难以启齿。

九

那个时候村里人结婚，已经学着城里人雇请小汽车了，而且档次越来越高。刚开始的时候是桑塔纳，跑起来风驰电掣，婆家排场娘家光彩，比拖拉机时尚多了。后来听说那车的名字难听，不吉利，老年人就坚决抵制，说宁可退回三十年坐二牛抬杠，也不让姑娘背时晦气，于是婆家只好花重金雇请名车。

媒人老秋来到尾巴家，这次受到的是贵宾待遇。小琴端着一碗热腾腾的荷包蛋，走到堂屋外却迟疑起来，望着屋里的男人，意在让他往里端。谁知男人只顾说话，却让坐在外边的夜壶看见了。夜壶就要起身，小琴恶心，就干脆径自进屋，颤巍巍地放在老秋面前。这有点儿尴尬，可老秋还是礼貌地抬抬屁股算是回礼。老秋想，要是在过去，这碗荷包蛋还不变成了手榴弹！可是这一回，势利的尾巴不仅和颜悦色地说话，还问女人："没给表爷抓把糖？"

结婚是人生大事，有法原本也要让青儿风光一回。

可到商量这事的时候，尾巴憋着劲要老王家大出血："我不容易，我妹子不容易，俺一家都不容易，别的车不要，只坐车头上印着四个轱辘的车。还得有六床被子，六千块压箱钱，六六大顺嘛。"夜壶也在一旁鼓劲，说最好把电视上那个长得像倪萍一样的女人请来，让咱庄上人都跟着热闹热闹，也不枉妹夫做恁大的官。

媒人老秋越听越坐不住了，摸摸鸡蛋茶碗几次都没有端起来，说："你们这是学佘太君嫁闺女——戏耍宋王爷呀，也想要三两星星四两月，五两太阳六两云啊，难为人也不是这个难为法啊。"青儿一听俩哥越说越离谱，挑开门帘就站到了三人面前，说："哥，我知道你们养活我不容易，我记着娘家的恩情，日后报答。可你们要是想着法儿难为有法，这婚我不结了。"那眼泪便唰唰地淌下来了。青儿又转而对老秋说："表爷，我不坐汽车，只坐摩托车，我出嫁我说了算，就这样定了。"

尾巴兄弟平时虽然认钱不认人，但对妹子百依百顺。青儿四五岁时，下地干活，赶会看戏，尾巴还把妹妹架在脖子上。要是受委屈了，哭了，哄不好就转圈子、搓屁股，陪着妹子哭。夜壶放羊，秋逮蝴蝶夏摸鱼，用草条穿了，拿回家来给妹妹烧熟了吃。父母故去以后，妹子更成了家里的重点呵护对象，她嘴甜，哄得哥嫂晕乎乎的，大事小事自然由着她。尾巴想，眼前妹子这眼泪是自己惹的，想想不久就成别家人了，也差一点挤出泪来。

哥嫂结婚坐摩托车，妹子香儿第一个想不通，老秋、茂林、磨金也想不通。

他们原想借助有法的婚事好好风光一回，提提老王家的气儿，冲冲老队长的喜儿。不想小两口决意简办，说现在没能力铺张。

那个时候，村子里算来算去也就两辆摩托车。有法给他当门卫时的哥们儿打电话求助，对方说："你就说需要几辆吧，别的就不用操心了。恭喜恭喜啊。"哥们儿的慷慨许诺，让有法好不感慨："人活在世，说到底是活在相互帮衬里啊。"

喜期这天早上，响晴薄日，云片如金鲤之鳞，由东而西波纹般舒展开来，好像一片巨大的"罩头"，半个村子都被蒙上了。有的人还端着饭碗，十几辆车头上系着大红花的摩托车轰轰隆隆地开进村来。后座上的那些女的，花枝招展，各领风骚，看得小青年们眼都直了。一阵鞭炮声响过，车队拥着新郎出发。再一阵鞭炮响过，新娘搂着新郎上路。他们沿着乡间公路绕了半个时辰，让喜悦、风光尽情释放。

游走在曾经令他们刻骨铭心的老路上，青儿又把头深深地埋在了有法宽大的后背上。青儿说："你猜我想啥？"有法没听清，只是"啊"了一声，青儿就轻轻地掐了他一下，有法又"啊"了一声，两人差一点拱到沟里去。

妹子出阁，尾巴满脸通红，夜壶两眼发直，只有嫂子泪水汪汪。

前一天，姑嫂一同来到父母坟前，焚纸燃香，磕头诉说。青儿长跪不起，任复杂的情怀随着热泪流淌。嫂子搀起妹子，自己却抽搐不停。她想起了自己的婚姻，从做王贵儿媳到做尾巴女人，从被夜壶糟践到跳井自杀，一路坎坷，半生窝囊，这命咋就恁苦啊。还是妹子有胆量，嫁个称心如意的男人，吃糠咽菜也是福分！

拜天地的时候，老秋和茂林一边一个搀着二顺走出屋来。老哥仨都穿着新衣服，二顺还戴顶新帽子，只是帽子有点大，在颠簸中就有了滑稽。老秋赶忙去扶正，但还是引起了一阵笑声。二顺身手不遂头脑清楚，呜啦呜啦的，让老秋猜了半天。茂林急了，干脆把帽子摘下来顺手扣在了老秋头上。老秋身材矮，脑袋更小，半拉脸都被遮着了，这小小的插曲又引来一阵笑声叫声。拜高堂的时候，小两口无比郑重，逗开心的主婚人却不依不饶，说要磕响头，谁料话刚落音，二顺的两行热泪就滚了下来，青儿受此感动，噙着眼泪就爬过去趴在了公公的膝下。妹子香儿原本在嫂子身边服侍，慌乱之中也跑过去跪在老爹面前。这一幕感动着婚礼现场所有的人，连一些老太太也掖起衣襟跟着抹眼泪。主婚人没见过这阵势，一时乱了方寸，张了几次嘴都没有吐出一个字来。老秋越俎代庖，语无伦次地说："老少爷们等着吧，咱村肯定又多了一个孝顺媳妇，猜得不准我不姓杨，也姓王。"又是一片嬉笑，这才把婚礼原本的喜庆气氛扳了回来。

婚后，青儿成了里外一把手。有法如虎添翼，两场建设，土地集约，人畜定档，猪牛外购，各项工作紧锣密鼓，甚至村容整合也被"逼"上日程。老秋建议，干脆到城里请个人，把房屋、道路、沟塘来个重新规划。有法说："既如此，把敬老院、幼儿园这些城里有的都画出来，先让村里人高兴高兴。"

这事落在了牛老印头上——"派他进城去找老记者，叔俩好商量。"

青儿有心机，有文化，托人买了一本《按摩学》，依照医书，在公公的头上脚上找到了百会、人中、涌泉诸穴位，一有闲空就按摩，一个月，两个月，三个月，二顺竟渐渐从蹒跚中挣脱了出来，看见熟人也不再"呜啦"，能不太准确地发声了，高兴得青儿、香儿差点大哭一场。

老秋原是王家的"常客"，把王家门槛都踩薄了。自从村里搞起大动作，迎来送往、解难释疑、支支派派，忙得他晕头转向，睡觉都摸不着枕头。老伙计半月没见面，二顺窝火，老秋着急，这天他忙里偷闲，手里拿个魔方，急匆匆破门而入，刚和香儿打个招呼，就听二顺在屋里喊："个（过）来。"老秋一听，一个箭步蹿到二顺跟前："你再说一遍叫我听听。"二顺就笑了，笑得那样自信和幸福。二顺又问："忙仨（啥）呢？"老秋简单回了，就把握在手里的魔方扭来扭去示给他看，并说："你平时就这样扭扭转转，说不准会给你转出一个胖孙子来。"

两人正嬉哈着，小琴进了院子，香儿忙迎了。小琴过来向病人问安，没想一眼看见了老秋，一时竟有点尴尬，便随口说："你稀客呀。"老秋回道："走亲戚呀，拿的啥叫我先尝尝。"几个人就笑了起来。只是有的自然，有的勉强，有的应景罢了。

小琴是给妹子青儿送保胎药来了。农村里，"三十年媳妇熬成婆"，婆婆老去，媳妇就主事了。小琴虽然"主事"较晚，但自从妹子出阁，妹夫升官，尾巴似乎一夜之间变得乖顺了，小鸟依人了，还让贤了，家里的大事小情都以女人的意愿为主，弄得一贯看脸色行事的小琴一时无法适应：原来自己的男人也"怪好呢"。

青儿是上个月发现自己"不对劲"的：老瞌睡。她一点经验没有，就瞒着有法问问嫂子是病了还是怀上了。嫂子是过来人，有道是老嫂比母，何况姑嫂情分原本就深。

嫂子问："恶心不？想吐不？"

青儿说都不。嫂子说那是病了，快去看看（医生）。谁料话还没有落音，青儿哇的一声干呕起来。

嫂子佯怒道："傻妮子，是怀上了。喜啊喜啊。"又双手合十："老天保佑，让我妹怀个大胖小子。"竟挤出两滴热泪来。

青儿急道："嫂你干啥呀，谁叫你问恶心啦，不问还好，一问还真恶心了。"

嫂子说："我说今儿早上两只麻尾雀落在咱家墙头上喳喳喳，原来是报喜来了。"

青儿说："没看现在'焦麦炸豆'的，我不能'有事'，再给有法添乱！"

小琴没理会，只是催她快回去熬点姜汤先喝了："身子要紧。"

小琴想，纸里包不住火。妹子怀孕，天大喜事，只是她不敢对有法说，怕青儿埋怨，就先告诉给自己男人。尾巴喜不自禁："我要抱外甥了！"这一嚷嚷，叫夜壶听个真切。夜壶知道了，等于全天下都知道了。

老秋亦有耳闻，说叫二顺转魔方转出个孙子来，不是戏言。

月朗风轻，竹影婆娑。些许夜光，轻轻地洒在小夫妻的脸上，有甜蜜也有零乱。有法的一只手在青儿的肚子上轻轻地抚摩着，仿佛在与儿子说话，又像同宝宝捉迷藏。

青儿纠结，她太在意自己的工作岗位，就像一只领头羊，一呼百应，太有存在感了。

有法说："你官瘾不小，将来弄个大官当当。"

青儿就掐他，说："十月怀胎加上一年哺乳，你老婆可真成'老'婆了。"

其实，青儿对孩子的期望比有法还高，不说别人，单为公公。只是一旦生育，千斤重担又压在有法一人身上。这叫她怎么也兴奋不起来。

长渠侧畔的在建工程，有的已经封顶，放眼望去，片片连接又自成体系，足足二三里长，俨然已成一个工业区了。

王全有是养牛场的技术顾问，这个与牛为伍了大半辈子、摸摸牛鼻子就知道是感冒了还是坐胎了的庄稼汉，来到新落成的牛舍时惊得目瞪口呆：舍棚顶部是通透的材体，每隔一段便有一个突起的带盖小"阁楼"，想是用来通气的。舍壁装着不少排风扇，没通电也会慢慢转动，有点优哉游哉。舍中是一排有间隔的食槽，槽上方是一根铁质系杠，舍后边是一道横槽，上边排着可移动的网格，粪便通过水龙头冲入网格，再导入巨大的沼气池，从而完成了一个漂亮的良性循环。舍外是一个巨大的饲草、饲料储备库，一湾从渠上引入的碧水环绕其间，构成了一个不规则的散牛活动场。如果绿树成荫，则是另一番景象。

据说，这是小赵、小常两人的杰作，吸引了不少参观者，让老秋他们再次领教了知识青年的厉害。

王全有是第一个牵着母牛领着牛犊的进驻者。他用颜料把牛角涂红，用红围巾把牛犊打扮了，摇着鞭子从村中走过，这让老年人忆起了农业合作化时的情景。全有他爹也是个喜欢张扬的人。他喂养的牛，个个膘肥体壮，脖颈上常年挂着铜铃，笼头上总是缠着红绒线。赶集上会，总爱牵着牛一路撒欢。入社的时候，他一早起来就把牛洗刷一遍，又让女人绾了一朵大红花，挂在两角之间，把牛打扮得像出嫁的姑娘似的，赢得一片喝彩声。

几十年过去了，两代养牛人，一样好做派，天人轮回，这才叫房檐滴水——滴滴照应。

只是时过境迁，当年养牛是提升生产力，如今圈养是宰杀吃肉。

金秋十月，多彩的宛东大地，也就剩下座座村落了。地里缺少了五谷杂粮，老一代庄稼人咋看咋觉着别扭。小卖部王贵说："过去下地，想嗑把芝麻烧把毛豆伸手就是；现如今可好，想吃碗芝麻叶绿豆面条都难了。"夜壶接茬说："上超市啊，新疆葡萄哈密瓜，就怕你腰里没银子。"王贵说："别小看人，说不准老子有朝一日也弄他一个，连芝麻叶都卖。"两人正逗呢，老秋、小赵、小常一行走了过来。老秋说："你们俩说这都不是事，嘴痒了别在这儿对着磨，去村部墙上看看，有你们乐呵的。"

原来，新村规划图已经描绘出来，正待征求意见。在这张改天换地的蓝图上，道路、村舍、坑塘、医院、幼儿园、中小学、敬老院、健身场、小书场、大舞台、小商铺、大市场、小车站、大广场，应有尽有，池塘里的荷花，岸边的垂柳，寨河上的拱桥都活灵活现。最让人意想不到的是，村内人们常聚集的地方，画出了几处亭台；在广场的南边，竖起了一座大牌楼，这牌楼是二丈二或是三丈三？它虽然还在纸上，就足以让人提气，催人振奋。

老秋他们有紧急情况要面见有法。他刚刚接到通知，说某领导要小赵、小常去某地支援新村建设："你们村要顾全大局，不得挽留。"其实老秋早已说过，"人怕出名猪怕壮"，此二人的业绩，恐怕早有人盯上了，不想来得如此之快。小赵两人处在两难境地：既不想得罪上边，更不愿离开有情有义、如鱼得水、前景无限的新村事业。

有法是过来同邻乡猪场商议解决污染问题的。这个猪场和新扩的园艺场隔一条沟，由于治污没有跟上，下游数条沟塘臭气熏天，严重威胁着这边的生态。双方协商的结果是：园艺场出技术为猪场修建沼气池，报酬随意，双方皆大欢喜。有法也正为此事要找小赵他们商量，不想三人在这里碰面。

老秋说："大事，比这里的事大多了。"赶紧把上边的紧急通知告诉了村主任。

有法一听慌了，说："人怕出名猪怕壮，啥子借人，明摆着是挖人！"一双征询的目光投向小赵二人。

小赵说："俺俩的意思已告诉了秋叔，但愿此事能两全其美，主任。"

那时候"铁饭碗"已经动摇。小常的女朋友小云，就受聘于本乡的一家民企。时代在变，高校毕业的学生，开店办厂甚至养猪卖肉者屡见报端，已成美谈。老秋拿出一份合同书，激动得双手都在颤抖。

合同书

兹聘请赵××、常××为我村终身技术专员。待遇从优，工资从高。其间如有高就，遵从其变。一式三份，即日生效。

毛庄村村主任：×××　　　顾问：×××
受聘人：赵××　　　　　　常××

×年×月×日

有法看过合同，喜出望外，一把搂着两人的肩膀久久不肯松手，喜得老秋眼都红了，说："恭喜呀小赵、小常，你们俩这就算加入咱毛庄村村籍了。"

有法沉思片刻后说："我想把合同改为聘书，我不想把两位老弟拴死了。'如有高就，遵从其变。'这句话写得好。不过，毛庄永远为你们开着大门，这里就是你们的第二故乡。"

事后有法问老秋："表爷，这份有板有眼的合同书，是从哪里蹦出来的呀？"

老秋说："这要感谢老记者。那天老印进城请人绘制规划图，老记者听了小赵、小常的情况后就说，你回去跟你表叔他们说说，时下都在"大干快上"，挖人成风，要想留住能人，得依法办个手续。这是老印俺俩凑合着整的，放在我那里还没暖热，也没来得及让你过目，今天还真用上了。"

知识就是生产力，这是国家领导人说的，村里人已经感同身受。这纸合同犹如喜报，自然口口相传，好像自己家里出了喜事一般，这让老秋好生感慨："上下一股绳，小康路上再不怕车陷辕停了。"

最高兴的莫过于青儿姑嫂二人，她搂着妹子肩膀说："你还门第观念呢，现在择业都不分城里乡里了。就咱妹子你那个标致样，我保证把小赵给你挖过来。"

香儿美得终日合不拢嘴，连做饭都哼着小曲。

二顺不知情，问："妮子，啥好事跟爹说说，不然以后没嫁妆。"

香儿说："谁稀罕你那俩钱，留着给孙子买奶粉吧。"说罢笑出声来。

这话正好让串门的老秋听见，说："快给老子拿烟来，不然叫你狗咬尿脬——瞎喜欢。"

香儿一看老媒红来了，忙说："我给你烧鸡蛋茶喝。"就要进灶，老秋说："那东西喝多了胆固醇高，表爷还想多活几年呢！"说罢与二顺说话去了。

一场秋风一场寒，刮着刮着就刮到霜降了。

老话说："霜降到立冬，种麦莫放松。"季节不等人，吃饭总是天大的事。这一点谁也说不过老秋。在播种面积上，他主张保麦压棉，把春播的棉花压下来，改种蔬菜和杂粮。他说："土地入股，劳力统配，加上外来人口日增，青菜是大事。杂粮不可少，得让老年人有芝麻叶面条喝。老人们爱想过去，就让他们往好处想，上边不是说，百姓利益无小事吗？"

这个在困难时期看见过多少饿殍的幸存者，一提起粮食就浑身颤抖，就想起父亲明晃晃的腿，侄儿小旦乌青的脸，就想起吃树皮、吃坏红薯、吃大雁屎的情景。那段不堪回首的日子虽然一去不复返了，但粮食这个根本，啥时候也不能丢。

军方的罐头厂要试产了。有细心人说："这回除了路边多了几辆军车，没有当初开工时气派。"

有法、老秋他们作为合作方代表，被请到了试车现场。里边有不少人，从头到脚都裹着隔离衣，好神秘的样子。有两个女军人格外引人注目，其中就有小月。她笑着向老秋他们摆摆手，算是打过招呼了。后来听说，小月现在是后勤方面一个部门的助理，是陪领导来的，刚刚下车。

现代化宰杀，一条龙作业，这是老秋他们一辈子没见过的场面：这边活猪赶进去，转了一圈，罐头排着队就出来了，也就吃顿饭的工夫，看得老秋大呼开眼界，说跟变魔术一样。

厂外的接待室里宾客云集。刚刚生产的红烧肉，带着余热配着刀叉被端到来宾面前。据说还要生产午餐肉、木樨肉等，将来还有一连串的牛系列产品。

这时候小月来到老秋面前，张口就问："叔，你那老寒腿咋样了，需要啥药你说一声，闺女给你弄。"说得老秋心里热乎乎的。

两人正叙呢，只见有人推着一车猪杂碎从厂房里转了出来，也是走得风火，一颗猪头从上边滚了下来，一下子吸住了老秋的目光。他拽着有法慌忙趋前看，一个新的想法立时在脑海里蹦了出来。

多年来，老秋在频繁的接待中，练就了小鸡炖蘑菇的绝活。可是，再好的一招鲜也有吃腻的时候。为了讨好上边来的人，他访遍了周边集镇，结果发现，曾经卖得红火的大鱼大肉，被猪蹄子、鸡爪子、牛杂碎顶替了，一斤卤猪耳能卖到两斤猪肉的价钱，而且快得捂着卖。

老秋说："罐头厂近期产能够大，这还不说将来还有牛羊，那该有多少杂碎啊，与其贱卖给别人，不如自己办个加工厂——肥水不流外人田，稳赚不赔！"

这可真是个新思路、新领域。有法说："就咱村现有条件，支两口锅中，老印是行家。可要大整，资金不成问题，技术是拦路虎。"

老秋说："这个嘛，有一个人能担此大任，小常。"

小常是城里卤肉名店常春轩的后人。老秋在城里拾粪的时候尝过常家卤肉，直到现在想起来还满口有香。据说当年八国联军打进北京城，西逃路上的慈禧老佛爷路过本地，就品尝过。连吃遍全国的慈禧都说好吃，何况芸芸众生。

要想办好大型卤菜厂，必须获得常氏卤料秘籍，靠自己创牌子，难。

这天，老秋备下一只猪后腿，一篮绿皮鸭蛋，约上小常要进城看望他的父亲。小伙子知道村里的用意，说："秋叔我现在是村里人了，你不必带礼，也不必亲去，我回去把那张'纸'拿过来就是。"小常说的那张纸，就是常家几代人传承的卤料配方。他曾经见过，说就是一张被裹了又裹的桑皮纸，上面用毛笔写满了药材名字，有×××产陈皮、××产大料等，老秤（十六两）量。落款是大清光绪×年×月×日，算来已百年以上。

老秋说："我是代表村主任去走亲戚呢，岂能两手空空。"

常春轩老店，原在东城门内，前店后作。如今老貌已去，七拐八转才来到一处四合小院。瓦棱上稗草盈尺，檐柱上尘腻斑驳，曾经的古韵古香，依稀透着当年的兴旺。老常是常春轩嫡传继承人，背有点驼，却精神矍铄，见人先笑后说话："难得啊难得，稀客啊稀客。小儿给你们添麻烦了。"

彼此寒暄过后，老秋便将村里办卤菜厂的计划说了。

小常插话说："爸你听明白了吗，俺们要将咱家的祖传手艺发扬光大呢。"

老常不无调侃道："我连儿子都'献'出来了，还有啥不能？"

老秋忙解释道："兄弟你也看到了，时下卤菜竞争激烈，有的还挂出了北京、西安的招牌，糊弄人呢。咱们的卤菜要是打上你们常家旗号，我敢说，打遍天下无敌手！"

老常越听越激动，遂转身进里屋，不久便拿出一包东西，恭恭敬敬地捧到老秋面前，说："此乃我常氏一族传家之宝，历经百年，"文革"时险被抄走，今得重见天日，飨食天下，幸也，足也。"说着，那双手便抖动起来。

老秋赶忙站起，说："兄弟赤诚一片，天日可鉴，真君子也。"那话里又透出了几分台词，乐得小常扑哧一声笑了。

老秋接着说："不过我老杨哪敢造次，你还是把这宝贝传交给你儿子吧。"

至此，老常却感动起来，连说了几个仁义。

老秋说："有道是打虎亲兄弟，上阵父子兵，稍后村里想请你也过去。"

老常笑眯眯地说："一定，一定。不瞒兄弟，家里还有一坛老卤，熬制于新中国成立后，虽不及百年，亦是上品，到时一并带去。"

在村子的一隅，一座粉色小楼拔地而起，这是村里专为外聘人才建造的别墅，也是小赵、小常的新家。

经过老秋穿线，香儿与小赵天造地设般走到了一起，甜蜜有加。

香儿要结婚了，有法夫妻倾其所能，要为妹妹举办一场轰轰烈烈的婚礼。

青儿说："把咱俩那时该有的全给妹子，让爹好好高兴高兴。"

和小赵香儿同时举行婚礼的，还有小常和小云，这婚礼便非同寻常起来：既有迎新的意义，又有纳才的内涵，还有移风易俗的新鲜——村里老年人说，活了一辈子，上查多少代，没见过也没听说过成亲还扎堆呢。

老秋说："这次非得排场一回不可。"就派老印去城里请老记者，说这一回村里非得排场排场，提提精神，鼓鼓干劲，让老少爷们亲身感受一下，啥叫小康生活；让城里人看看，原来乡下人抖擞起来也不比城里人差。五哥当然懂得老秋的心思。这个数次从死神手里挣脱出来的、浑身沾满辛酸与泪水的宛东农民，做梦也没有想到会有今天。这种异想天开的张扬，贴的是他人的标签，鼓动的是一方民众。对于一个孤身老光棍，可谓大情怀、大境界了。

婚礼当日，在五哥的率领下，一位本地"倪萍"款款走下车来，后边还有一行扛着"长枪"、掂着"短炮"的报社、电台、电视台记者。

书记、乡长还有有法赶忙趋前相迎。老秋一看插不上话，就领着司机吃喜糖去了。

连邻村的人也跑来看热闹，好像是看大戏。

这个说："这一回可见到倪萍真人了！"

那个说："那不是倪萍是周萍，电视上天天露面。"

那个说："周萍也中。人往高处走，鸟往旺处飞，啥时候咱村也小康了，也请她过来风光风光。"

下部

新人的粉色小楼五彩缤纷，周边排满了各色轿车，其中以绿色军车最为稀罕。人们把一挂"万字头"扯开，点燃，足足爆响了好几分钟。内里又加杂着火统、烟花、滚天雷，比过年放焰火还热闹。乡领导在一片掌声中激动地讲起话来。

他说："乡亲们，你们说说，今天是不是比看大戏还热闹啊？"

人们大声和着："是！"

领导接着说："我要祝福两对新人婚姻美满，白头到老。毛庄是咱们乡第一个小康村，俗话说，栽下梧桐树，自有凤凰来，小赵、小常两位同志带了好头儿，我相信今后随着事业的发展还会有更多的人才到来。毛庄你们可要做好准备，把那漂亮的小别墅多盖几座，这就是招牌，这就是影响力。说到这里，我代表乡党委、乡政府，感谢毛庄的领头人王有法同志，他敢想、敢干、会干、能干，不图名不图利，只为乡亲能过上好日子。我还要感谢你们的好参谋、好伯乐、老来红杨秋同志，向你们致敬。"

那边领导深深鞠躬，这边老秋满眼含泪。

此时只见两对新人从小楼拥出，撒花的、照相的、录像的、举着话筒录音的，纷纷抢占位置，喜得一些人不知看啥才好。

小赵、小常西装革履，神采飞扬。

香儿、小云一袭轻纱，犹如仙女下凡。

老秋、茂林、磨金挤在一起，百感交集，只叹二顺不能亲睹女儿风采。

青儿扶着妹妹钻进第一辆彩车，车队浩浩荡荡地驶出村外，沿着有法结婚时的路线，一路鞭炮齐鸣，煞是风光。

茂林说："结婚还有这样的结法？"

老秋说："你往深里想想，到底值不值得。"

村里这场张扬的婚事，经过媒体宣传，人们对改革开放后的宛东大地有了新的认知，对黑土地上的一代新人刮目相看。最让人注目的是两个高校学生的就业观念。

有人还从电视里认出了老秋，说这个是在纪录片《杨家老三》里"吃过大雁屎"的老者。

老秋早饭的惯常吃法是两个煮蛋，一个馒头，一包咸菜或一棵大葱外加一碗开水。这天他掰开馒头把咸菜夹进去，咬了一口却难咽下去，只好放下馒头，剥开鸡蛋抠出蛋黄，靠着开水把蛋白慢慢顺下。他的脸色很难看，轻轻骂道："大那个蛋。难道阎王爷来敲门了……"

他去卫生室买了一盒藿香顺气丸，路上遇见了老顽童毛一良。一良年至耄耋，仍是满面红光。老秋一时兴起，拽着一良的胡子说："老家伙还没死呢。"说罢赶紧掏烟。

一良说："我等着你呢，到时候咱俩好做个伴儿，不孤俗（寂寞）。"

其实，早在王树探家的那次饭桌上，老秋已感到食道的不适，当时他还以为是鱼刺所致，没当回事。

在日常生活中，村里许多人并不在意小病小恙，忍一忍就过去了。或是到地里挖一把黄花苗、癞肚皮，刨一把苇子根、茅草根，掐一把柳树尖、鲜竹叶；或是熬一碗绿豆茶、柘根汤。凑凑合合，偏方治大病。但这些草率应对，往往应了"千里之堤，溃于蚁穴"那一说，叫人扼腕。

在岁月的沉淀下，村里的老人对两种病的认知能力相当高。一种病是发热症。他们通过观察体温和五官，可以判断是伤风感冒了还是要出"花"（水痘）了，两者在治疗上反着劲呢。另一种病是食管癌。这种病因为太外露，一旦患上也便等于判了死刑，据说被吓死者大有人在。村里人对付这种恶症的办法是吃肉喝汤，不管是天上飞的、地上跑的，包括有毒的癞蛤蟆，臊臭的黄鼠狼、乌鸦、花喜鹊，说是以毒攻毒，直到连汤也喝不下去为止。

老秋是个对生死看得淡的人。有人和他逗乐说："苦辣酸甜咸啥味儿都尝过，就是不知道死是啥味儿。"老秋说："我知道，这辈子经历好几次了，那就好比正走着呢后脑勺挨一闷棍，头一晕眼一黑就五个指头'集合'了，不信你试试。"

送走王树后，村里各项工作忙得如火如荼，老秋的心日夜都处于激动状态。可一到吃饭的时候，那心就从树梢上一下子摔到了地上，越急越咽不下去，气得他摔了几次碗，不祥之兆油然而生。可真到面临死神的时候，他又于心不甘，于是瞅个空子去了趟城里，在一家医院，医生看了片子后问："老同志，可有家属随来？"

老秋笑言："我是病人也是病人家属——不瞒你，一人吃饱全家不饿，光棍一条，有啥你就说吧，天塌下来也就那个事！"

医生对这位患者肃然起敬，说："你是我从医以来少见的病人，我敬重你，不过科学不容儿戏，我劝你还是抓紧住院治疗，通过放疗化疗可以缓解病情。"

正说着，一个人扶着一位头发快掉完的妇人走了进来。老秋看一眼那心就提了上来，抓过化验单起身说："再见医生，容我回去想想。"

老秋告别医生后，心乱如麻，几次险些撞了走廊上的病人，他在心里骂自己："杨老三啊杨老三，原来你也是个尿货，以后别在人前逞能了。"

医院门口有一家卤肉铺，刚出锅的红鲜鲜的卤大肠吸引了他的目光，这是他的"心里想"——上街赶会总会来半斤卤肠、一瓶啤酒，他说这比坐桌舒坦，于是就大声吆喝："掌柜的，拣那最肥的给我剁半斤。"

老板笑着便啪啪啪切完了。

老秋接过，找个空处，一口气便吞下大半。

一只流浪狗不知啥时站到了他的面前，他看看狗再看看肉，就把剩的全扔给了狗，说："见一面，分一半，失敬了。"他站起身来打着嗝摸着嘴骂道："啥科学，吓老子。"

老秋没走几步，下意识地回头又瞅一眼那狗。不知是感激还是留恋，那狗还站在那儿望着他。老秋想，又一个没娘娃！

他向它摆摆手，那狗小心翼翼地摇着尾巴走了过来。

老秋弯下腰说："咋着，想跟我回家？中啊，您老别嫌弃，穷家。"

那狗又摇起尾巴，跟着他。

老秋迷迷糊糊地回来了。他觉得一双脚一会儿轻飘飘的，一会儿又像吊了秤砣，这情景让羊倌夜壶看见了。夜壶说："表爷又进城了，您老好福气，天天酒肉，夜夜销魂，眼气死人。"老秋喜欢说笑，一见夜壶就想逗他，可这会儿就是想不起说啥好，末了从怀里掏出了一盒烟，晃一下身子扔给了夜壶。

深秋里，满目肃杀。可在老秋眼里，田里的景致，渠边的厂房，分明如仲春的朝阳，照得全村暖烘烘的，可只有他被当头浇了一瓢冷水。老秋就想不明白了：不是说善有善报，恶有恶报吗？我这一生坎坎坷坷不说，单就揣着善心，由着性子善积善行，你老天爷也该放我一马。不公平，没处说理，你枉食人间烟火了。

村子里流动人员越来越多了，一转身就可能碰到个生面孔。乡下人嘴拙，见面大都笑笑——都是来给咱帮忙的，不能慢待，算是礼貌地打个招呼。新村建设是个渐进的过程，数广场变化最快。大戏台初露芳容，脚手架上几个工匠正在檐板上描龙画凤，下边几个老头老太太在看古景。

戏台两边是统一风格的店铺，黛瓦粉墙，上下两层，已经开始招商。公交车放下身段，从312国道跑下乡来，在广场口竖起个白底黑字的大牌子：毛庄站。大牌坊开始奠基，据说是安徽人承包的。

卤菜厂即将投产，清一色的不锈钢设备。村部里，有法、老秋、小常父子，正在为商标一事争执不下。村里的意见是用"常氏"，无论品质、历史、口碑，无人可比，前景可观。老常说："常家没那本事搞恁大动作，说出去让人笑话，恐影响大局。"老秋说："酒香不怕巷子深，好不好吃过再说。"末了还是小常新潮，说：那就用"常氏+"吧，双方都兼顾到了。

"好主意，耐品味，让买家'猜谜'去吧。"老秋言毕自顾笑起来。

不久，"常氏+"注册了。靠着独有的风味，独有的原料供给，很快摆上了城乡超市的货架。在常氏父子的运筹下，产品扩大到卤鸡、卤鸭、卤鹅、卤鸽、卤鹌鹑等，实现了由散装到真空包装的嬗变。车站机场码头，商贩们极力宣传，大有和京城全聚德一比高下的势头。

"常氏+"遇上了好时代，而推波助澜的成事者，竟是村里一个不起眼的提茶倒水的人老秋。

青儿的妊娠反应很厉害，吃啥吐啥，坐卧不宁，肚子越来越大，脸庞越来越瘦小，一家人不知该喜该忧。尾巴心疼妹妹，跑到园艺场把女人顶替下来，要她专事伺候。

其实小琴早就场里家里两头跑了，怎奈青儿执拗，说我一个人闲着就够误事了，你怀着孩子的时候啥事没干？快走。难为得嫂子眼泪巴巴的。

青儿离开岗位，接力棒传给小赵，管理，销售，往来，和茂林配合默契。

香儿是个顾家的女孩，婚后不久小夫妻就干脆搬回来和哥嫂同住，还能同老爹一块享受家庭乐趣。

茂林、磨金仍在有法家"蹭饭"，二顺青儿翁媳身子虽然各有不适，但一大家子凑在一起，其乐融融，倒也别有情趣。

这天晚上，磨金从夜壶那里弄来一只兔子，非要香儿拾掇了，老哥几个喝两盅。

夜壶时下仍干他的老本行，只是身边多了一条狼狗，叫什么"德牧"，花几百块买的。这家伙跑得快，下口狠，除了能逮兔子，连老鸹、喜鹊也能撵。他对磨金说："都说我憨，我看它比我还二。"磨金说："你是光往里迷，它是光往外迷，你俩迷得有点不一样。"

二顺屋里的灯光有点暗，磨金捏着一截兔脖子啃来啃去，就是啃不下肉来，干着急，埋怨二顺装苦穷："干了一辈子，苦了一辈子，应该享福了，还抠。"茂林说："你对着灯泡啃也没用——那东西是'舔'的，湖北佬一顿饭就一节鸭脖子，还外加一瓶啤酒，咱河南人没那本事。"说得一圈人都笑了。

老秋用筷子翻出一块纯肉，哄孩子般送到磨金嘴边，说如今不是在城里拾粪那阵子，一块猪油咱俩擦半月锅。

提到那个时候，磨金心里咯噔一下，就想起和翠姐那段死去活来的恩爱，不由得黯然神伤。

老秋知根知底，也不避讳，开口就说："你们俩亲也亲了，摸也摸了，折腾得差不多了，再一根筋下去，我都替你害臊。"

磨金当众被揭短，耳根子都红了，他把那截兔脖子往地上一扔道："杨老三你就耍吧，你当我瞎呀，这些天你啥时候给我过笑脸，我又没跟你抢女人，有气直说呀。"

眼看要吵架，慌得茂林赶紧和事，笑着说："咱老磨（金）啥时候长脾气了，真是越老越小呢。"

于是大家就喝闷酒。你一盅，我一盅，喝着喝着老秋就把头埋下了。

多日来老秋只得把不幸深深埋在心底。可是，瞒得了初一瞒得过十五吗？眼下磨金对自己的误会，像针一样刺痛了他，趁着几个生死弟兄都在，他语中带泪，中气不足地说："不瞒兄弟们，这段时日我白天是人，夜里是鬼，总跟死人打交道，尚家爹妈、杨家爹妈、何家爹妈、撑死鬼王大愣、饿死鬼孙麻子、噎死鬼张奶奶，还有小旦……你们都是我的生死弟兄，跟你们直说吧，我得癌了，食管癌，想装腔作势都装不成了。"

众人皆愣，一时语塞，都怀疑自己是不是听错了。

忽然，茂林站起来指着老秋道："杨老三你别吓人，好日子才开头，还约着上天安门城楼呢，就不能放个好屁！"茂林虽然嘴里咋呼，却如五雷轰顶。

磨金脸都白了，这才想起他一晚上没吃一块肉，也没了往常滑稽的模样，不由得浑身哆嗦起来。

二顺发音仍不太准："你苍（唱）的哪一出啊？"

茂林缓口气说："现在医学恁发达，割头换项都整了，就是真如你说，咱村有你治病的钱，何必像要死了一样吓自己。"

老秋也不回话，慢慢地从怀里摸出一张纸，头也不抬地举了起来，茂林满不在乎地瞟了一眼，准准地看见了"晚期"二字，一阵惊愕，半天没有吭声。屋里的气氛变得有点瘆人。

远处传来几声狗叫，想来已是夜深人静。老秋慢慢站起身来，走到茂林身后扶着他的肩膀缓缓说道："这事我思虑再三，不能瞒着弟兄。纸包不住火，这一天早晚要来。我别无他求，只要你们装聋作哑，不要让有法知道。别看我见他时是乐呵呵的，其实那点笑是挤出来的，是装给他看的，他经不住打击，不能继续为他帮忙也就算了，若再为我分心更叫我难受。青儿、香儿心不藏奸，知道了等于所有人都知道了，人心不一，说不定有人还笑呢——笑我不得好死，笑我断子绝孙，好像上辈子伤天害理了，那会让我死得更快。还有，不要让我这疗那疗啦，一疗就露馅。

那玩意生不如死，我这一辈子受罪太多，从送给别人到差一点冻死、差一点饿死、差一点摔死……是兄弟的话，你们就最后听我一回吧。"言毕老秋拿起酒壶，每人各倒一盅，很大气地一扬脖子便灌了下去。岂料喝得太猛，一口夹杂着红色液体的烧酒喷了出来。众人目瞪口呆，他却不无风趣道："酒量也不中了，真让人害臊。"

当晚，磨金把铺盖一卷，陪老秋去了。

十

这段时间，只要听到鞭炮声，准是又有商铺开张了。

王贵果然兑现了与羊倌夜壶抬杠时说的大话，租了一间两层门面房，大模大样地办起了超市，取名"万兴"。王贵为这个好听的店号想了几天几夜，他太想发财了，却不敢叫"大发""顺发"之类，怕人笑话，反被嫉妒、冷落，生意还咋做？他想，这个名字对自己最好——明面上"万兴"，内里就是"我兴"，看来我王贵的城府确非夜壶之流所能比的。店铺面积不大，商品却也琳琅满目，除了一应的小百货，还投村人之所好，添了不少稀罕商品：驻马店的芝麻叶、方城县的绿豆面、淅川县的干酸菜，还有邻县的酱牛肉，本村自产的"常氏+"卤菜。果然招来了不少怀旧的老年人。没人光顾的时候，他抱着大茶杯，跷着二郎腿，竟也操练起老板的做派。这天夜壶也转了过来，想买包卤菜过过瘾，开口就说："恭喜恭喜，真是财大气粗，说到做到。"

王贵深知这货不放好屁，假意应酬道："货真价实，童叟无欺，欢迎选购，概不赊欠。"单臂一伸，做了一个请进的动作。

夜壶说："装啥幺蛾子，瘆人。"就进去看了一圈，拿起一双袜子拽了拽说："现在谁还穿尼龙的，臭脚。"又指着一堆包装纸说："小心着火，尼龙见火就着，救都救不下来。"

王贵气得脸都白了，但怕影响生意，只得强压心火，把夜壶送走后狠狠啐道："不得好死的东西。"

老秋这几天精神尚好。他说出了闷在心中的秘密，有点如释重负的感觉，食欲也有了起色。只是愈想吞咽愈困难，只好改进流食。

有法这几日忙于外边，村里的事交由副手招呼，回村后想到的除了身怀六甲的妻子青儿，就是秋爷了。他一脚踏进村部大门，却先看到了磨金。

有法说："你也在啊，表爷呢？"

磨金有点惊慌失措，大声说："有法回来啦，饿不饿？渴不渴？坐不坐？我给你提茶去。"

有法笑道："咋啦刘叔，几天没见生分啦？"

这番对话让躺在床上的老秋听得真切，他慌忙拉开抽屉，把一盒"感冒清"摆在桌上，又拉被子捂着半边脸，开始哼哼起来。

有法闪身床边，急道："啥病啊，哪儿不对劲啊，光躺着不中，得叫120来，去医院！"说着便把手伸到老秋头上。

老秋叽叽歪歪道："大惊小怪，不就是有点发烧嘛，药在那儿放着（他用眼示意），吃两天就好。"

有法便拿过药盒看了，转脸对磨金说："这里你多费心，我再给他弄些别的药来，年岁大了，硬撑不得。"说完便走了。

这里磨金急得手心冒汗，说："老伙计，我吓得心口乱跳，就怕露出马脚，你可真会打马虎眼啊。"

这两天老秋打了两个电话。一个是打给他最亲的亲人——尚家姐姐春花的。他说："兄弟我身板硬朗呢，就是放心不下你那双腿——当年为了养活我，小小年纪就跪着纺花卖钱，落下病根，一到冬天就疼得不能走路。现在日子好了，你也老了，老了就得想开点，想吃啥买啥，想穿啥买啥，儿孙自有儿孙福，别老想着给谁攒了。"

电话那头说："姐记下了，姐就是怕你惦记，心一狠买了一盒太太口服液。兄弟呀，其实啥营养品都不如粗茶淡饭，别听他们乱吹。"

老秋又问："不知爹妈坟上那棵弯腰冬青树修了没有，对外甥说千万别动，那树不是越高越好，是阴凉越大越好。兄弟以后也要去那里，小时候没来得及尽孝，以后要好好陪陪二老……"说得电话那头半天没言语。

另一个电话是打给城里五哥的。老秋说："五哥你们记者成天吃香的喝辣的，叫兄弟好眼气，不过我这几年酒肉是不中了，吃了也不消化，积食。人老了得悠着点。你帮了兄弟一辈子，这辈子还不了啦，下辈子咱们还做好兄弟。"

五哥说："你是不是喝多了，好话屁话搅着来。"又问："身体咋样？"

老秋答："棒着呢，有本事你再给我找个女人。"

五哥笑骂："你这个东西，返老还童了。"

末了，老秋说："哥呀，别看兄弟土气，我也想办个正事，弄个啥馆，名称就叫'饥饿饭场'，把过去那些年吃糠咽菜的东西都弄进去。咱这个馆和老斋公的那个'福音堂'反着劲儿。他整天叫人烧香磕头，磕了一辈子还是吃不饱，瞎胡闹。咱这个就想提醒子孙们：人是铁，饭是钢，一顿不吃就心慌，到啥时候也不能忘了粮食这个根本。这个事，你不帮，弄不成……"

五哥那边嗯嗯应着，老秋这边继续说："哥你不知道，吃食堂那会儿，几个老头儿端着空碗还不忘说笑话。王老大，就是那个杀猪匠，记得吧？王老大说，今天咱们坐在一起，明个不知少了谁呢。你猜咋着？第二天少的就是他。这个事我在场，忘不了啊……"说着竟自呜咽起来。

在广场的一侧，接二连三地开了几家饭店，由于外来客商、流动人口日增，生意都相当不错。本地人受到感染，喝个小酒，吃个新鲜，学个新词，穿件时尚衣服也渐成常态，村里人的生活正在潜移默化地发生着改变，这是老秋他们原来没想到的。更让人始料不及的是，时不时会冒出几个在镇上、在城里才看到的抹着口红、露着肚脐的女人，她们的出现，让夜壶之辈过足了眼瘾，说原来真的天外有天呀。

村里人做梦也没有想到，王三揣也开店了，而且是烤羊肉店。他的店面很特别：前额是一排用汉字和维文书写的招牌——王氏烤羊肉，店里挂着一张大幅的维族老人照片，银须飘飘，目光深邃，皱褶里嵌满了岁月的沧桑。村里人就炸锅了："王三揣真是狗改不了吃屎，又要坑蒙拐骗，岂不是给咱新村抹黑，告他！"

不久，工商所的大盖帽真的来了。

谁知人家三揣一点都不惊慌，一边笑脸应酬，一边从内室拿出一沓文稿，说："这是新疆大爷吐尔班给我的家传秘方，这是他亲授的制作工艺，这是老人家的住址。他还对我说，遇到难处，尽管来信。"最后把他得到此宝的经历也一并说了。这是一个民族和谐的生动故事，听得两个大盖帽心潮澎湃，直赞维族大爷可亲可敬。

三揣说："马上开业，欢迎过来品尝。"

老秋进食越来越少。茂林看不下去，和磨金商量后，只得将这个不幸的消息告诉了有法。

犹如晴天霹雳，有法趴在老秋的床沿上，像孩子一样抽泣不止。园艺场从筹划到形成气候到成为村里的摇钱树，从人才筛选到小赵、小常、牛老印、赵老四能独当一面，从军方罐头厂的引进到村里卤菜厂的日进斗金，从力荐自己任职到兄妹的婚事再到老父亲的康复；还有，县政府讨债扬正气，税务所斗智要公道，与计生干部周旋保胎儿，国事家事集体的事，是是非非，曲曲直直，一个大字不识、大难不死、大智若愚的好人将不久于世，让刚刚跨上"千里马"的王有法怎不扼腕长叹！

此时，茂林、磨金、老印、老四、小赵、小常、香儿……不断来来去去，暖心话一拨接着一拨，这让老秋产生一种"佛光"环绕的幻觉，忽然觉得自己也是人丁兴旺，福星高照，心里无比敞亮。

香儿一直伺候左右，她附在老秋耳旁说："爷，你看是不是儿女满堂了？"

老秋眼角处溢出来一滴清泪，但他却用近乎生气的口气对众人说："你们都走吧，让我睡一会儿，我死不了。"又用眼睛盯着有法，说："我还想抱抱孙子呢。"

人们只好离开。

老秋拼尽力气，将早早备下的一根绳子套在了自己的脖子上……

有人再推开那虚掩的门时，老家院已经走了。

就在当天夜里，青儿诞下了一个白白胖胖的男孩。

也就在这天夜里，村东头的老顽童毛一良竟随老秋而去。

对于老秋的死法，年轻人说："悲壮。"

老年人说："半吊子。"

小琴说："他做得出来。"

只有有法他们明白，老人怕自己拖累村里那一摊子如火如荼的项目。

老秋死后，近他的人哭肿了眼，恼他的人一言不发。敬他的人腋下夹着烧纸，手里提着祭品，有的还带上晚辈，行大礼、磕响头。

三揣领着一双儿女，捧着一个托盘，上面放着一只刚烤好的羊腿，恭恭敬敬地放在老秋的遗像前，跪下就磕头，说："表爷，是我不争气，你恨我可不嫌弃我，晚辈给你磕响头了。"说罢真的一头着地，鸡叼米一样"咚咚"磕起来。茂林慌得赶忙搀起："你表爷跟我说过，人犯事了不能墙倒众人推，说你只要醒过来，能成事。"

羊倌夜壶买了一盒黄澄澄的帝豪牌香烟，跪在老秋前拆开来，一根一根地点燃，嗫嚅着，不知说的是啥。

王贵也捧着一个托盘，上面放着一碗芝麻叶绿豆面条，和一份"常氏+"卤菜。他调侃地说："老东西你这一走，连个说笑话的人都没有了……想吃芝麻叶面条，给我托个梦。"说着竟挤出两滴清泪来。

乡政府和一些部门也送来了花圈。

王树、小月夫妇委托哥哥全有也送了花圈。全有自作主张，把小月寄来的两瓶云南白药气雾剂系在花圈两边，不伦不类，不知情的，还以为是两小瓶酒。

老常、杜瘸子到底时尚，送的是花篮。

花圈花篮很多，从灵堂门口排开来像个大写的"人"字。

老年人感慨了："别看杨老三没儿没女，咱儿女一大群，也比不上人家光彩、排场。"

按照老秋遗愿，在尚家父母坟边的弯腰冬青树下，葬了。

茂林、磨金拎着一壶老酒，绕着坟墓转了三圈，喃喃自语，谁也没听见说些啥。

青儿孩子"满月"这天，全家人一起吃喜面，孩子的名字成为主要话题。二顺说叫"念秋"吧，好听又耐听。青儿嫌直白，说不如叫"九月"。

有法说："听着像个女孩，下一个吧。"

香儿说："下一个还是男娃呢？"说得一家人都笑了。

广场一侧横跨通衢的巨型石牌坊搭建好了，新颖里透着古韵，宏伟里蕴着肃穆，其风格兼容了南方的精致和北方的粗犷。老人们说，当地早年也曾拥有两座石坊：一座建于康熙年间，传说是本村大户为一位年轻寡妇竖起的一面贞节坊；一座是建成年代不详的礼仪坊，距今天的坊址不远。两坊均毁于"破四旧"。被推倒的石片用作了桥梁的基石，从此方圆百里再无此类建筑物。

参观石坊对老年人来说是一种怀旧，对年轻人来说是看稀罕。

有法他们依据老秋生前对土地的崇拜，对粮食的信仰，在牌坊的两柱上刻下十个大字，字迹凝重，笔锋遒劲：

农以粮为本
民以食为天

牌额两面镌刻下二九一十八个人像浮雕，有男有女，有老有少；有扛犁的，有牵牛的，有推独轮车的，还有仰着脸擦汗的……村里人对号入座，想找找哪个像老秋，哪个像自己。

夜壶说："擦汗那个像表爷，你看那个短粗劲儿。"

王贵说："我看推车的像，留的也是小平头。"

人们在群像里翻腾村史，怀念故人，比照当下，浮想联翩。

村委会的会议室改为了展馆——饥饿饭场。许多人嫌难听，五哥说："杨老三想的比咱们远。"

展馆分两部分。

上部分除了醒目的老秋的大照片儿，就是轮番播放的有关他的纪录片。这张照片儿上的老秋有点迟疑，还有点狡猾。其次是老秋的遗物。村子里经年的老房子、农具、老家具、老井、老树——那下面就是曾经的饥饿饭场。还有全有妈珍藏的、王树穿过的红褂子，那是一段另类的村史。还有一些形似的、从互联网上下载的旧时灾难图片。

下半部分是新村诸景。除了规模化的园艺场，现代化的养牛场、养猪场、卤菜厂，就是那些功不可没的人物相片。园艺家王茂林，老来红刘磨金，养牛专家王全有，养猪专家赵老四，卤菜大师老常、老印，升迁了的老村主任毛华，后起之秀王有法、小赵、小常、青儿以及朝气蓬勃的现任村委会领导班子。

香儿当上了解说员。每当讲到老秋的传奇故事，她的感情总是跌宕起伏，甚至饱含泪水。

许多参观者被感染，留言多多。

有人写下：小人物，大情怀，向老秋同志致敬！

这一年是农历庚午年岁末。

2018年2月

后　记

　　我是一个思恋故乡的人，曾经是因为父母。后来他们先后故去，感觉依旧魂牵梦绕。想啥呢？想我和父母住过那几间柴瓦房；想院里同我一起长大、变老的榆、楝、槐和竹林；想我家门前童年时常在里边洗澡、滑冰的大水坑，由此想到那一张张可爱的玩伴的脸，他们之中就有《老秋》里的一伙人。

　　我工作以后，每年都要在老家小住。其间，通过老哥们儿认识并熟知了主人公杨秋。他的苦难经历，他的九死一生，他的笑对人生，他的乐善好施，他的疾恶如仇，他对共产党的一往情深，深深地打动了我。于是我们两个由陌生（他小时候不在原籍）到熟知到成为朋友，他总是对我敞开心扉，无话不说。这样，一个立体的、透明的、坦荡的、可亲可敬的形象便烙在我的记忆里。那个时候的农村虽然已不愁温饱，但经济往来仍然拘谨，为此我常常给他一些有限的帮助，包括衣物、药物之类。在二十世纪八十年代的改革浪潮下，我为他拍摄了一部电视纪录片《杨家老三》，试图告诉观众：不忘过去，珍惜现在，开创未来！此片在省内外播出后，虽然收获了良好口碑，但总觉得不够尽如人意：没有把他追寻了几十年的梦想表达出来，这个梦想就是"有饭吃"。回首杨秋的经历，他几次险被冻死、饿死、困死，他在叙述中经常提到的野菜、草根、树皮、大雁屎、坏红薯，他要表达的最高境界，说到底不就是"粮食"这个根本吗？特别是在大灾面前，比如上世纪的三年困难时期，他说："一个'饥'字把城里人、乡下人打扮成一个模样了。"

粮食，生存之本啊。这是杨秋及其同代人的痛彻感悟。

我于十年前退休，决心以粮食为主题，以杨秋的经历为线索，开始《老秋》素材的准备。

我是第一次写小说，又是长篇，可以说是战战兢兢。我只有中专文化水平，虽然从小热爱文学，以后又长期从事新闻报道工作，可至今用不好标点符号。特别是到了近年，随着年龄的增长，有时还忘字、忘词、忘拼音，只好像小学生一样翻字典。但底气不足信心足！我觉得自己笔下的人物经历是一段历史，一段在宛东大地不能抹去的历史（其实何止宛东一地啊），自己有责任、有义务把它著文成书，留为后人诚勉：无论是糠菜半年粮的当年，还是快要小康了的今天，任何时候都不能忘了"粮食"这个根本。为了不把方向搞偏，初稿曾请南阳市文联领导王遂河先生过目，不料他竟给我很大鼓励，这才使我更努力地继续打磨。近十年了，自始至终，修修补补，删删添添，真是应了"十年磨一剑"那句老话。但是，至今，我也不知道它是一把剑还是一根铁棍。

而我的记述是真切的，我的主人公也是一位顶天立地的汉子。

老秋的故事历久弥新，甚至有人还在不断演绎。人们最怀念的是由其带来的快乐，说无论嬉笑怒骂都给人一种享受。而我更看重的，是他的人生态度：有一分热，发两分光；再苦再难，包括死，也要死个痛快，死个干净。这是怎样的一种境界啊！书中的不少情节，新村建设云云，多为美好夙愿罢了。

宛东这片沃土孕育了灿烂的乡土文化。祖祖辈辈生活在这里的人们，在与命运的抗争中，演绎出了或悲壮或快乐的生动故事，总结出了矢志不移的生存真谛：农以粮为本，民以食为天。我即以此理念架构故事，但愿能成就初衷之一二。

2018年5月

图书在版编目（CIP）数据

老秋/毕永玉著. —郑州:河南文艺出版社,2019.4
（2019.9 重印）
ISBN 978-7-5559-0814-2

Ⅰ.①老…　Ⅱ.①毕…　Ⅲ.①长篇小说-中国-当
代　Ⅳ.①I247.5

中国版本图书馆 CIP 数据核字（2019）第 046825 号

出版发行　河南文艺出版社
本社地址　郑州市郑东新区祥盛街 27 号 C 座 5 楼
邮政编码　450018
承印单位　三河市兴国印务有限公司
经销单位　新华书店
纸张规格　890 毫米×1240 毫米　1/32
印　　张　10.5
字　　数　195 000
版　　次　2019 年 4 月第 1 版
印　　次　2019 年 9 月第 2 次印刷
定　　价　38.00 元